本屋さんのダイアナ

书店的戴安娜

〔日〕柚木麻子 / 著

白琳 / 译

人民文学出版社

著作权合同登记号 图字 01—2015—8331

HONYASAN NO DIANA
By ASAKO YUZUKI
ⓒ 2014 ASAKO YUZUKI
Original Japanese edition published by SHINCHOSHA PUBLISHING CO.
Chinese(in simplified character only)translation rights arranged with
SHINCHOSHA PUBLISHING CO. through Bardon-
Chinese Media Agency,Taipei.

图书在版编目(CIP)数据

书店的戴安娜/(日)柚木麻子著;白琳译.—北京:人民文学出版社,2017
ISBN 978-7-02-012241-7

Ⅰ.①书… Ⅱ.①柚… ②白… Ⅲ.①长篇小说—日本—现代 Ⅳ.①I313.45

中国版本图书馆 CIP 数据核字(2017)第 000521 号

责任编辑　于　壮
装帧设计　李思安
责任印制　苏文强

出版发行　人民文学出版社
社　　址　北京市朝内大街 166 号
邮政编码　100705
网　　址　http://www.rw-cn.com

印　　刷　三河市华成印务有限公司
经　　销　全国新华书店等

字　　数　171 千字
开　　本　880 毫米×1230 毫米　1/32
印　　张　9.75　插页 3
印　　数　1—8000
版　　次　2017 年 9 月北京第 1 版
印　　次　2017 年 9 月第 1 次印刷

书　　号　978-7-02-012241-7
定　　价　38.00 元

如有印装质量问题,请与本社图书销售中心调换。电话:010-65233595

1

从新教室窗边的座位上,可以清楚地看见空空的游泳池。由于持续降雨,池底已经积了一层浅浅的水,从校园里飘来的樱花花瓣,松松软软地堆在上面。还好,新学年的第一天总算是放晴了。新课桌很光滑,散发出好闻的原木味道。三年级三班的孩子们黑色脑袋排成一长排,从后面望去颇为壮观。四月的熏风中,窗帘轻轻摇曳,那刚刚浆洗过的簇新窗帘,似乎是"清洁"一词的完美诠释。

如此纤尘未染的新学期,不禁让人抱有无限希望。然而,按照经验,这份平静也只存在于自我介绍前这一段短暂的时间而已。快要到自己了,戴安娜紧张得不得了。她脑袋晕晕的,胸口附近开始隐隐作痛。戴安娜甚至希望,传言数年之后必将应验的诺查丹玛斯大预言可以马上成真。不过,这也可能仅仅是因为早上急匆匆喝下的袋状果冻饮料太凉了吧。这时,一个坐在教室前方的梳辫子的女孩站了起来。

"我的学号是10号,我叫佐藤美雪。我喜欢躲避球和手指相扑。"

啪、啪、啪,教室各处响起了鼓掌声。佐藤,美雪。真是太羡慕这样平凡的名字了。啊,要是能像换衣服一样,简简单单就把名字改了,那该多好啊。

矢岛戴安娜在还不识字之前,就很讨厌自己的名字。明明毫无外国血统,却要叫戴安娜,而且偏偏写作汉字的"大穴"①。戴安娜的父亲好像很喜欢赛马,据说,他几乎每周都会去府中的赛马场,完全不工作,以赌博为生。而所谓的大穴,便是指在赛马、赛艇、赛自行车中,超过赌金一百倍的分红。

"我和你爸爸商量,希望你能成为世界上最幸运的女孩子,所以才起了这个名字。这不就是世界上最好的名字嘛。本来,是想根据你爸爸每年必去的'青叶奖'叫你'青叶'的,不过觉得戴安娜更帅气,所以就决定叫戴安娜了。"

狄亚拉露出一脸得意的微笑。都怪这个名字,戴安娜八岁时便对未来充满了绝望。如果现在能见到父亲,戴安娜特别想抱怨几句,然而她甚至已经记不起他的相

---

① 大穴:"戴安娜(Diana)"在日文中是"ダイアナ",写作汉字是"大穴"。——译者注

貌了。父亲是母亲的初恋，听说在戴安娜出生后不久便去了很远的地方。说起这件事时，狄亚拉却不知为何有些骄傲。

"他肯定不是因为讨厌人家才离开的哟。人家觉得让你爸爸做他想做的事才是最好的选择。全心全意支持喜欢的人去实现自己的梦想，这不才是一个好女人应该做的么。"

每每狄亚拉在外面叫戴安娜的名字时，周围的人总是会一起回头。看看戴安娜，看看狄亚拉，然后"啊"的一声，仿佛突然明白了一般，耸耸肩，露出一脸讥笑。那样子好像是说，要是长成狄亚拉这样，即使给女儿起这么奇怪的名字，似乎也可以理解。狄亚拉的脸小得让人咋舌，下巴尖尖的，假睫毛和美瞳造出了一双碧眼，染成金色的头发高高梳起。总之，她装扮花哨，态度张扬，和她一起走都让人觉得羞愧。因为狄亚拉喜欢，所以戴安娜的头发从小就被反反复复染成金色，导致现在发质很差，头发干巴巴的，活脱脱一个旧芭比娃娃。

狄亚拉有正正经经的名字，叫做矢岛有香子。不过，她非常喜欢在打工的夜总会起的名字，所以也让戴安娜这么叫。虽然这种叫起来嘴发痒的名字很让人羞愧，不过，对于十六岁便生下戴安娜的狄亚拉来说，"母亲"一词确实不太合适。

"母亲"是什么样的呢？比如说，戴安娜最喜欢的《大草原上的小木屋》里面的英格斯夫人就很典型，或者

《小妇人》里面的马奇太太也很好。戴安娜喜欢的小说中的母亲，大多都是待在家里，缝缝补补，烤烤家常的面包和蛋糕。她们谨慎，可靠，温柔，持家。而且最重要的是，她们都很踏实沉稳。像狄亚拉一样，对戴安娜说"外面的绝对比咱做的好吃！"然后给她钱，让她从便利店或是快餐店买饭带回来；或是频频更换贴在手机上的大头贴的男主角；或是大清早才醉醺醺地回来，大吵大闹，把家里弄得一团糟；或是在连锁居酒屋里和店员打架闹事，诸如此类的事情，是万万不会在"母亲"身上发生的。当然，她们也不会给孩子起奇怪的名字。只有比任何人都正确，永远不会偏离中心的成熟女性，才可以称之为"母亲"。

然而，这并不是说戴安娜讨厌狄亚拉。只是当戴安娜看到母亲被周围的大人嘲笑却又无动于衷的时候，她比自己做错了还要难为情，羞愧得无地自容。无论是观摩课程，参加运动会，还是去超市购物，在每天的日常生活中，总是会有无数个瞬间，戴安娜特别想"哇"地大叫一声，抓住狄亚拉纤细的腰肢，竭尽全力制止母亲。

只有当狄亚拉不在公寓时，戴安娜一个人抱膝而坐，读着从图书馆借来的书，沉浸在书的世界里，她才能找回自我。戴安娜本来并不擅长将心中所想付诸语言。她甚至想过，如果一生都能谁也不见，像这样只是待在家里读书，那该有多美好。因为在书的世界里，她可以忘记父亲已经离家出走，忘记母亲只有到凌晨才会回家，最重要的是，她可以忘记自己奇怪的名字。等到了十五岁，就去派出所改名字吧。青叶也好，花子也好，总之，只要是平凡普通的名字就行。拥有一个被人叫起时周围不会偷笑的普通名字，这是戴安娜一直以来小小的却最为重要的梦想。

终于轮到自己介绍了，戴安娜不情愿地站了起来。她知道，整个教室的视线都汇聚在了自己身上。干枯毛糙的金发根部已然开始变黑，索然无趣的动画图案T恤，尖尖的下颚，单薄干瘦的身体。她的眼睛大而尖锐，连她自己都很讨厌。然而现在，大家好奇的目光都投向了这双眼睛。

"我叫矢岛戴安娜，我喜欢读书。"

戴安娜尽可能小声地介绍自己，然后迅速在椅子上坐下。她紧盯膝盖，避免和周围的人对视。戴安娜知道，大家在窃窃私语。

"她说叫'戴安娜'！那个人是外国人吗？"

"才不是呢。我二年级的时候和她同班，她可是日本人。我记得好像她和妈妈两个人住在公园附近的公寓里。"

"欸，不过，头发是金色的呀。"

"欸，发根不是黑色的嘛。真奇怪。"

"是不是染的呀？小孩子这么做好吗？"

有个帮腔的男孩把右手放在耳边，绷直了手背问道：

"喂,'戴安娜'怎么写呀?片假名吗?"

"……大穴。"

戴安娜有气无力地小声嘟囔着回答,瞬间,教室里笑声雷动。

"大家安静一下。"

新班主任岩田敦子老师的语气干净利落,教室里瞬间又恢复了平静。她皮肤很白,身材胖乎乎的,是一位四十岁上下的女老师。透过无框眼镜,一双锐利的眼睛闪闪发光。岩田敦子老师虽然很严厉,不过却对每一位学生都很热心,因而很受学生爱戴,是位名师。

"有问题现在别问,等下课了再问。这可是结交新朋友的好机会……矢岛同学很喜欢读书对吧?"

突然被老师问起,戴安娜战战兢兢地抬起头。

"一年级和二年级的时候都得了奖励充分利用图书馆的同学的'借书最多奖'吧。多读书是非常好的习惯。大家要向矢岛同学学习,好好利用图书馆。"

"好——"充满活力的声音在教室里回响。大家似乎忘了戴安娜这个奇怪的名字,戴安娜不由得松了一口气。从未曾想过岩田老师竟然知道自己的事。戴安娜已经彻底喜欢上了老师。要是岩田老师的话,应该不会像二年级时的班主任一样,不分青红皂白便严厉训斥,或者片面断言戴安娜"行为粗暴没教养",或者说狄亚拉的坏话吧。即使在学校的饭菜里剩下平时吃不惯的菠菜或是鱼,岩田老师也许也不会生气吧。好想借更多更多的书，好想再被老师夸奖！

一直到休息时间，戴安娜的心还在扑通扑通地跳。这时，一个身穿粉红色针织开衫，编着花辫的女孩大摇大摆地向戴安娜走来。

"喂，你的头发怎么回事？是自己染的吗？"

那女孩问道。她倔强的龅齿露出嘴唇，眼神仿佛是要刺探什么一般。

"不是……是狄……那个，是妈妈。"

"欸——我妈妈说了，小时候染发或者脱色不利于身体健康，好像会长不大呢。矢岛的妈妈还真是奇怪。"

龅齿一脸什么都懂的样子，故意大声说话让周围的人听见。几个女孩子回过头来，目不转睛地朝这边看。明明刚见面不久，为什么非要如此针锋相对呢？戴安娜抑制住害怕的心情，翻起眼珠抬头正要观察她，龅齿却突然露出了胆怯的神色。每个人都是这样，明明总是对方先搭话，但当戴安娜瞪大眼睛盯回去看时，大多数孩子就会因害怕而先避开视线。

"什么呀，那种眼神。没必要那么瞪着吧。"

戴安娜并没有瞪她的意思，有些吃惊，想说些什么，可又说不出话来。

"我不是没说什么坏话嘛。什么呀，明明是戴安娜这个名字奇怪。你妈真奇怪！"

龅齿说的没错。狄亚拉确实很奇怪。为什么她就不能像普通的母亲那样呢？其实不用被人特意指出，戴安娜早就想对自己的生活唏嘘一番了。为什么大家不放过戴安娜这个名字呢？戴安娜知道自己是让人不快的存在。她也没想过要别人喜欢。只是觉得能安静地活着就好。

"戴安娜不是奇怪的名字哦，美影。"

一阵响亮的声音传来，戴安娜顿觉神清气爽。扭过头去，一个头发乌黑的齐刘海短发女孩正嘻嘻地笑着。看到她的第一眼，戴安娜就不禁慨叹这女孩的美丽。虽然容貌并不十分突出，但五官却很精致。皮肤光滑，宛如陶瓷人偶。形状很好的宽额头看起来很是聪明。头发仿佛书法用的墨一般，乌黑而有光泽。她穿着朴素的衬衫和藏青的短裙，簇新的衣裳给人一种整洁的印象。很明显，这女孩子和其他孩子有所不同。

"你知道《绿山墙的安妮》吗？安妮的好朋友就叫戴安娜哟。"

哇哦——戴安娜瞪大了眼睛。《绿山墙的安妮》几乎可以说是戴安娜心中排名第一的最喜欢的书。戴安娜读过很多遍《绿山墙的安妮》，几乎可以倒背如流。安妮这样健谈且充满幻想的女孩子让戴安娜喜欢得不得了，书中充满了可爱的东西和看起来就很美味的东西，像是草莓水、灯笼袖、心形糖果等等。戴安娜是安妮引以为豪的美丽挚友，真羡慕两人这种无论何时都可心灵相通的关系。没想到竟然可以像这样和别人聊起书的事情——那个叫做美影的龋齿耸耸肩，似乎觉得有些扫兴。

"不知道。我又不读什么书。和彩子可不一样。虽然妈妈老是啰嗦着让我读书。"

美影好像落了下风。被彩子教训的时候,一脸很受伤的表情。被称作彩子的女孩子,看似温良贤淑,却内心笃定,让人心服口服。

"好可惜啊。那本书可是很好看的哦。啊,好羡慕戴安娜这样的名字啊。"

那个女孩望着戴安娜,露出迷人的微笑。那笑容坦率爽直,耀眼夺目,无论是谁看到,都会想成为她的朋友吧。所谓的有教养便是如此吧。

——因为你这孩子没有教养……

戴安娜回想起二年级时的班主任抛给她的话。

"我叫神崎彩子,带'子'的名字很少见对吧,像老年人一样。"

龋齿一走开,那女孩便一边笑着一边自我介绍道。戴安娜终于摇了摇头。才不像什么老年人的名字呢。神崎彩子——多么令人神魂颠倒的美妙名字啊。一定是父亲母亲倾注心血起的好名字。

"我从一年级的时候就知道你呢。你经常去中央图书馆吧?"

"嗯,嗯嗯。"

"我看见过你好几次呢。你在中央图书馆借过好多书,大厅里还贴着你的表扬状呢。我爸爸呀,可是一直夸你呢。我有好几次看见你把书包塞得满满的,一个人借书还书呢。岩田老师不是也这么说嘛,你读了好多书,真是很了不起呢。戴安娜,你真的好厉害啊。能和你在一个班,我非常开心。"

难以置信。戴安娜从未曾想自己的身影会在别人的目光中驻留。好想和这个女孩成为好朋友。戴安娜感到心中有某种东西正在安静地颤动。如果能和彩子成为好朋友,每一天都会过得很开心吧。彩子周身环绕着沉稳澄澈的空气,戴安娜深深地被她所吸引。一定不能放过这次机会,彩子一定可以理解自己。戴安娜深吸一口气,安妮乔,帕蒂,罗迪,伊丽莎白,这些故事里的女主人公无论在何时都很勇敢,她们不会惧怕与人交流。啊,大家,请赐予我力量吧。

"嗯,那个,如果方便的话,放学后,我要去中央图书馆,因为今天是还书的截止日期。那个,要不要,一起去呢?"

彩子睁大了眼睛。戴安娜屏住呼吸凝望着彩子,她那美丽的脸上延展出温柔的微笑。微风吹过,吹鼓了窗帘,柔软地包裹着两人。一瞬,教室的喧嚣遁去,世界只剩下了戴安娜和彩子。微风拂过面颊,还未褪去早春的料峭之寒,却充满了暖暖的阳光的味道。

* * *

快一些,再快一些。

哪怕一分一秒也好，必须要早点回家吃饭，快些赶到有那个女孩子等待的图书馆才行。在放学回家的路上，神崎彩子一路狂奔。她的脑袋满满的，全是不久前才刚刚亲近起来的那个拥有绝妙名字的美少女。矢岛戴安娜，自从一年级时在图书馆邂逅了这个少女，彩子便一直挂念着她。终于，彩子和她分到了一个班级，而且这么快就亲近了起来，这一切宛如梦境。彩子每跑一步，肩上的书包便会随着步伐摇晃，书包里的文具互相摩擦，发出咔嚓咔嚓的声响。这些东西从一年级时便开始用了，果然，今年也没能换新的。

新学期，女孩子们都换了全新的东西。亮闪闪的书签，荧光笔，人气动漫里的角色，每一样都是那么地炫目耀眼。然而，只有彩子一直用着同样的铅笔盒或是转笔刀。这些都是妈妈从自由之丘的文具店里买来的法国高级货。无论使用得多么不爱惜，都宛如新品，它们甚至难以损坏到令人心生憎恨的地步。

朴素，结实，耐用。这是爸爸妈妈的喜好。然而，即使容易坏，彩子也更喜欢那些亮闪闪的可爱东西。对于八岁的女孩子来说，这是多么正常的感受呀，彩子这么想。

"那种东西不是马上就会让人厌倦嘛，根本没什么品位。"

每当彩子在商场央求妈妈买钢琴演奏会要穿的礼服或是上兴趣班要用的书包时，妈妈总会这样柔柔地，但却不容置疑地拒绝彩子的请求。彩子小孩子般的喜好并不受妈妈青睐。缀满荷叶边的粉红礼服,装饰着亮闪闪串珠的蕾丝包,它们甜美的色彩明明散发着似乎可以让得到它们的女孩变成公主的强大魔力。

即使价钱贵一些,最好使用不让人烦腻的、质量好的、耐用的东西。对于彩子也好,对于地球也好,都是如此。妈妈希望彩子成为懂"真货"的女性。

彩子很喜欢妈妈,但她并不认为妈妈所说的"真货"就一定比"假货"好。在同一钢琴兴趣班上课的美影常常向爸爸妈妈撒娇,求他们买那些"假货",然后得意扬扬地四处炫耀。美影是龋齿,长着朝天鼻,那副长相与可爱的东西完全不搭调。相反,戴安娜却是罕见的美少女,她仿佛就是为了佩戴这些东西而出生的。

窗外的阳光倾泻而入,今天,当在新班级瞥到那一头沐浴在阳光下光芒四射的金发时,彩子几乎都要惊叫出来。金色透明的秀发,令人惊讶的小脸。硕大的瞳仁是那种摄人心魄的深栗色,长而茂密的睫毛点缀其上。她的身上定是流着外国的血液。而且,戴安娜穿的是彩子一直憧憬的那个游戏——"舞蹈吧!斯蒂芬妮"的T恤。"舞蹈吧!斯蒂芬妮"在小学低年级女生中有着极高的人气。玩家给名叫斯蒂芬妮的女孩子搭配服装,自己变身游戏主人公,通过舞蹈与对手们竞技,并以此得分升级。完全继承游戏世界观的动漫会在每周日的清晨播放,但是,爸爸妈妈的教育方针是不允许彩子看电视的,他们也没给彩子买电视游戏。彩子只是在正月去堂兄家时玩过一次。那种仿佛大脑麻痹、身体被操纵一般随意舞动的快感,时至今日依然令人难以忘怀。

不过,这么可爱的女孩被小霸王盯上可就糟了。戴安娜自我介绍的时候,坐在旁边的名叫武田的男孩小声嘟囔了一句:

"好奇怪的名字啊,叫'戴安娜'什么的。怎么看都是日本人嘛。"

真是欺负人,想起这件事,彩子不由得怒上心头。虽然和武田从一年级起就在同一个班,但正儿八经地说话却是头一回。

"哎呀,这名字不是挺好的吗?那么说新朋友的坏话可不好哦。"

被彩子这么指责着,武田微微有些脸红,好像生气了一般,不高兴地扭过头去,骂了一句"唠叨女"。

要讨厌我的话随你的便好了——等红灯时想起这令人不快的事,彩子身体微微颤动了一下,然后又重新背好了书包。自己还讨厌粗鲁的男孩呢。武田是肉店老板的独生子,学习完全不在行。不过他足球踢得好,身材又高大,在班里很有人气。班里早熟的女孩子经常会吵嚷"武田好棒呀"。不过彩子完全不觉得武田有什么魅力。彩子憧憬的男孩子是迪士尼动画中骑着白马的王子,或者是像爸爸一样温柔可靠的成熟男子。

戴安娜定是像童话故事里的主人公一般生长在复

杂家庭中的女孩。身上的Ｔ恤对于身材娇小的戴安娜来说略显肥大，拖鞋也有些脏。但是，这一定只是虚幻的假影，真实的她一定是莎拉公主一般有钱人家的子女。王冠或是泡泡袖，皮手笼或是马车，这些美好的东西都与她非常相配而毫无违和感。彩子向戴安娜打了声招呼，戴安娜便羞涩地邀请彩子去图书馆。每次见她都是一个人，这样的戴安娜竟然邀请自己一起玩。彩子又自豪又害羞，连下课铃声响起的时刻都显得是那么的漫长难熬。

回到家打开了玄关门，丹汪汪大叫，跑出来迎接。丹偎在脚下，彩子轻轻抚摸着这位褐色的好友。玄关处排列着一长排女鞋。空气中弥漫着多种香水的气味，厨房飘来阵阵肉汤香气，这些味道让彩子想起今天是料理教室的日子。母亲从两年前便开始在家里举办的这个料理教室总是超员，厨房里挤满了各年龄段的妇女。

"妈妈，我回来了。各位阿姨好，大家先忙吧。"

"哎呀，是彩子啊，你回来了。"

一推开客厅门，彩子便急忙向母亲的学生们低头打招呼。单单是这么简单的动作而已，女人们却总是无限慨叹，对彩子赞不绝口。

"不愧是老师的千金，果然是落落大方的。"

"好漂亮的泡泡袖外套啊。Ａ字形的款式配上高雅的藏青色，太可爱了。活生生一个麦德兰呀。这是哪个牌子的呀？"

"真想让我家孩子也学学,要不要让我家孩子也去小彩参加的女童子军呢?"

讨好妈妈的是美影的妈妈。美影家与彩子家只隔着三栋房子。美影妈妈不仅是料理教室的常客,而且还频繁出入彩子家。即使从小孩子的眼光来看,美影妈妈对妈妈的憧憬之情也是一目了然的。总之,她无论什么都想要模仿妈妈。实际上,今天美影妈妈穿的围裙也和妈妈以前喜欢的围裙图案一样。让美影和彩子上同一个钢琴兴趣班也是如此,与其说是因为美影喜欢音乐,不如说这是美影妈妈的作战计划之一。妈妈自然是对她热情接待,可是彩子却不喜欢这对母女。母女两人都是一个毛病,死盯着别人的东西,隐隐给人一种极为拼命的感觉。虽然这么说长辈有些失礼,不过,彩子觉得这种行为一点都不体面。

"好了,我们快来装盘,一起吃午饭吧。"

彩子喜欢看别人尊称妈妈为"老师"。妈妈站在厨房,沐浴着学生们炽热的眼神,这令彩子自豪不已。彩子喜欢妈妈,妈妈才能出众,为人可靠。在彩子出生之前,妈妈是美食图书的编辑,和爸爸在同一家出版社工作。她头发清清爽爽,像男人一样剪成短发,化着几近素颜的淡妆,一副标志性的藏青色眼镜搭配得恰到好处。也许是因为今年就要迈入四十五岁的妈妈太过沉着了,在她面前,学生们显得格外孩子气。与其说是为了学做饭,毋宁说是因为被妈妈所吸引才聚在一起。客厅是本色基调的简约风格，装饰着妈妈喜欢的铜版画，只有摆在飘窗的香水瓶模型在阳光下隐隐泛出多彩的光芒。也许是因为生长在这样淡色调的家中的原因，彩子看到强烈的色彩或是亮闪闪的东西便会被其夺去魂魄。再次鞠了躬离开房间时，彩子听到身后学生们和妈妈交谈的声音。

"您女儿真是出落得大大方方呀。在公立小学上学竟然还能这么优秀。"

"还只是个孩子呢。都这么大了还叫自己'小彩'，还真是让人为难呢。"

"哎呀，好可爱。"

门外一片欢声笑语，唯有彩子一人羞红了脸。

"我和丈夫商量了，准备小学六年一直让她在公立学校读书。丈夫和我都是从小就在私立学校读的书，外人看来大概都觉得我们不懂民间疾苦吧。也许是因为交际圈只限于与自己境遇相近的人，所以，我们的视野也变得非常狭小。在中学进入女校读书之前，我们希望彩子可以和各种各样的朋友毫无隔阂地交往，变得坚强一些。"

彩子上到二楼，进了自己的房间，过了一会儿，妈妈端着托盘进来了。

"对不起啊，小彩。今天你就一个人吃饭吧。来，这是料理教室多出来的东西。"

妈妈脸上露出一丝歉意，彩子摇了摇头，示意没有关系。拿出幼儿园起便一直使用的桌椅，一个人吃午饭，这样好像也并不坏。如此一来，自己就好像变成了故事里独立自强的女孩子。

"妈妈，那个，小彩吃完午饭可以去图书馆吗？我和新班级的一个女孩约好了在那里见面。这个女孩特别可爱，有个很棒的名字。"

"哎呀，她叫什么呢？"

"她叫戴安娜，矢岛戴安娜。怎么样，很可爱的名字吧，和那本书一样呢。"

一瞬，妈妈瞪大了细长的双眼，嘴张成了一字形。但是，随即又转为一贯的笑脸。

"彩子已经交到朋友了啊。当然可以啊，玩得高兴点。不过，四点之前要回来哦。"

午饭是土豆汤团、菜花沙拉、白鱼派卷和草莓慕斯。这些菜式使用的是当季的时蔬，比平时餐桌上的菜肴稍显正式。妈妈做的菜都很清淡，但却能发挥出食材本身的美味，深受料理教室学生的喜爱。菜肴里还大量使用了妈妈在庭院里培育的调味料和蔬菜。多亏了如此贤惠的妈妈，彩子基本上不怎么挑食。即便是学校发的套餐有什么不合口的食物，彩子也会全部吃完。彩子还常常受到老师们的表扬，称赞她拿筷子和叉子的姿势优美、使用得当，虽然这在彩子自己看来都是再普通不过的事情。

吃完午饭，彩子把托盘端到厨房，把餐具放到水池里浸泡。向妈妈和学生道了别,便拿起喜欢的书包,起身离开了家。

中央图书馆位于离家大约步行五分钟距离的大花园里。点缀在行道树中的樱花因为前日的暴风雨飘零了大半,但却看起来格外清爽。湖一般大小的水洼绵延了整条通向图书馆的小路,白色的樱花花瓣密密地浮在水洼上,宛如花的绒毯,让人看着着实欢喜。风吹过时,绒毯便缓缓蠕动起来,变换着各种造型。时而有阳光透过花瓣缝隙,水面便泛出点点金色的光芒。彩子走过水洼,便看到戴安娜孤零零一人坐在图书馆前面的长椅上。"喂,这边。"彩子一边挥手打招呼,一边向戴安娜靠近。戴安娜的脸上微微漾起了红晕。戴安娜手里拿着一个包在纸里的汉堡,正喝着类似于可乐的东西,旁边立着书包。

"哎呀,那就是午饭吗?没在家里吃吗?"

彩子疑惑着在长椅边坐下了。这凉爽湿润的感觉很是宜人,甚至连裙子濡湿这件事也变得不那么令人在意了。

"嗯,因为妈妈会睡到傍晚,不喜欢别人叫醒她,所以我就直接从学校过来了。"

"那个汉堡哪里弄来的?"

"路上在麦当劳买的。"

戴安娜的嘴里散发出一股浓郁的肉汁和腌菜的味道。麦当劳,那个不分昼夜营业的用红黄色装饰的热闹快餐店,彩子连一次都没踏进过。买食物赠送玩具的传言是真的吗?说起来,彩子甚至都没买过零食。一个人买来食物,然后淡淡地吃饭,彩子觉得这样的戴安娜颇有大人的样子。不喝茶也不喝牛奶,可乐搭配汉堡,这是多酷的事情啊。到目前为止,彩子只喝过两次可乐,一次是在朋友的生日聚会上,一次是在夏天的庙会上,那真是种特别的饮料。明明刚刚吃过午饭,喉咙里却还是痒痒的。眼神无意间瞥到旁边,彩子几乎都要叫了出来。立着的书包沐浴在午后的阳光下,反射出耀眼的光。"我可以摸摸吗?"提前打了招呼,便伸手摸去。红色的书包上绘着五颜六色的钻石一样的石头,这就是同学们常常谈起的那款备受好评的可爱书包。强烈的羡慕使彩子有些目眩。轻轻抚摸过的钻石冰冷而又光滑。

"这款书包好棒。大家都很羡慕呢。在哪里有卖的呀?"

"狄,那个,妈妈说好像有装饰的价值,擅自买来的。"

不知为何,戴安娜回答时一脸厌烦。她嘴唇上沾了番茄酱,濡成湿湿的红色。戴安娜便用T恤胡乱一擦,呲溜溜舔了舔手指。那样子浑然书里的孤儿,彩子无条件地对她充满了敬意。

"这是妈妈给的吗?!"

"妈妈不知为什么特别喜欢乱七八糟打扮,对什么都这样。家里从电视遥控到电脑,都被她弄得乱七八糟的，真幼稚。指甲、手机也是，你看，我都说了要是在学校被发现会被老师大骂的，她还非要给我涂上。"

戴安娜说着便伸出了手指，指甲上画着精致的花朵、蝴蝶或是星星。图案是如此的可爱，彩子不由得叹了声气。

"戴安娜的妈妈真厉害啊。"

能把书包和指甲装饰得那么美，这该有多厉害啊。彩子一边叹气一边这么想着。她很羡慕戴安娜。虽然很爱爸爸妈妈，可每每像这样与同学交谈时，彩子心中总会有种强烈的感觉，不知自己是不是被禁锢了太多，一直生活在狭小的世界里。吃完了汉堡，戴安娜随意把包装纸揉成一团，说道：

"我好羡慕彩子啊。怎么说呢，文雅而有格调。"

"欸，讨厌。文雅什么的，好像老奶奶说的话。"

彩子马上拉下了脸，瞪着戴安娜。戴安娜被彩子这么盯着，不禁哑然失笑。她严肃的脸上绽开了笑容，仿佛冰雪融解在春日树荫间隙的阳光中。

"是吗？不过，安妮的正装礼服也是茶色而不是粉色的哟。真正美丽的东西不正是这样的吗？不容易生腻，不杂乱无章，不会让人不安，而是与人的头发、肌肤、目色完美融合，让人心旷神怡。"

没想到竟然从同龄人口中听到与妈妈论调一致的话。戴安娜抓起T恤拿给彩子看，从心底充满了厌恶。

"真难为情。这T恤真孩子气。明年就穿不了了。

但是,我妈妈觉得小孩子喜欢这个动画片,就马上买给我穿了,她还要我每晚陪她玩游戏。"

"你有'舞蹈吧!斯蒂芬妮'?而且和妈妈一起玩?"

彩子自己都感受到了自己声音的颤抖。世上竟有如此善解人意的妈妈。戴安娜独享这样的妈妈真是太不公平了。彩子的喉咙深处有一股热血在涌动。

"是的。天蒙蒙亮就把我叫起来,一直让我陪她玩到清早。都不让人睡觉。对妈妈来说,几乎每天都是如此。她说花钱去健身房太可惜了,正好减肥了。"

"这样啊,真好。可以尽情地玩'舞蹈吧!斯蒂芬妮',这简直就是我的梦想!"

听到彩子满含羡慕的小声嘀咕,戴安娜稍稍犹豫了一会儿,试探地问道:

"方便的话,下次要不要来我家玩呢?'舞蹈吧!斯蒂芬妮'可以想怎么玩就怎么玩。那个,如果你不嫌弃我家乱七八糟的话。"

彩子高兴得几乎都要跳起来了,她情不自禁地拉起戴安娜的手。

"哇哦,可以吗?太感谢了!我要是也能为戴安娜做点什么就好了。戴安娜,有没有什么想要的或者想做的呢?"

戴安娜有些吃惊,她移开了视线,盯了一会儿脚下的水洼,然后小声说道:"想做的事啊,应该就是想早点变成大人吧。变成大人以后,任何东西就都可以自由选择了。饭菜也好,用的东西也好。我长大了想自己选择名字。"

"欸?不喜欢戴安娜这个名字吗?这个名字很可爱啊。"

"一点都不可爱。最讨厌这个名字了!"

戴安娜鼻子一皱,嘟着嘴,露出一脸嫌弃的表情。不知从何时开始,两人仿佛结识多年的好友一样,完全没有了什么顾忌。

"听说十五岁之后就可以自由改名字了。那时我要改成普通的名字,我还要去找爸爸,要抱怨他几句,问他为什么给我起了这么个名字。"

她的话令人兴奋不已。十五岁,自己给自己起名字,踏上寻找爸爸的旅程。

真像故事里的主人公。果然,自己没有看错。啊,多么富有戏剧性的人物啊。彩子盯着戴安娜,一时竟看出了神。她的发丝和瞳仁清澈剔透,让人为之痴迷。虽然如此,但却又略显不安,微透怯懦。必须要守护她,就像设得兰牧羊犬丹刚来到家里时一样,就像在女童子军里混入高一级的女孩中负责野外做饭一样,就像二年级第一学期时被选为年级委员一样,那些时刻,彩子也曾体验过这种由内而外热血沸腾的感觉。

"不过,我觉得戴安娜这个名字很好啊,它不也是我们成为好朋友的契机吗?我倒是很喜欢这个名字。我家有一套叫做《秘密森林里的戴安娜》的绘本,是我最喜欢的书。我们一起读吧,是我爸爸做的书。"

"欸?彩子的爸爸是写书的吗?"

戴安娜忽然露出一脸崇敬。

"不是,爸爸是编辑,和作家一起做书。现在是做杂志,之前做的是绘本。"

"哇哦,好厉害的工作啊!好厉害,好厉害啊!还有这种工作啊。"

戴安娜是真心喜欢书啊——彩子高兴了起来。

《秘密森林里的戴安娜》是一套五卷绘本,图文作者是一位名叫"服部萤一"的人。因为是爸爸制作的书,所以彩子从幼时起便反复读,内容大致谙熟于心。

邪恶的巫师从中作梗,使少女戴安娜与父母分离。戴安娜在森林里的动物们和小妖精的帮助下,自力更生生存下去。独立自强的主人公与面前的女孩完美地重合在一起。如果爸爸亲手制作的书能被新朋友所喜欢,那该是多么令人高兴的事啊。

"听起来好有趣!真想读读那本书呢。彩子家肯定特别棒。"

戴安娜要来家里做客了。单单这么想着都让人心奋不已。公园里的空气清爽宜人,彩子深深地吸了一口。三年级应该会成为快乐的一年吧。水洼上漂浮着片片樱花花瓣,恰似《绿山墙的安妮》里见证安妮和戴安娜起誓成为挚友的那花开烂漫的庭园和那片"闪烁的湖水"。

*　　*　　*

到神崎彩子家做客的那个四月中旬的星期天，戴安娜大概一辈子都不会忘记吧。

戴安娜的人生以那天为分界线，迎来了转折点。在那一天，戴安娜总算在心里清晰地描绘出了能令自己愉快呼吸的地方。彩子家拥有戴安娜所幻想的一切，那魂牵梦萦的场景竟然真真切切地存在于现实生活之中。

"是戴安娜呀，欢迎欢迎。彩子在家里老是提起你，一点都不觉得是第一次见呢。初次见面，你好。"

"初，初次见面，您，您好……"

这是第一次有大人如此彬彬有礼地接待戴安娜。说起来，这也是戴安娜第一次到朋友家里做客。在玄关处迎接的中年女性似乎并没有化妆，皱纹和白发甚是明显，却周身环绕着纤尘不染的清透空气。一副藏青色眼镜，身穿灰色长款衬衫和褪色的绿色宽松裤子。衣着打扮十分朴素，气质却很优雅，让人非常喜欢。戴安娜的直觉告诉她，这个人一定能理解自己的心思。

从穿过神崎家大门的那一瞬间开始，戴安娜就感到自己的心脏都快要跳出来了。好大的房子啊，比狄亚拉和戴安娜住的整套公寓还要大得多。彩子家是二层小楼，一幢宛如生奶油般滑润的筒形风格建筑。庭院是英伦风，当季的花朵盛开着，一如《秘密花园》里的场景。虽然一眼看上去漫不经心，但比起井井有条的学校和公园里的花坛,却更精致考究。

"我妈妈挺老的吧?"

彩子看上去一点都没有不好意思的样子,小声笑着对自己耳语。离开教室后,和彩子一起度过的幸福时光令戴安娜感到头晕目眩。能够独占令大家十分敬佩的彩子,这是件多么奢侈的事情啊。戴安娜的脑海中突然浮现出龋齿的美影。"星期天要去彩子家玩,好期待啊!"那天,戴安娜故意提高音量说话,美影听到后露出一脸委屈的表情。戴安娜心想,自己是不是有点过分了呀,不过心里却还是感到很痛快。

"我爸爸年纪还要更大哦。他出去散步了,应该就要回来了吧。戴安娜见到他,一定会吓一跳的。他们可是晚来得子哦。"

跟在母亲身后向着宽阔的客厅走去的途中,彩子抱起了一直跟在脚边的那条小狗。

"这只小狗叫丹,是只设得兰牧羊犬。喂,戴安娜,你要来抱抱看吗?"

小狗黑色的眼睛水汪汪的,深棕色的毛发就像奶糖般光滑。虽然很想抱一下,不过这还是戴安娜第一次触碰小狗,不禁感到畏缩起来。以前狄亚拉醉酒后不听劝,私闯民宅被狗咬伤了。自那以后,戴安娜便十分害怕狗。不过,她觉得要是花点时间的话,能和丹成为好朋友。毕竟丹的眼神是如此温柔。

话说回来,这个家是多么的美好啊。家具和壁纸色彩统一，像狄亚拉偶尔喝的多放牛奶的咖啡一样。也许正是因为如此，整个房间都显得沉稳宜人。东西少得令人惊讶，十分干净整洁。正前方延展到天花板的书架吸引了戴安娜的目光。既有看起来很难的大厚书，也有英文书、料理书、写真集或是文库本等等。从大人的书到孩子的书应有尽有，排列得密密麻麻、严丝合缝。

"彩子家就像书店一样。"

这么嘀咕着，正巧彩子的母亲端来了茶和点心。她笑着说道："我们家书太多了，所以就把全家的书都集中在这里了。听说戴安娜读了很多书，有喜欢的书可以随意拿去读哦。对了，戴安娜为什么这么喜欢读书呢？"

不经意间被提问，戴安娜陷入了沉思。彩子的母亲并没有催促，所以可以好好思考。

"那个，小时候特别喜欢睡觉前听母亲讲故事，觉得好像到了不同的世界一样——后来，我想要母亲给我讲更多的故事，但她忙得没有时间给我讲，就让我学会认字，早点自己看书，然后就……"

"哎呀，戴安娜的母亲真棒。这是很好的教育方法呀。戴安娜今后也一定能成为一位独立自强的优秀女性的——"

听了彩子母亲的话，戴安娜心里感到很惊讶。她的眼神很温暖，所以看起来不像是在说谎。这还是第一次有人称赞狄亚拉，戴安娜突然感到呼吸都变得轻松了起来。

彩子劝她坐下，于是戴安娜坐到了一把舒适的木椅子上。越过宽大的桌子，戴安娜看到了外面的庭院。

"果冻和红茶来喽。"

戴安娜扑闪着大眼睛，被眼前的食物惊呆了。彩子母亲端来的茶装在马克杯里，热腾腾地冒气，果冻则填满了半切的葡萄柚。对于戴安娜来说，果冻是便利店里买来的那种装在透明杯里的深色物体。然而在彩子家，却是挖去果肉，用剩下的果皮做容器。戴安娜学着彩子的样子，剜了一小块果冻送到嘴里。果冻十分爽口，香气浓郁，酸酸甜甜，Q滑弹口。因为太过美味，戴安娜有一瞬间甚至有些恍惚，双手握着厚实的素烧马克杯，突然觉得很安心。别人用心呈上的热饮原来竟有如此治愈人心的力量——内心的安宁深入骨髓，戴安娜任自己沉浸其中。

"彩子，新班级怎么样呀？"

"很开心哦。有很多活泼开朗的同学。而且岩田老师也是位非常好的老师。之前，老师还很生气地训斥了调侃戴安娜的男生。而且，小彩我——"

居然称自己为"小彩"。彩子没有留意到戴安娜惊讶的视线，兴高采烈地讲述着这一周发生在学校里的事。在他人面前那么踏实稳重的彩子，到了妈妈面前却像变了一个人似的，向妈妈撒娇，和妈妈说着永远说不完的话。戴安娜好羡慕这样的彩子，她也想依偎着这样一位宽容大度的女性，将自己的一切全部交付于她。

028.. 书店的戴安娜

"武田就会对戴安娜说那些过分的话。什么名字很奇怪啦,头发很难看啦。真是不能原谅。要是下次他再这么说的话,我们就去告诉老师吧。"

"武田一定是喜欢戴安娜哦。"

彩子的母亲半开玩笑地说道。彩子和戴安娜面面相觑。

"你说吉尔伯特之所以会调侃安妮头发的颜色,是因为什么呢?"

欸——戴安娜不由得矢口否认,彩子的母亲笑着连声说抱歉,再也没说什么。戴安娜没有想到,居然可以和初次见面的大人一起这么愉快地聊天。她一心想要讨彩子母亲的欢心,于是不由得说道:

"我的梦想是在书店工作。我想只选自己喜欢的书,开一间就算是很小也要既可爱又有品位的书店。"

"哎呀,真是很美好的梦想呢。一定会是家很棒的店。"

被彩子的母亲表扬后,戴安娜的心里高兴得不得了。

这时,玄关处传来开门的声音,不一会儿,一位满头白发的男人进来了。他身穿开襟衬衫,头戴平顶帽,看起来干净清爽。戴安娜总觉得他和吉卜力工作室的电影里出现的父亲那样,沉着而又高雅。

"爸爸,你回来了。"

"终于见到你了,我可是常常听彩子讲起你呢。开学都两周了,彩子除了你都没说别的呢。初次见面,我是彩子的爸爸。"

果然像彩子说的那样,彩子的爸爸看起来更像爷爷。他身材瘦小,有些驼背,而且还有像圣诞老人一样的满头白发。不过,他笑的时候眼神温和,布满皱纹的眼角也仿佛变得年轻了起来。《绿山墙的安妮》里的马修应该就是这样的吧。戴安娜觉得很是亲切。即使自己死死盯着他看,彩子的爸爸也丝毫没有露出诧异的神色,只是笑嘻嘻地回应着。这时,胸前抱着书的彩子插话了。

"爸爸,爸爸,小彩把《秘密森林里的戴安娜》借给戴安娜看了,她说很有趣哦。前五卷一下子就看完了。"

看来,彩子和她父亲的关系非常好。见到父亲,彩子全身心都放松了下来,无比心安地依偎过去。戴安娜凝视着这样的彩子,像是在凝视着某种神圣的东西。

与和母亲在一起时不同,这时,空气中都弥漫着一股撒娇的香甜。真好啊——如果自己有父亲的话,也能像这样和他亲密地相处吗?狄亚拉也会辞掉陪酒小姐的工作待在家里,像个普通的母亲那样,把自己亲手做的点心当作下午茶端出来吗——戴安娜下定决心准备开口发问了。毫不夸张地说,她鼓起勇气来到这里,就是因为想要问这个问题。

"这位作者'服部萤一',究竟是个怎样的人呢?叔叔您知道吧?"

"啊,是的。不过,你为什么想知道?"

"我想读更多他的书……"

从八岁开始,戴安娜便一直读了很多的书。但是,《秘密森林里的戴安娜》却比任何一本书都要打动自己。相较于故事而言,主人公戴安娜公主更加吸引戴安娜。孤独的公主独自一人在森林里生活,她的样子和性格都和自己非常相像。连彩子也这么说过。过了一会儿,彩子的父亲用沉静的声音回答道:

"啊,他啊,在写完这个系列后,就不再当作家了。所以除了《秘密森林里的戴安娜》之外,再没有什么其他作品了。"

"啊……这样啊。"

大概是因为露出了备受打击的表情吧,彩子的父亲像是要安慰戴安娜一样,开始笑了起来。

"你喜欢那本书的什么地方呢?能告诉叔叔吗?"

能有一个独当一面的大人做自己的聊天对象,戴安娜感到很高兴,刚才悲伤的心情也立刻烟消云散了。

"那个,肯辛顿公爵夫人来到森林时,戴安娜对她讲述自己生活的场景——"

戴安娜打开喜欢的那一页,大声朗读起来。

"不要同情我,公爵夫人。"

戴安娜用快活的声调读道。

"因为,这片森林里有一切东西。我的生活已经备受眷顾了。"

"哎呀,你住在这种临时搭建的小房子里,连一件像样的礼服也没有。而且在这里也没有朋友吧。"

公爵夫人说道。

"鸟儿和松鼠都是和我聊得来的伙伴。虽然只有一件礼服,但我可以用四季的叶子与树木的果实来装饰。而且,我拥有出众的智慧和灵巧的双手。是的,我想要的东西都可以用自己的双手来创造。"

戴安娜不禁一阵唏嘘。这些话简直就像是为自己而写一般。"这样就足够了",戴安娜觉得自己备受鼓舞。服部萤一先生一定能理解戴安娜的心情。正因为能这样与打动心扉的文字相遇,戴安娜才无法放弃读书。彩子的父亲笑眯眯地点了点头。

"我也很喜欢这段戴安娜的台词哦。非常鼓舞人心,让人有种迫不及待想要努力的感觉。我在编辑这本书的时候就想,能说出这种话的戴安娜好厉害啊。服部先生好像也很喜欢这部分呢。"

"真的吗!好开心……"

毫无征兆地,眼泪几近夺眶而出。彩子的母亲当然也很好,但是父亲这一存在却有着别样的伟大和温存。父亲似乎可以包容一切,光是待在他身边,就好像自己的存在可以被完全肯定,就好像今后再也没有什么值得害怕的事。好想有个父亲啊——戴安娜的这一渴望如此地强烈。她想要被这样成熟的男性守护着,已经等不及到十五岁了。戴安娜在心里下定了决心,要早点去寻找自己的父亲。

"书房里装饰着服部先生的插画。我去找找。"

彩子的父亲走向二楼,这时,彩子的母亲站了起来。

"是哦,这样吧,你们先帮我洗一下餐具,然后我们一起做蜂蜜蛋糕吧。很简单哦,很快就做好了。"

"蜂蜜蛋糕能自己做吗?"

戴安娜惊讶地反问道。彩子的母亲开玩笑地点了点头:"《古利和古拉》不就是这样的吗?"

听到这个令人怀念的书名,戴安娜的心中似有烟火绽放,"啪"的一声,绚烂夺目。

"戴安娜,以后要经常到我们家来玩哦。我有空的时候,可以教你做一些简单的料理。你母亲不在的时候,你是一个人吃饭的吧。虽然买来的食物也不错,不过自己动手做要更开心、更好吃哦。"

真不想回家啊——

虽然时间尚早,戴安娜却突然有了这种极为强烈的想法。想到要独自一人顺着来时的路回家,在便利店买好便当,回到冰冷黑暗的家里吃完,虽然自己一直都是这样过的,但戴安娜现在却打心眼儿里十分抗拒。好讨厌,不想变得独自一人。想在这个温暖的房间里和喜欢的人在一起,想要再多体验一会儿这个家里拥有的温柔恬静的氛围。戴安娜一直都断定自己是个喜欢一个人待着的人，却发现原来那都是自己的自以为是。真正的自己其实是个容易感到孤单、喜欢和别人待在一起、又爱撒娇的人啊。

戴安娜在彩子家一直待到了晚上七点。彩子的母亲烤了蜂蜜蛋糕，还把晚饭时吃的炒牛蒡丝、羊栖菜和饭团装进便当盒，让她带回家了。彩子的父亲开着车和彩子一起送戴安娜回家，一路上都很热闹，这反而令她感到有些寂寞。

回到家后，戴安娜把在院子里和彩子一起摘的雏菊花束和香草插进玻璃杯里装饰起来，原本冰冷而没有色彩的房间似乎变得柔和了一些。

* * *

"好嘞，这样一来晚饭就准备好了。快，我们出门吧！"

"哗"的一声按下电饭煲的开关，戴安娜一脸满足地"啪啪"拍手。彩子的母亲教戴安娜做的虾烩饭看起来非常简单。在淘好的米中放进混合好的蔬菜和虾肉，放入清汤块、辣椒粉和黄油，再加入适量的水蒸煮即可。"用到火的菜也想早些学呢。"戴安娜这样迫不及待地说道。

"多亏了彩子的妈妈教了我这么多东西，我都觉得自己长大了不少。啊，彩子的妈妈真好啊，什么都知道。"

想到妈妈能帮上戴安娜的忙,彩子很是自豪,但现在好像并不是在意这个的时候。事实上,彩子的视线已经完全被小小的电视屏幕画面吸引住了。"舞蹈吧!斯蒂芬妮"总算进行到第二关了。在印着脚步标记的树脂薄膜上,彩子正全神贯注地随着斯蒂芬妮的动作舞动着手脚。戴安娜走到彩子身边,一脸无趣地扯了扯彩子的手臂。

"你怎么一直在玩游戏啊。我说,我们快点去你家吧。晚饭已经准备好了,明天上课的东西也收拾好了。"

"嗯,再等一下。"彩子小声嘟囔着,却丝毫没有离开电视机的意思。

尽管戴安娜常会想去彩子家里玩,但是,彩子其实想要一直待在戴安娜这里。当然,自己引以为豪的好朋友能和爸爸妈妈友好相处,这让彩子很是高兴幸福。但是,与此同时,她也稍稍有些嫉妒。爸爸妈妈总是会惊讶于戴安娜的聪明和敏锐。对于彩子喜欢的东西,妈妈会面露难色;而对于戴安娜喜好的食物、书籍或者颜色,妈妈则会眯起眼睛细细打量,真正打心眼里感到满意。难道说这是因为戴安娜明白彩子无法体会的"真货"的妙处吗?

最重要的是,彩子已然痴迷于戴安娜生活的这个家所散发出的闪闪发光的魔力了。这小小的房间就像玩过家家时的玩偶房子一样。房间里到处摆满了五颜六色的瓶子,壁柜里挂满了公主裙。首饰和假发像宝物般堆积起来,代替窗帘的珠帘如同半透明的糖果一样可爱。就像戴安娜说的那样,从电视到空调,从冰箱到电饭煲,全部都被密密麻麻、闪闪发亮的贴纸或串珠装饰着,让人根本移不开视线。

不仅如此,戴安娜拿出来的食物和点心好吃到令人难以置信。戴安娜拿手的方便炒面的味道实在令人难以忘怀,那酱汁味道浓郁,直让人舌尖发麻。面条柔滑爽口,筋道十足。尝上一口,那味道简直比百奇饼干加炸薯片加罐装马铃薯条的总和还要好。而这其中的每一样,无疑都是彩子梦寐以求的美味。

"我好喜欢戴安娜的家啊。在这里真的很开心呢。真想当你家的孩子。"

"欸,就我家这样?你家不是更好吗?"

"欸,是吗?"

"是啊。我也希望自己家能像彩子家那样,又宽敞又有钱……要是我也有爸爸该有多好呀。"

这么说着,戴安娜的脸微微有些泛红,兀自蹲下身去。彩子有些吃惊,便也在身边蹲了下来。

"我已经不想等到十五岁了。我想现在就去找我的爸爸。然后,让他和我妈妈再结一次婚。这样的话,妈妈也就不用再去工作了,就可以待在家里了。"

彩子为曾憧憬戴安娜自由生活的自己感到羞愧。原来,自己一直都没有体察到戴安娜是多么的寂寞。

036.. 书店的戴安娜

"戴安娜,我会帮你去找你爸爸的。嗯,我们两个去的话,一定很快就能找到的。我们就像南希·朱尔那样当一回侦探吧。"

"但是,我们一点线索也没有啊。我只知道他喜欢赛马这件事情啊。"

"没有照片吗?或者,书信之类的?"

戴安娜摇了摇头,金发也随之晃动起来。啊,难道就没有什么好办法吗——就在两人认真思考的时候,"咣当"一声,玄关的门被粗暴地推开,一个身穿运动装的苗条女人突然闯了进来。她脱下凉鞋,随意地丢在一旁,急急忙忙地走进屋子,然后一下子把钥匙扔到地板上。香烟的味道在空气中慢慢扩散开来。

"我回来了——哎呀,这是你朋友?"

"烦死了,干吗这个时候回来啊。你不是说今天要和阿实约会玩弹子球,所以会玩尽兴了才回来嘛!我们两个聊悄悄话正到最要紧的时候了呢!"

戴安娜满脸通红地叫嚷着。但是狄亚拉却毫不在意,她看着两人,"嘻嘻"地笑出声来。

"啊——你,是戴安娜的朋友?叫彩子吧?嘿,我是狄亚拉。"

狄亚拉,也就是说,这个人是戴安娜的妈妈吧?可是,眼前的这个人怎么看都只像是个大姐姐啊。而且,她是如此地漂亮。金色卷发一圈一圈地缠绕着,双眼是非常漂亮的蓝色,说话时活像一个法国人偶。她仿佛是为了成为狄亚拉才出生的美女一样，即使全身上下都穿着紫色豹纹运动衣，看起来也非常潇洒华丽。

"正好，我在'银章鱼'买了章鱼烧，过来一起吃吧。我玩弹子球大赢了一把哦。今天心情还不错，这是带回来的礼物。"

"狄亚拉，你别这样！"

"欸——为什么啊。这可是你最喜欢的奶酪明太子哦。给你，快吃吧。"

"我才不要呢！别当着彩子的面儿拿出这些奇奇怪怪的东西！"

戴安娜露出一副快要哭了的表情，这让彩子有些惊讶。狄亚拉却一点也没有被吓到。

"那就都给你一个人吃吧。你喜欢吃章鱼烧吧？"

狄亚拉这样劝着彩子，彩子便打开了随意放在折叠桌上的温热的包装袋。圆溜溜的章鱼烧，烤得酥酥脆脆，上面浇满了粉红色的酱汁。彩子沉浸在这勾人食欲的香味中，只尝了一口，便不禁"哇"地失声叫出。黏稠的内料从烤得恰到好处的表皮中溢出。明太子和奶酪的搭配味道温和，协调得令人难以置信。

"戴安娜的妈妈好像公主……而且，我从来没有吃过这么好吃的东西。"

一瞬间，狄亚拉惊讶地睁大了眼睛，随后便仰头大笑起来。

"讨厌啦，这孩子，真有意思。你真的超有趣的！"

书店的戴安娜

狄亚拉"啪"地拍了拍彩子的后背,彩子差点快要噎住了。戴安娜露出打心眼儿里厌恶的表情,一直在不住地叹气。但是,她一定能像她妈妈一样,成为一位可以凭借自己的光辉吸引全世界目光的美丽女性吧。一定要成为能够配得上长大成人后的戴安娜的人,彩子一边大口吃着热乎乎的章鱼烧,一边这样温情地想着。

* * *

下午的教室里回荡着彩子清脆的声音。作为好朋友,这是自己最感到骄傲的瞬间。

"上周星期天,矢岛和她母亲来我家做客了。"

美影特地回过头来,不甘心地瞪着戴安娜。

"院子里的草莓已经变成了鲜红色,宛如红宝石一般。草莓摸起来凉丝丝的,只是轻轻触摸一下,脸颊就有种酸溜溜的感觉。即使不加上砂糖或炼乳,草莓也会非常好吃。而采草莓的篮子就像是宝石箱子一样。"

彩子非常擅长写作文。她描写的情景栩栩如生,仿佛浮现在眼前一般。遣词造句看似随意,却精确传神,让人不禁沉醉其中。怪不得老师只点名让她一个人朗读。彩子的一头短发闪烁着光芒,目光在稿纸上移转。看到这样的彩子,戴安娜发自内心地为她献上所有的赞美。

跟彩子相比,自己却——戴安娜一边叹着气,一边低头看着自己的作文。岩田老师用红笔用力地在上面写着:"不用逼迫自己一定要写好,用更愉快的心情来写作文吧。"

戴安娜并不擅长写文章。虽然她很喜欢阅读,但若要自己提笔表达,就会感到很难为情。戴安娜总觉得自己会在里面夹杂谎言,所以无论如何都会有所抵触。她害怕自己把感情放大。戴安娜最不擅长写读后感,即使好不容易绞尽脑汁写出,心头却还是会萦绕一股悔恨,总觉得自己的语言玷污了心爱的书。所以,能够拥有彩子这个擅长写作文的朋友,戴安娜感到非常骄傲。

"戴安娜的母亲非常漂亮开朗,就像公主一样。"

这太言过其实了——原来彩子一直在留意自己的母亲啊。回想起狄亚拉那天的粗鲁举止,戴安娜顿感无地自容。

——真棒啊,戴安娜。你终于交到朋友了。和彩子那样的大小姐在一起,我也放心了。下次,人家还得去她家表示感谢呢。

戴安娜没想到狄亚拉会说出这样的话。虽然极力阻止她了,但狄亚拉却仍然毫无顾虑,黏着戴安娜到彩子家做果酱。

——你好。你们家很漂亮呢,就像城堡一样。

在色调安详沉静的彩子家中,花里胡哨的狄亚拉显得比平常更加扎眼。她用那因抽烟喝酒而变哑的嗓音像八哥一样呱呱地说话,这令戴安娜羞愧得无地自容。非但如此,狄亚拉还笨手笨脚地,把彩子家的厨房弄得很脏。但是，彩子的父母却没有露出一丁点嫌弃的样子，反而热情地招待她们。回家的路上，狄亚拉的心情出奇地好。

——彩子的妈妈真棒啊，还邀请我下次去她的料理教室呢。

——你可别去啊。你要是去的话，那里可不适合你哦。你一定会被其他人笑话的。

——欸，是吗？不过还真想去一次料理教室呢。阿实也说过他喜欢顾家的女人。

虽然狄亚拉的话语中出现的男人在不停地变化，但戴安娜却一次也没有见过他们。尽管狄亚拉老是出去过夜，经常把戴安娜一个人留在家里，但却从来没有把其他人带回过她们两人的家。难道说——狄亚拉隐瞒了有女儿的事实而和他们交往吗？狄亚拉应该是没有恶意的，不过，自己果然是隐藏在"秘密森林"里的存在吧。戴安娜感到很受伤，使劲拽了拽狄亚拉的运动服袖子。

——我经常去彩子家，你不会介意吧？拿咱们家和彩子家比，你也会不高兴吧？

戴安娜忐忑不安地等待着狄亚拉的回答，狄亚拉的回复却让她有些扫兴。

——没有啊，毕竟呢，彩子的父母年纪都很大了呀。而且，彩子家还很有钱啊。所以，各方面做得很好也是理所当然的吧。人家虽然很笨，不过这也是人家的个性啊。只是为了和戴安娜一起生活,不给任何人添麻烦,人家就已经很努力了呀。人家就是人家嘛,是独一无二的呀。

看到狄亚拉开朗的表情,戴安娜突然有些失望,觉得自己刚才的顾虑真是多余了。她忘了狄亚拉这个人欠缺正常人共通的感情了。狄亚拉和神崎一家三口相处得和谐融洽,这让戴安娜有种既安心又伤心的奇妙感觉。自己能被彩子的父母喜欢,这当然让戴安娜非常高兴,不过,到头来,他们一家也许只是对待任何人都很亲切吧。这样想着,戴安娜不禁落寞起来。

"神崎同学的作文写得很精彩呢。大家也要多向神崎同学学习,仔细留心周围细小的事情,养成用语言记录的习惯。"

被岩田老师表扬后,彩子有些难为情似的羞红了脸,坐回到位子上去。

老师还在继续点名让其他人朗读作文,不过,戴安娜对其他人写的东西一点也不感兴趣,就一直注视着窗外的游泳池。突然,一个词从耳边飘过,戴安娜心中一阵悸动,一下子回过神来。

——赛马。

她的确听到了这个词。回过头来一看,坐在彩子旁边的武田君正在读着自己的作文。

"星期天,我和父亲一起去了赛马场。我的父亲很喜欢赌博。这件事并没有告诉母亲。"

教室的各个角落响起了窃笑声。

"不过,父亲原本以为押中了大冷门,但最后却没有中,所以在回家的路上,父亲非常生气。看到父亲在自己身边时而高兴时而生气的样子,我觉得很开心。我还近距离地看到了高大壮硕的马,心里非常满足。那里还有小孩子也能去玩的游乐园。我很想再去看赛马。下周五那里会举行'青叶奖',父亲应该也会带我去。"

戴安娜差一点就大叫了出来。对了,赛马场——为什么之前没有想到这里呢?或许在那里可以找到父亲。戴安娜感到后颈发热,喉咙都快干得冒烟儿了。

下课铃一响,戴安娜就立刻离开座位,径直跑到武田君那里。现在可不是害怕他捉弄自己的时候,绝对不能错过这个机会。彩子见状,慌慌张张地站了起来。

"下次和你父亲一起去看'青叶奖'的时候,把我也带上吧。小时候丢下我离家出走的父亲可能会在那里,所以请帮我找找他吧。"

戴安娜用尽了全身的力气,抬头直视武田君。这时,她想起了狄亚拉的口头禅。

——听好了,戴安娜。和人瞪眼的时候绝对不能移开视线哦。先移开视线的那个就输了。要表达自己的要求就需要这样。

的确,他看起来有点畏缩。

"什么啊,我不明白你在说什么。为什么我非要带你一起去啊。"

面对万分困惑的武田,戴安娜竭尽全力拼命解释着。

"我父亲一定就在赛马场。因为,我母亲说过,他每周都会去赛马,而且一直在押最大的冷门。所以,只要我在青叶奖那天去赛马场,就一定能找到他。喂,武田,下周五带我一起去赛马场吧。"

"拜托了。说不定可以找到戴安娜的爸爸哦。我也求你了。"

"不要!真不知道你们想干什么。而且,要是带女生去的话,我爸爸也会被吓到的。"

不知为何,武田有些害怕似的巡视了教室一圈。戴安娜还在不顾一切地向他请求。

"我一个人去不了赛马场的。求你了,这是我这辈子的愿望了。"

戴安娜毫不在意同学的目光。不管怎样,她都想见到父亲。戴安娜的脑海里出现了一个模模糊糊的男人的身影,与彩子父亲那温柔的笑容重叠在了一起。

* * *

跑道的浓绿印染了眼球。

虽说有大人带自己过来,却还是第一次抱着这样秘密的目的来到这么远的地方。没想到这里居然如此宽阔,放眼望去,一片人山人海。这里人这么多,戴安娜的爸爸就算在这里,大概也找不到吧,彩子感到很不安。

擦肩而过的大叔身上散发出刺鼻的烟味,彩子被呛得咳嗽不止。之前听到赛马场时,彩子和戴安娜都想象着一定是和校园差不多大小。

——武田的爸爸带你去赛马场吗?和戴安娜一起?嗯,这样啊。让我考虑一下吧。

和妈妈说起这件事时,妈妈并没有立刻同意。

——彩子和戴安娜一定能学到很多社会知识的。而且戴安娜她……也能去找她父亲……

偶然间,在半夜去卫生间后回房间的途中,彩子听到妈妈在打电话。对方应该是狄亚拉吧。虽然妈妈有些担心,不过最后还是同意让彩子去赛马场了。今天早晨,妈妈给了她一些零花钱,然后送她出了门。

两人和武田父子一起坐电车过去,到达府中赛马场时已经是上午十点了。武田君的爸爸滚圆滚圆,白白胖胖,很有肉店老板的感觉。不过,他在电车中一副心不在焉的样子,频频翻看笔记本,用红笔在折好的报纸上写写画画,然后长叹一口气,或是嘟嘟囔囔地自言自语几句。一到赛马场,他就把孩子们丢在一边,立刻向观众席走了过去。戴安娜有些不知所措,向四周东张西望着。彩子用不输场内广播的音量大声问道:

"有像你父亲的人吗?"

"不知道。这里人太多了。不过,我们这几个小孩子在这里四处转悠,很引人注目的。所以,就算我不知道他长什么样子,他也应该能注意到我吧。我和狄亚拉长得很像的。"

虽然说得很肯定,但戴安娜的脸上却浮现出从未有过的不安。一旁的武田君正抬头看着放映赛马画面的巨大显示屏,突然踌躇地插嘴问道:

"你到底能不能确定你父亲一定会来这里呀。"

"会来的。我父亲每年都一定会来看'青叶奖'。他还说过本来想给我取名叫'青叶'的。"

"啊,青叶吗?和戴安娜相比,听起来更像个正经名字啊。"

"武田,你太没礼貌了。"

三人在赛马场中走来走去,累得腿都直了。戴安娜也仔细观察了每个和她擦肩而过的男人的样子。他们在观众席上来来回回走了好几趟,不仅去了场内的餐饮店,也找遍了同时设置在赛马场的日本庭院里的各个角落。但是,都过了好几个小时了,也没有一个人过来跟戴安娜搭话。当宣布关门的广播通知响起的时候,戴安娜终于像死心了似的停下了脚步。

"对不起,武田、彩子。你们好不容易陪我过来一趟,不过,我父亲好像并不在这里——"

"别这样,你不用道歉啊,戴安娜。是我们之前没想到这里会有这么多人,没有找到也是很正常的。这也没办法啊。"

"不,不是这样的。"

戴安娜的眼眶中滑落下一行清泪,彩子呆呆地久久不能言语。她知道，此时的武田一定连身体都僵硬了。

"其实，我很希望自己有个像彩子的父亲一样温柔的父亲。但是，赛马场的这些大叔们，在这里大声喊叫、抽烟、一个劲儿地聊跟钱有关的话题，和我想象的完全不一样。一想到我的父亲一定是和彩子的父亲不同类型的人，就总觉得——"

完全没想到戴安娜会有这种想法。想起自己之前不顾戴安娜的感受就在爸爸面前撒娇，彩子不禁后悔不已。戴安娜连爸爸的面儿都没有见过啊，她的内心该是多么的寂寞啊。彩子一想到这儿，内心便有股想哭的冲动。

"明年我们再来吧。"

突然，武田这么说道。他看了看一脸惊讶的彩子，又转过头去看戴安娜，然后，有些害羞地继续说道：

"你长那么瘦，个子又矮，和你母亲长得一点也不像哦。等你再长大一点，你父亲一定能大老远地就注意到你。所以啊，你要多和班上的同学一起玩，学校的套餐也要多吃点。"

戴安娜默默地点着头。奇怪——武田君的脸颊好像有些微微泛红，不过，这似乎并不是因为落日的余晖吧。

果然，妈妈也许说对了。一种从未体验过的情愫在心中扩散开来。彩子突然有些同情起武田来了。两人喜欢戴安娜的心情是共通的。只是，女生之间可以很快成为好朋友,男生和女生之间却很困难。周围还有很多同学在看着他们。至少现在,武田只有通过开玩笑或者欺负戴安娜的方式才能和她接触。

"没事的,戴安娜。总有一天你会见到你父亲的。"

不知是否是因为太阳已然西沉,戴安娜的金发变成了褐色,看起来颇有大人的样子。马上就要到五点钟了。彩子突然注意到武田的爸爸从远处跑了过来。

"你们几个小孩子跑哪儿去了,担心死我了。就要关门了,我们快回去吧。"

"爸爸,我们饿了,想吃东西。"

"真拿你们没办法。"

临近关门,几乎所有的商店都在准备打烊,一行人慌慌张张地跑进了一家还在营业的餐馆。在这一天,彩子第一次吃到了美国热狗。香肠被松软的面包包裹着,柔软的口感十分均匀。也可能是在室外吃吧,彩子觉得这沾满番茄汁的热狗甚至好吃到令人痴迷的程度。武田君也并不是什么坏孩子。偶尔和他一起玩儿好像也还不错。温暖的风轻轻地吹拂着,带来了跑道草坪那绿油油的气息。彩子意识到马上就要到夏天了。今年就拜托爸爸和妈妈带戴安娜和狄亚拉阿姨一起去叶山的别墅吧。

母女俩干爽的金发和蔚蓝色的海岸一定很相称吧,彩子如是想着。

2

下午的课有些难挨。

午饭后就着牛奶悄悄吃下的止痛片开始发挥功效，身体有一种黏黏糊糊的温热感，稍有不慎，睡意就会一下子涌上来。腰部酸痛，身体倦怠无力。虽已是十一月末，窗外射进的阳光依然强烈，连桌子的纹路都勾勒得一清二楚。衬衫已然沁了一层薄薄的汗，要是背上的内衣透出来该怎么办呢？彩子显得有些坐立不安，但妈妈织的紫罗兰色的对襟毛衣还在教室后面的储物柜里。坐在正后面的山崎在女生间风评不佳。他对女生的身体变化十分敏感，会偷偷在背后给女生取下作的绰号，会窥探女生的身体检查结果，给大家的发育情况进行排名，甚至会在和女生擦肩而过时故意撞上去。彩子一直很小心，所以没有直接受到过他的为难，但这也只是时间问题吧。彩子祈祷般地想着：不要惹上山崎，能相安无事地毕业就好。彩子甚至能感受到他投在自己背后的嘲笑的视线,那种芒刺在背的感觉让她害怕得不敢回头。

进入六年级后,彩子的身体快速地发生着变化。彩子的身高在班上排第二,运动内衣已然遮挡不住她发育的胸型。妈妈让她穿成人内衣,彩子却总觉得万分不好意思,扭扭捏捏地不肯接受。体育课上,当男生把视线投在自己身上的时候,彩子恨不得能马上消失。

初潮是在五年级的第二学期,但是一直到一年后的今天,彩子还是不太习惯。两腿间微温的濡湿感让人心焦,卫生巾那若即若离的触感令人不适,身体不洁的感觉也总是挥之不去。莫名的忧虑和焦躁涌上心头,彩子甚至迁怒于妈妈,而在不久之前,这种事情简直无法想象。今天才是第一天,月经大概会持续一周,想到之后的六天,彩子便顿觉心情郁结。

学校课程太过简单可能也是犯困的原因之一。升学考试将近,放学后还有补习班、家教等,时间被安排得满满当当。说实话,彩子甚至想把通勤的时间也拿来学习。不过,来学校就能见到朋友了——彩子这么想着,偷偷看了一眼坐在斜前方的戴安娜。终于,整整四年都得以和戴安娜在同一个班级度过。最好的朋友顶着一头干巴巴的金发,在一群黑发中格外显眼。为了把头发染成不那么张扬的颜色,戴安娜从药店买来染发剂,一遍遍在家里的浴室里进行试验。不过,可能是因为从小便反复脱色,染过的颜色很快就会褪去。戴安娜在班上体格最小。她还和初遇时一样,细长手脚,尖尖下巴,身体没有凹凸,薄得像层纸。

最近都没能有机会和戴安娜好好聊聊。因为之前的模拟考成绩不理想,今天也是一放学就要马上回家,放下书包便要直接赶往补习班。其实个中原因彩子自己心知肚明。她已经无法做到像以前一样学习了,屏住呼吸便能一直在海底潜游的那种注意力集中的感觉,正在慢慢消失,完全沉浸在学习中忘却自我的感觉也已不见,往往是回过神来却发现自己竟然在恍恍惚惚看着钟表指针。尤其是在生理期,连长时间挺直脊背坐着都成了一件痛苦的事情。

在这个教室里,到底有多少人已经开始来月经了呢?身形较大的川口和佐山应该已经开始了,但又不能这样断言,一种捉摸不定的气氛隐隐笼罩在女生之间。下课铃响了,班主任林老师合上教科书:"好了,我们下课。下节课在理科教室上,值日生请把资料整理好。"

随着值日生的号令,大家起立、行礼。彩子突然有一种异样感,转过上半身朝自己的屁股看了看,她明显感到体内的血液正在大量流出。

"怎么办……"

裙子脏了。即便是很小的污点,也能看出那藏青色和水蓝色相间的格子裙上洇着一处暗红。彩子脑子里一片空白,教室里的喧闹声也离她越来越远。后悔和害怕交织着，彩子慌乱地坐了下来。她胆战心惊地朝背后确认了一眼，所幸山崎和朋友聊得正欢，没有朝这边看。如此失策，彩子羞愧得快要哭出来了，真是太狼狈了。都怪自己没有好好地换卫生巾，因为在意大家的目光，彩子都不敢拿着手袋去厕所。偏巧下节课在理科教室，路上不可避免地会被人看到裙子后面。

"彩子，怎么了，我们一起去理科教室吧。"

彩子怔了一下，抬头看到戴安娜手捧着理科教科书正往这边探头看，茶色的瞳孔里闪动着些许好奇。

"怎么办，我的裙子后面好像弄脏了。"

彩子好歹用细若蚊蝇的声音喃喃地说出了这番话。

戴安娜的瞳孔一下子放大。彩子想：她还没有经历过初潮，可能有必要向她解释一下——

"别慌，交给我吧。"

戴安娜的回答干脆利落，彩子有些吃惊。像是一下子参透了所有的事情一般，好友重重地点了下头。戴安娜快速地看了周围一眼，然后朝她耳语道："下节课别上了，把裙子上的污渍洗洗吧。手工教室里有烘干油漆用的吹风机，还有洗涤剂和刷子。洗的时候穿着运动服就行。对了，我会紧紧贴着你后面走的，别人肯定不会知道的。"

想到有如此可靠的小伙伴，彩子不由得热泪盈眶，一颗悬着的心终于放松了下来。真想马上搂住她，然后把所有的事情都全权交付于她。彩子把挂在桌子挂钩上的装着运动服的袋子攥在手里,起身站起,戴安娜紧紧地跟在身后。活像两人三足一般,两人步调一致,直奔着教室前门走去。戴安娜对着坐在最前排的美影快速说了一声:

"美影,彩子好像有点发烧了,我陪她去趟医务室,帮我们和老师说一声哈。"

"没事儿吧?我也一起去吧。"

透过厚厚的镜片,那双眼睛正闪烁着怀疑的目光。美影原本是早熟的女孩,颇为多嘴饶舌;近来,随着升学考试的临近,却每天绷得紧紧的,当起了"学霸"。也许是为了让升学调查表好看些,她甚至揽下了年级委员的差事。然而,即便一天到晚都捧着本练习册,学到视力下降,她的成绩还是没有什么起色。和彩子一样,她的第一志愿也是山之上女学园。什么东西都要向彩子学习,这是她妈妈一贯的教育方针。当然,如果美影的努力能有一个好结果自然是极好的,但一想到要和一个并不很亲近、却十分熟知自己小学生活的人上同一所中学,彩子就觉得很是麻烦。

"我想让戴安娜陪我去,不好意思了。"

彩子脱口而出。上学一起,补习班一起,双方的妈妈又相互认识,所以便产生了一种说什么话应该都没有关系的想法。

美影受伤般地咬紧嘴唇,黯然离去了。看到她这样的表情,彩子一瞬间有些良心不安。两人来到走廊,隔

隔壁班的武田正好迎面走过,开口问道:

"喂,你们要去哪儿?已经上课了吧!"

"真烦人!多管闲事!"

戴安娜也不正眼瞧武田一眼,便冷冷地走开了。四年级之前三人还时常一起玩,但不知何时开始却变得形同陌路。武田身形挺拔,喉结也凸显了出来,已经不再是个男孩儿,而是个男人了。坊间净传出一些他放学后和不良中学生厮混的流言蜚语。听说迷恋他的女孩子有很多,但是彩子对他粗鲁的态度和健壮的体格总有些许畏惧感。平常畏缩不前的戴安娜,竟然能和武田这样粗鲁的人旗鼓相当地对话,彩子很是吃惊。

来到位于一楼东侧的手工教室,戴安娜悄悄打开了门。"太好了,没有人。"戴安娜安心地长吁了一口气。教室里弥漫着水彩颜料的气味,两人终于放下心来,对视而笑。

彩子躲在讲台后面,换上运动短裤,把裙子拿到水台边,正准备直接用水洗的时候,戴安娜制止了她。

"像这种情况,不要搓,轻轻捶打效果更好哦。"

戴安娜从口袋里拿出了手帕,用水浸湿,滴上一滴洗涤剂。把裙子放在操作台上,咚咚地捶打着污渍。彩子把自己的污秽物正在被清洗的羞耻感抛之脑后,坐在操作台上呆呆地看着她熟练的手法。

"狄亚拉经常把店里的礼服弄脏,我都习惯了。哎,彩子,有好久没和你这样悠闲地待在一起了呢。"

清洗完了污渍,戴安娜把吹风机的插头插在插座上,用暖风吹着裙子。为了遮住吹风机的声音,彩子提高了音量:

"对不起。我最近太忙了。哎,真是受够了学习。"

"就快熬出头喽。再过三个月考试就要结束了,然后,我们不就又可以一起好好玩了吗?"

"真的能考上吗……我好担心呀。"

"彩子你肯定没问题的,学习这么厉害。对了对了,不如你再和我说说你们学校的事情吧。"

戴安娜很喜欢听有关山之上女学园的事情。和她说了教学楼、学习课程、校服之后,戴安娜眯着眼,沉浸在幻想中。

"哇,真好,是女校呢。感觉就和《圣·克莱尔学校》《我是淘气女生》《马洛利塔》①里面的世界一样,多棒啊。"

从戴安娜嘴里听到对山之上女学园的夸赞,彩子心里一下子便踏实了。说起来,最近有些不清楚自己到底是为什么要考山之上女校了。山之上女学园是最敬爱的妈妈的母校,校服很可爱,去年初次参加的校园文化祭也很有趣。确实有一大堆要去山之上的理由,况且山之上又是自己主动选择的学校。但或许是因为升学考

---

① 以上均是英国作家伊妮德·布莱顿(Enid Blyton)的系列小说,描述寄宿学校的生活。

试太过辛苦,总有种被谁强制的感觉。最重要的是,只要想到会和戴安娜分开,就觉得不这么费尽心力地考其实也没关系。

"和戴安娜你一起去的话,我才会有干劲……你不想参加升学考试吗?现在开始准备的话,也能考上不是吗?"

彩子已经考虑很久了。山之上女校是出了名的紧抓国语的学校,考试只有两科,国语很受重视。万一考试没发挥好,也可以在面试和作文上提分,这对喜欢看书的戴安娜来说再合适不过了。

"不行不行,我虽然喜欢看书,但是写的话是完全不行的。"

"好吧。"彩子轻轻点了点头。事实上,戴安娜不太擅长用文章表达自己的想法,是那种总把开心抑或不快深藏心底的内秀性格。对于现在的彩子来说,这样的戴安娜显得格外丰富深邃。最近,看书已经成了彩子应付考试的一部分,而远离了纯粹的读书总让人不免心生悲凉。

"爸爸说让你再来家里玩哦,他说和你聊起书来非常有趣。"

一开始,爸爸可能还对戴安娜的兴趣略有迁就,但随着戴安娜的渐渐长大,他们已经能够进行朋友般的平等对话了。是啊,不知从何时起,戴安娜喜欢上了成年人爱看的小说。塞林格的《麦田里的守望者》是戴安娜这段日子最爱读的书，因此，彩子便也借来试读。可是，看了几十页，彩子却还是云里雾里。这样如实告诉了戴安娜，她只是轻叹了一句"这样啊"，并没有表现出特别遗憾的样子。不过，戴安娜之后推荐的作家朱迪·布鲁姆却让彩子由衷地觉得有趣。

"《卡伦的日记》《淘气孩子》虽然也不错，但还是《上帝，我是玛格丽特》最好玩。巧妙向上帝祈祷的样子超可爱。"

"美国的小学生都好成熟啊。睡衣派对好像很有趣的样子。他们好像不怎么害怕长大呀。"

彩子十分羡慕主人公玛格丽特，她天真烂漫地期待着内衣和初潮，内心毫无杂念。玛格丽特没有任何郁结，满不在乎地谈论喜欢的男孩，谈论自己身体的发育，如果自己也能成为这样开朗的女孩，那该有多好啊——好久没有像这样和戴安娜聊彼此看的书了，彩子的心里泛起阵阵暖意。

戴安娜孩子般平坦的胸部和细长的腿与她那大人般的思维极不相符，但却更让人觉得干净清爽。反观自己，身体虽已发育，心性却还是孩童一般。

"啊，还有三年就十五岁了，到时候，我就要和这个奇怪的名字说再见了！长大真好。"

戴安娜似乎是发自内心地高兴，一边这么说着，一边把吹风机的插头从插座上拔了出来。裙子上的污渍消失得无影无踪，已经干得彻彻底底了。彩子一遍遍地说着感谢的话,然后换上了裙子,和戴安娜一起离开了手工教室。走在走廊上的时候,彩子满怀感激地挽着戴安娜的胳膊。

"到了初中,零花钱就会变多,活动范围也会变大,到时候,我们继续去找你的父亲吧。哎,戴安娜,我们约定好吗?即使不在一个学校,也要做彼此的挚友。"

"当然了。我们是永远的好朋友。不论身处何地,都是彼此的挚友。这么想着,就算去了南中,我也不会消沉下去,而是会继续加油的。"

挚友,自己竟然说出了这个词,彩子觉得既难为情又过于夸大,有点不知所措。戴安娜好像也是如此,难为情地蹭了蹭鼻子。两人都是如此地害怕离别,以至于只能依靠这样的话来支撑了。离开彼此的生活根本令人无法想象。

两人咻咻笑着,连体婴一样地回到教室。与此同时,班上的同学也从理科教室回来了。看到戴安娜和彩子,几个人凑了过来。美影用尖细的声音质问着戴安娜:

"彩子身体不舒服缺席也就算了,你凭什么也休息?"

彩子正准备开口,山崎一下子走到了彩子的面前。山崎那张大圆脸红得发热,嘴角露出一丝下流的奸笑。他呼出一股热气,在彩子耳边低语道:

"神崎,身体不舒服,莫非是,今天那个来了……"

背后突然冒出一股冷汗。自己最讨厌、最不想面对的就是这一时刻。肯定是自己太不小心才会漏洞百出的,以致招人如此嘲笑。喉咙干干涩涩的,怎么也说不出话来。戴安娜缓缓朝前走出一步,朝山崎的拖鞋上狠狠踩了一脚。

"痛死了,你什么意思啊!又没人说你!"

山崎因为疼痛皱着张脸,一只脚一蹦一蹦的,大声怒吼道。班里的人瞧热闹似的看着这一幕。戴安娜抿紧嘴唇狠狠瞪着他。可能对这股魄力心怀畏惧,山崎扭曲着脸,从一旁向戴安娜撞去。戴安娜膝盖着地,疼得眉头紧蹙,彩子立刻把她抱了起来。山崎口沫横飞地嚷嚷着:

"你这个男人婆!上了初中,你给我等着瞧。南中有我的老大,肯定会给你好看的!"

彩子打了一个寒战。班上大部分人要去上的南台中学,也就是"南中",近年来因为校风不正而臭名昭著。

"好了,你们在干吗?!我要叫老师啦!"

美影吼了一声,一瞬间,大家便都散开了。

彩子小心翼翼地瞄了戴安娜一眼。戴安娜脸颊泛红,肩膀随着沉重的呼吸而上下抖动。让她一个人去南中真的没关系吗?彩子一方面感谢为自己而抗争的朋友,另一方面也对什么都做不了的自己深感失望。自己何时也变成了这么柔弱的女子?但是——,在男生们的注视下,彩子不敢再有任何轻举妄动。窗外乳白色的天空上,山毛榉的树枝割出几道粗犷的裂痕。

* * *

狄亚拉看着搞笑节目,极其夸张地大笑着。她一手拿着啤酒,一手拍打着膝盖,发出"啪嗒啪嗒"的声响。

戴安娜慵懒地趴在被子上,翻看《秘密森林里的戴安娜》的第二卷。珠宝盒风格的箱子里放着五本全集,是戴安娜十一岁那年,彩子和彩子父母送给她的至宝。她静静合上了书本,默默抱着双膝。她那被山崎撞倒时所渗出的血早已凝成茶色的痂块。看来彩子所经历的出血和自己并不相同。她想起彩子迷你裙上微微渗出的血液,身子不由一颤。月经究竟是怎么一回事——从那个地方竟然会淌出鲜血,应该会很痛吧。关于性的知识,她本以为自己已从书籍中了解了很多,但真到了自己身上,却完全没有了概念。

虽然丝毫没有庇护山崎的意思,不过,戴安娜深知所有的男生都对彩子抱有爱慕之意。尽管所有成熟的女子都是大家瞩目的焦点,但是,彩子的美却是卓尔不凡的。丰满的胸部,完美的腰身,那乌黑的长发和雪般嫩白的肌肤,总让人不禁萌生亲手抚摸的冲动。进入中学后,彩子会变得更加楚楚动人吧。要是能在她的身边守护着她,那该有多好。

——去山之上女学园上学,真的要花那么多钱吗?

即便明知是自己不自量力,但还是想和彩子上同一所中学。不，不要再装好孩子了，山之上女学园才是自己应该去的地方，这个念头越发地强烈起来。山之上是基督教新教的学校，慈善活动十分丰富。这里文化名人辈出，在国学教育上颇费功夫。而且，据说山之上位于英国约克郡的友好学校实行的是全员住宿制。约克郡——这不就是上演戴安娜最喜爱的《秘密花园》的城市吗？最重要的是，山之上拥有私立女校中号称日本规模第一的图书馆。戴安娜想到这里，毅然决然地站起身来。虽然还是有些迷茫，但戴安娜仍然决定孤注一掷。她走到狄亚拉面前，正襟危坐着问道：

"狄亚拉，那个，如果，我就是举个例子哦，如果，如果我说想和彩子去同一所学校，你会怎么办呢？"

狄亚拉脸上的笑容瞬间消失了。她用遥控器关掉了电视，把身体整个地转向了戴安娜。瞬间，空气凝重而沉寂，与平日家里的氛围全然不同，戴安娜一时有些不知所措。

"什么？欸？你是在说山之上女学园吗？"

并不擅长专有名词的狄亚拉竟然清楚地说出了山之上女学园的名字，戴安娜有些吃惊。戴安娜点了点头，狄亚拉盘起双腿，两眼直盯着天花板。

"说起来，考中学也是很辛苦的哦。彩子不也是很早就开始参加补习班了吗？现在才突然开始考虑，恐怕有点来不及吧？"

欸？狄亚拉竟然如此了解备考的流程——狄亚拉

说出了自己也十分担心的事情,不过戴安娜却显示出一股不服输的气势,把腰板挺得直直的。

"但是……好像很重视面试和作文呢。虽然我也觉得不一定能够考得上,但还是想从现在开始和彩子一起努力,尽全力试一试,这样可以吗?"

这还是戴安娜第一次拜托狄亚拉。戴安娜深知单亲家庭的困难,一直尽量避免提任何任性的要求。但是,狄亚拉一直以歌舞伎町"赫拉克勒斯"的头牌自居,也曾公然宣言将来想拥有自己的店。这样想来,让她筹措出上山之上女学园初高中六年的学费也并不是不可能的事情。

"并不只是说钱的问题哦,只是呢,我不觉得戴安娜能在那所学校里过得轻松快活呀。"

"哦……"

"因为你看,在那里上学的都是些不知辛劳的大小姐们。你和别人稍微有点不一样,就会受到排挤。父母和老师也是这样。他们只看外在和父母的职业,不看人的内心。那些人深信自己是绝对正确的,从不会尝试从狭窄的世界里走出来,他们不过是一群窝囊废的集合。"

狄亚拉神情极为冷静,语气淡淡的。戴安娜惊呆了,她第一次看到这样理智的狄亚拉。意识到戴安娜的视线,狄亚拉好像是要掩盖什么似的站了起来。从运动衣的口袋里拿出了万宝路香烟,点上了火。她走到了换气扇的前面,顺着烟圈往回飘的方向扭过头来,果然,那张笑脸还是那个生性悠闲、什么都不考虑的狄亚拉。

"再说了,山之上的制服超土。南中的制服绝对可爱,很受欢迎的。而且南中是男女同校,所以肯定很快就能交到男朋友啦。"

戴安娜不由得没了干劲,心中十分沮丧。果然,即使想和狄亚拉进行一场严肃认真的对话,也不过是对牛弹琴罢了。狄亚拉拿出手机玩了起来。看来,她早已对这个话题失去了兴趣。看着狄亚拉一边用长指甲吧嗒吧嗒打着信息,一边从鼻孔里呼出烟圈,戴安娜不由得怒上心头。

"制服什么的土就土吧!男人什么的我完全没兴趣!不要把我和狄亚拉这种总是考虑那些很轻浮事情的人相提并论!"

狄亚拉抬起头,吃惊地看着戴安娜。戴安娜在心里暗暗下定了决心。迄今为止,自己一直在避免和狄亚拉发生正面冲突,但是,如果不好好说出来,狄亚拉永远也不会明白自己的想法。想要的东西就说想要就好,这有什么不可以呢?即使是像简·爱那样端庄高雅的女性,在该争取的情况下也会坚定立场极力争取的。在被赋予这个奇怪的名字的时候,戴安娜还只是个婴儿,不会说"不"。但是现在,她已经十二岁了,已经掌握了很多词语。现在已经到了申明要求的时候了。

"我,想好好学习,我将来想做一个顶天立地的人,开一家属于自己的书店!为了实现这个梦想,我想去一个好的学校。而且是和彩子一起……"

"彩子家是彩子家,我们家是我们家。"

戴安娜被狄亚拉严词拒绝,缄口不再言语。狄亚拉把烟蒂捻进喝剩的啤酒罐里,微微一笑。然后,用不可违抗的强硬口吻这样说道:

"好了,这个话题到此结束!瞧,我们要拿出'比起城堡里的派对,森林里夜晚露水的舞蹈要更加闪亮耀眼'的精神,好不好?"

这个人到底在说什么——想回嘴反驳的话数不胜数,但是,这是迄今为止狄亚拉第一次如此明确地表示拒绝,戴安娜觉得再说什么也是徒劳了。任不甘在心底蔓延,戴安娜胡乱盖上被子,抱膝蹲坐着。她抽抽搭搭地假装哭泣,但是,狄亚拉好像已经打开了电视机。艺人高亢的笑声在母女二人小小的房间里回响。

* * *

戴安娜,戴安娜,你在哪里——

手工教室,音乐教室,二楼游廊。彩子挨个地在六年级四班的卫生区里寻找戴安娜的身影。她的脑海中不断浮现出十多秒前发生在教室里的事,脸一直羞红到了耳朵根。

——各位男孩子们,大家安静一点吧。快好好打扫卫生啊。

看到手拿扫帚打打闹闹的男生,彩子终究还是生气地发出了警告。这时,山崎突然按住了她的肩膀。

——你可一点都不吓人哦。我都知道了,你都已经穿胸衣了吧。哈哈,真是班里第一巨乳啊。

彩子的脑袋涨得热热的,鲜血在体内咕嘟咕嘟地四处流窜。女孩子们不好意思地低下头,男孩子们却毫不掩饰自己的好奇心,一个劲儿地盯着彩子的身体。彩子忍住了将要夺眶而出的泪水,转过身去,飞也似的逃离了教室。她紧紧咬住牙关,快步跑下了楼梯。

这简直太奇怪了——明明是山崎在说那些羞人的话,为什么却是自己在忍受这蒙羞之苦呢?哪怕早一时一刻也好,好想抓紧挚友的手,好想能被她从这让人难以自容的地方拯救出来,好想听到她对自己说"彩子并没有错"。在校园里兜兜转转了好一阵,彩子终于想起来戴安娜此时应该正在打扫兔子屋。彩子下了楼梯,也没换室外鞋,就这么冲出了一楼大门,径直走向位于校园一隅的兔子屋。透过扬起的沙尘,彩子看到孱弱的戴安娜正坐在兔子屋前的长椅上。武田威然站立在她的身旁,那魁梧的身躯仿佛像是要遮挡住戴安娜一般。武田似乎是在打扫卫生时偷偷溜出来的,他把拖把倚靠在了长椅背儿上。几只小兔子从开着的兔子屋里跑出来,围绕在两人身边。

两人似乎并没有注意到彩子,正在大声争吵着。

"你快走吧!我没什么事!"

"根本不可能没什么事啊。在这种地方一个人垂头丧气的，谁看了都会担心呀！我从一楼教室看到你了，你就像发疯了一样。"

彩子被武田的话吓了一跳。确实，戴安娜的眼睛已经泛红了，即便从远处也能看得出来。彩子走到小屋旁边，迅速躲到了围栏后面。地上落有很多兔子的粪便，彩子尽量避免踩到上面。

"喂，说话呀。就是因为你谁也不告诉才会这样的。"

好像是禁不住一个劲儿的追问，戴安娜终于吞吞吐吐地开了口。

"狄亚拉……妈妈反对我和彩子上同一所学校……她说那里不是我能轻松读下来的学校……所以，我们就吵了一架。我才不要去什么南中呢。图书室那么小，而且都是些不良少年。没有彩子陪着，我才没有信心去那里呢……我都没有什么其他的朋友。"

彩子想起自己近来常常谈论起山之上的事，觉得十分抱歉。矢岛一家孤儿寡母，只有母女两人，比起自家来要困难得多。自己已经这么大了，明明应该想到这些苦衷才对。

戴安娜双手抱膝，埋头不语。武田似乎很是苦恼，默默在一旁守护着戴安娜。突然，他用无比坚定的语气说道：

"没关系的。无论什么人对你做了什么，无论那个人是谁，我都会替你揍他的。你不用担心。戴安娜一人的话，我还是可以尽量想办法的。"

彩子觉得身体中突然有一股热流涌动。她感到一阵眩晕，而这并不仅仅是因为痛经。武田望着戴安娜的视线和幼时一样，不，甚至更为炽热。班上的女孩子们每日都会喜欢不同的男孩子，彩子看惯了太多的移情别恋，便愈发觉得一直守护一人的爱情美妙得令人难以置信。这一切简直宛如童话——一阵心跳过后，彩子又觉得心中愈发落寞了。

赢得武田的爱的戴安娜突然像是一个遥不可及的存在。自己发育得像成人一样的身体不过是异性嘲笑的对象，而且还要忍受被人排挤的孤寂。但戴安娜却不用为了考试而辛苦学习，做什么都很自由，只需做自己喜欢的事情。然而，就是这样的戴安娜，却自然而然地抓住了周围人的心，甚至抓住了爸爸妈妈的心——

武田真挚直率的话语好像没有影响到戴安娜，她似乎并不想抬起头来。彩子终于重新整理好心情，勉强露出一丝笑容。

"被我发现了！"

彩子故意用开玩笑的语气这么说着。她突然跑到了两个人的面前，武田像是被吓了一跳似的，往后退了几步。"看，该我出场了，你这样的只会碍事儿——"带着这样的想法，彩子粗暴地一把推开了武田。戴安娜泛红的眼睛里终于浮现出安心的神情，她抬起头来看向这边。

"彩子——"

戴安娜的笑犹如朝露中绽开的小小花苞。果然,无论什么样的男人都无法介入我们之间的亲密关系。彩子怀着十分得意的心情拥抱着戴安娜。瞥眼望向武田,他正尴尬地挠着头。

"戴安娜,这不是挺好的吗?我都听到了呢。这样一来,即使你去了南中,我也会放心的。啊,太好了。武田,戴安娜就拜托你了。"

彩子开玩笑似的说着,"啪"的一声拍了一下武田的后背。武田一副不耐烦的样子。

"吵死了,不是这样的。一副老好人样子的唠叨女人,啰嗦死了。"

武田刚一转身,便向教学楼飞奔过去。戴安娜嘟着嘴,盯着武田那向校园的另一侧渐行渐远的身影。

"你在说什么呀,彩子。你该不会相信了那蛮横的家伙所说的谎话吧?他那样做,是打算让我粗心大意,然后瞅准空子再一举拿下。"

戴安娜那模样看起来不像是羞恼,倒像是当真厌烦透了。明明读了那么多大人的小说,她却根本没有将其活用到现实中去,彩子对此颇为吃惊。不过,将来也会有许多男孩子被这点不可思议的反差所吸引吧。然而,自己那个时候一定已经不在她身边了。彩子这样想着,愈发惆怅起来。

"那个,戴安娜,这周周六,要不要一起去山之上女学园呢？会举行文化祭哦。"

彩子直接把刚刚想到的事情脱口说了出来。

"嗯，虽然我很想去啦，但是，我又不能报考那里……"

戴安娜有些为难地垂下了眼。彩子一眼窥见了她的心思，握紧了她的手。狄亚拉阿姨像女演员一样漂亮，工作起来又比彩子的父母辛勤得多，几乎从不休息，应该也能攒出一笔钱以备不时之需吧。彩子有些想当然地反复思量。自家和戴安娜家中也有来往，如果真有必要，爸爸妈妈借一点给戴安娜家也是可以的吧。最重要的是，狄亚拉阿姨反对戴安娜报考山之上的原因，肯定就像戴安娜刚才说的那样，是对山之上抱有什么错误的坏印象。

"首先呢，戴安娜还是亲眼看看这所学校比较好。你好好地给狄亚拉阿姨说明一下山之上到底是个怎样的地方，然后再试着求求她嘛。"

"她会同意吗……"

终究不想让戴安娜去南中——彩子温柔地抚摸着那金色的发丝，如此强烈地想着。

一直在她身边的人只能是自己。怎么可以轻易让位给武田那种人呢？彩子对戴安娜的心意强烈而坦率，但男孩子对戴安娜的想法中必定还包含着某种下流的目的。只要想到武田和戴安娜万一成了那种关系，彩子就感到胸中像是有锉刀在磨。狄亚拉在十六岁的时候便生下了戴安娜。再过四年，戴安娜也要十六岁了。虽然现在的戴安娜还和自己一样有洁癖,但也说不定某一天,她从母亲那里继承来的血统就要觉醒,想要主动对男孩子的欲望做出回应。毕竟,戴安娜原本就是个惹人注目、容貌出众的美少女——

戴安娜轻轻地抱起脚边白白胖胖的兔子,仿佛是在思考什么似的,把鼻尖埋进了绒毛之中。

在彩子的生理期中,几乎每餐餐桌上都会出现用肝脏做的菜和小豆南瓜烧的菜。"至少要把这些吃掉,不然会宫寒的。"虽然妈妈像是口头禅一样没完没了地这么唠叨着,但彩子却完全没有食欲。彩子感觉身体就像被炙烤一般,倒是更想把这些食物冰镇一下。虽然更想吃巧克力冰淇淋一类的食物,但彩子还是一口不剩地吃光了碗中的菜。

放下筷子,彩子向母亲报告说自己邀请了戴安娜来参加文化祭,明早十点会等戴安娜过来一起出门。母亲正在往茶杯里倒着饭后烘茶,听到这里,眉头微皱,停下了手边的活儿。

"但是会不会给人家添麻烦……戴安娜她,你看,不是没有报考山之上吗?"

不出所料,彩子看出母亲并不太同意这件事。她端坐好,拿出早就准备好的一套台词来游说母亲。

"但是戴安娜自己很喜欢山之上女学园啊。再让她好好地看一看再做决定也不错呀。小彩呢,想要让戴安娜看一看那所大图书馆嘛。"

"说得也是……"

"狄亚拉阿姨只是不了解山之上女学园,所以她才不让戴安娜报考那里的。如果戴安娜自己好好看过,并且把自己的想法传达给狄亚拉阿姨,她的想法也会改变的吧。"

妈妈像是终于死心了似的,伸手去拿圆圆的红玉苹果。

"我知道了。不过,千万不要勉强哦。戴安娜也有她自己的难处。"

彩子就像班级里的男生那样,迫不及待地想要摆出胜利的手势。她看着妈妈那用小刀削苹果皮的手,滚滚斗志喷涌而出。

"总之,小彩不能把戴安娜一个人丢在南中。那些男生又粗鲁,又非常下流……今天也是……简直了,真希望他们早点完蛋!"

彩子一时得意忘形地学起了狄亚拉阿姨的语气,妈妈立马毫不掩饰地板起了脸。

"哎呀,可不能说那种难听的话啊。那孩子捉弄你,是因为喜欢你啊。男生也是小孩子呀,除了用这种方法吸引你的目光之外,没有其他办法了啊。你还是原谅他吧。"

彩子惊讶地抬头看着妈妈。没想到一向聪明的妈妈竟然会说出这种话来。

男生也是小孩子——这是多么好用的借口啊。小孩子就可以随便伤害别人吗？自己明明受到了这么大的伤害，为什么只因为对方是男生，就可以轻易原谅这一切呢？更何况，山崎怎么可能会喜欢自己呢？从他那无礼的视线和嬉皮笑脸的举止中，一点都看不出对自己的关照和尊重。

"还有啊，彩子，你已经上六年级了，所以不要再称呼自己为小彩了。"

"我只在家里这么说啊。"

"家里也不行哦。否则，即使在面试时不小心说漏了嘴，自己也意识不到哦。你也已经是来了月经的大姑娘了。"

可并不是来了月经就会变成大人啊——

因为经期还没有结束，这种强烈的心情才无法停止。彩子这样告诉着自己，伸手去拿兔子形状的苹果。

　　　　*　　　　*　　　　*

学校和想象中一样，不，是比想象中的还要漂亮。

从世田谷线的小车站出发，步行十五分钟，在一片住宅之间的缝隙中，突然闪出一栋英国小说中才会出现的砖造宅邸，令戴安娜不由得屏住了呼吸。长满爬山虎的墙壁上挂着一条横幅，上面写有"第五十三届山之上女学园文化祭"的字样。

穿过大门，身穿苔绿色短外套和百褶裙的姐姐们递给了戴安娜手工制作的宣传册。耳边传来不知是在何处演奏的铜管乐队的演奏声，年糕小豆汤和炒荞麦面的香味在空中飘散。虽然人数众多、热闹非凡，不过，或许是因为学生和监护人们都是怀着轻松的心情在张罗，所以，这种喧闹并没有令人感到丝毫的不快。

在接待人员的带领下，戴安娜一行人参观了整个校园。虽然宽阔的校园和教堂都很漂亮，不过，戴安娜的心已经完全被从校门口就能望到的图书馆夺走了。在这比自己见过的任何图书馆都要宽广的略微有些昏暗的空间里，放眼望去，书架一排接一排地连接着。在这个梦幻般的地方，彩子即将度过六年的时光。

戴安娜无数次与像彩子和她母亲那样的母女擦肩而过。她们都没有像狄亚拉和戴安娜这样染着金发。每个母亲都穿着稳重且有品位的衣服，化着淡淡的妆容，而她们的女儿都穿着做工精良的连衣裙和衬衫，外面套着看起来很暖和的对襟毛衣。

根本不可能报考这里——戴安娜彻底绝望了。这不只是钱和成绩的问题，自己的成长环境和她们相比简直是天上地下。自己恐怕会被这里淘汰吧。从被起了"大穴"这个名字的那一刹那开始，这一切就都无望了吧。戴安娜总算知道狄亚拉为什么要故意贬低这所学校了。这里是只接受被命运眷顾之人的地方。

即便如此，却还是身不由己地被这所学校吸引。这里的少女们一出生便被赋予了这看似天经地义的权利，为何自己却无缘享受这样的权利呢？戴安娜困惑不解，这初次体会到的像是在泥泞的沼泽底部爬行的灰暗心情令她无所适从。戴安娜有一种奇怪的预感，她觉得自己就快要变得不是自己了。听到彩子母亲的话，戴安娜才终于回过神来。

"小彩，模拟考试要好好加油哦。最近，你好像没什么干劲吧。"

"嗯，来这里之后我就知道要加油了。小彩呢，非常喜欢这个学校。这里都是女生，让人心情非常平静。从今天开始，我会继续努力的。"

彩子就像变了一个人似的，露出了和前段时间完全不同的开朗表情。

"要是考上了，就买台笔记本电脑送给小彩当作奖品吧。好不好呀？"

看到依偎着母亲撒娇的彩子，戴安娜有些惊讶。不仅可以参加升学考试，还可以理所当然地要求奖励，这是多么奢侈的事情啊。况且，彩子都已经六年级了，竟然还在名字前加上"小"字来称呼自己。明明从体型来看，彩子比戴安娜更像是个大人啊——

"我说，戴安娜也好好跟狄亚拉阿姨谈谈吧。等她真正明白了山之上的优点，一定会同意你去的！"

彩子绽开满脸笑容，戴安娜却第一次对她感到有些厌烦。戴安娜不知道该怎么回答彩子，一直沉默不语。

彩子和她母亲去参加为考生举行的免费集体模拟

面试,剩下戴安娜一个人在图书馆等着她们。

阳光从窗外照射进来,尘埃在空中飞舞,因湿气而有些沉重的大量纸张似乎正在吸收着文化祭的喧闹声。午后的图书馆里看不到管理员的身影,完全变成了属于戴安娜一个人的地方。可是,戴安娜的心里却一点也不觉得兴奋。怀着阴郁的心情,戴安娜在"海外小说"的书架前抱膝而坐,这时,一个低沉的声音传到了她的耳边。

"矢岛……矢岛有香子?!"

戴安娜抬起头来,一个身材瘦削的男人正用看到幽灵一般的表情俯视着自己。戴安娜犹豫了一下,小声地回答对方:

"矢岛有香子是我的母亲。"

"是她的女儿啊……简直长得一模一样。"

"真是没想到。"他喃喃自语着,心情似乎终于平静了下来,在戴安娜面前屈膝蹲下。他应该比班主任林老师还要大一些,大概三四十岁的样子,是那种不怎么能看出年龄的类型。三七分的头发中夹杂些许白发,似乎称呼他叔叔会比较合适。但是,他的眼神却怯弱而又温柔,像同龄的男生一般。戴安娜不知为何想起了彩子养的小狗丹。

"你叫什么名字?"

"矢岛戴安娜……你认识我母亲吗?"

戴安娜还没完全明白是怎么一回事,带着怀疑问道。她完全没想到，居然会在山之上女学园听到狄亚拉的本名。

"其实，矢岛有香子，也就是你的母亲，她是我以前教过的学生。"

戴安娜以为自己听错了，目不转睛地盯着对方。

"我是这里的老师，叫高柳修太郎。我现在是中学部的老师，不过，之前负责小学部，就是这里的小学。那个时候，我是你母亲的班主任。"

突然间，戴安娜有种周围高大的书架都在倒向自己的错觉。她有些听不清那个男人，不，高柳老师的声音了。学生？狄亚拉曾经是山之上的学生？那个没礼貌又粗鲁、给自己女儿取"大穴"这种名字的陪酒小姐，居然是从山之上毕业的？

"你现在在这里，是和你母亲一起来的吗？"

"不是……"

戴安娜感到喉咙里有种灼热的块状物就要涌出来了。高柳老师轻轻地拍打她的肩膀，窥视着她的脸。看着他的眼睛，戴安娜终于平静下来了。高柳老师把她带到阅览角的桌子旁，和她面对面坐下。随后，戴安娜缓缓地把自己的事情向高柳老师一一说明。自己已经上小学六年级的事，自己和朋友彩子母女一起来这里的事，还有狄亚拉一边做着陪酒的工作一边独自一人抚养自己长大的事——而高柳老师既没有催促戴安娜，也没有插嘴，只是平静地听着。这点他和林老师完全不同。

怪不得是被贵族大小姐学校录用的老师，果然非常优秀，戴安娜潜意识里这么想着。

"矢岛有香子，不，你的母亲是从小学开始进入山之上女学园的。我一直很担心她离开这里之后怎么样了，直到现在心里都挂念着这件事。毕竟她是个稳重老实又聪明的孩子啊。"

稳重？老实？聪明？这些和狄亚拉完全不符的词语在戴安娜脑海中不断翻滚。再怎么想，他说的也应该只是同名同姓的其他人吧？

"她从小学六年级开始，就渐渐不来上学了。然后在初中的开学典礼上突然又出现了。而且……应该怎么说呢……"

"不知道这种事情方不方便说。"高柳老师像是自言自语似的，呢喃了一句，注意到了戴安娜无论如何都想知道的目光，他叹了一口气，小心翼翼地继续说道：

"她突然染了金发，于是被停学了。然后退学转到了公立中学。再之后的事情我就不知道了。"

戴安娜确定了，没错，他说的就是狄亚拉。

"那个……您能给我看一下母亲小学时的照片吗？"

高柳老师犹豫了一下，然后起身走进了装着玻璃窗的管理室。很快，他抱着一本绿色的大书回来。那是《山之上女学园小学部毕业纪念册》。

"毕业纪念册都保管在图书馆里。不过里面有个人信息，所以不能带出去。"

戴安娜凝视着高柳老师翻开的那一页。身穿校服的女孩子们排成一长排。戴安娜低声惊叫起来。一个跟自己长得很像的女生正看向自己,露出一脸颇有教养的笑容。她有着雪白的肌肤和一头干燥清爽的黑色长发,看起来格外清秀。

在她的照片下面,写着"矢岛有香子"这个名字。

狄亚拉一边哼着滨崎步的歌一边仔细化着工作妆,戴安娜的视线追随着她,就像在审视一个未曾谋面的陌生女性。她已经不记得自己在那之后是怎么从文化祭回来的了。看着心神不宁的戴安娜,彩子和她母亲都非常担心。

怎么办,怎么办——

狄亚拉曾经在山之上女学园上过学这种事情,她无论如何也不能告诉即将迎来入学考试的彩子。不过,这样一来,一切就都可以理解了。难怪狄亚拉对入学考试和学校的事都这么了解。这是戴安娜第一次对彩子有所隐瞒,她感到胸口渐渐变得沉重起来。

总之要快点让自己平静下来——戴安娜伸手去取书架上的《秘密森林里的戴安娜》。无论什么时候,只要翻开这本书,戴安娜都会感到像是在被某个人紧紧拥抱着那样,内心充满了安心感。

戴安娜难得地想要读一下第五卷。比起几乎熟读成诵的一到四卷,她还从未那么认真地读过第五卷。第五卷主要是讲戴安娜长大后和安德鲁王子之间的爱情故事,所以她现在一点也不感兴趣。勇敢又聪明的戴安娜突然失去了信心,这种情节她怎么也喜欢不起来。但现在,她觉得自己也许可以渐渐体会戴安娜那种心情了。此刻的自己就像彼时的戴安娜一般,为未知的环境而迷惘,正在慢慢迷失自我。

虽然戴安娜非常喜欢安德鲁王子,但她却没有信心能在城堡里生活下去。生活在城堡里的女孩,一定是非常出众的美女,她们拥有很多连衣裙,笑声高贵,精通歌曲和戏剧知识。而自己根本无法胜任这种角色。

可是——读者们都知道,戴安娜本来就是出生在城堡里的女孩。对了,自己可能原本就是在配得上山之上的地方出生的——

安德鲁王子对戴安娜这样说道:
"我不会让你勉强在城堡里生活的。让我们两人在森林里建造属于我们自己的家吧。"
"欸,你要舍弃在城堡的生活吗?丢掉那么闪闪发光的生活吗?"
"你在说什么啊。比起城堡里的派对,森林里夜晚露水的舞蹈不是要更加闪亮耀眼吗?"

戴安娜听到心脏咚咚直跳的声音，不由自主地从书中抬起头来。

最近，自己无意之中曾在家里听到过这句话。看着一会儿忙着涂面霜一会儿忙着画眉毛的狄亚拉，戴安娜努力装作若无其事的样子问道：

"喂，狄亚拉，我不在的时候你看了这本书吗？"

狄亚拉一边往假睫毛上涂胶水，一边回答道：

"啊？书？我一看书就会睡着，你不是最清楚的吗？"

"比起城堡里的派对，森林里夜晚露水的舞蹈要更加闪亮耀眼——之前，你这么对我说过吧。这是《秘密森林里的戴安娜》里的台词哦。"

"哈？我才没有说过这种话吧？你是不是搞错了？"

狄亚拉只是报以一声冷笑，但她眨眼的次数明显变多了。最直接的证据便是她的假睫毛怎么也粘不上去了。戴安娜在认真地观察着。好奇怪，好奇怪啊——这个女人到底是谁呢？难道，她真的是个很聪明的人吗？而且，狄亚拉从来没有提起过自己父母和老家的事情。

狄亚拉有着不想告诉女儿的过去，戴安娜觉得自己朝思暮想的父亲的线索也许就隐藏在其中。只要到那里去，一切就都真相大白了吧——毕业纪念册的末页记载了所有毕业生的家庭住址。虽然不敢当着高柳老师的面写下来，不过，和他一起离开图书馆又和彩子她们会合后，戴安娜以"有东西忘拿了"为借口，再次折了回去。趁着管理员离开座位的空当，戴安娜飞快跑进管理室，找出了纪念册。她用油性笔在手掌心记下了地址，回到家后又立刻写到了笔记本上。

戴安娜在学校图书馆的地图中查到了那个地方，那是一个海边小镇。闭上双眼，戴安娜的脑海中浮现出伫立在海滩的另一个自己。

* * *

这次的经期特别漫长。

竟然已经持续了九天，会不会是身体有哪里不正常呢？这么算来，自己一个月的三分之一都处在经期之中了。不知不觉间就到了一月下旬。事到如今，只要升学考试快点结束，就算哪所学校都没考上，也没关系。彩子怀着这种敷衍了事的心情，从计算习题中抬起头来。她的视线越过客厅的窗户，观赏那稀稀落落的细雪从灰色的天空中飘落而下。就在这时，坐在对面的妈妈用手拍了她一下。

"彩子，离你最想去的山之上的考试还有不到一个星期了。别发呆了，快点复习你之前考砸了的数学公式。没想到居然连保底的学校都没考上……"

这件事其实并不能怪彩子。那天正好是月经期的第二天，彩子稍不留神就会困到连眼皮都要合在一起。虽然已经过去一个星期了，但夹在两腿之间的卫生巾还是让她非常不舒服。

"吵死了……"

彩子粗暴地合上了眼前的习题集。她知道此时妈妈的表情一定都僵硬了。

"没关系。要是哪儿都没考上的话,我就和戴安娜一起去南中好了。"

"你在说什么?!"

"妈妈,我已经受够了。小彩好累,不想再为考试复习了。"

"你是说你要放弃了吗?!"

妈妈的声音出乎意料地大,似乎连她自己也被吓到了。

最近,妈妈脸上的皱纹看起来更明显了。和自己不同,妈妈明明并不是参加升学考试的那个人,但却总是一副疲倦不堪的样子,甚至还有些神经过敏。看着这样的妈妈,彩子莫名地有些生气。

"你冷静点。听妈妈的话。好吗,彩子?"

妈妈的神情无比凝重,她用双手捧住了彩子的脸颊。

"妈妈希望等你长大成人、步入社会后,能够拥有更多的选择机会。山之上女学园的教育方针很适合你。你在山之上学到的东西,将来一定会成为你人生中的武器。我知道现在是最辛苦的时候,不过只要再忍耐一段时间就行了。加油吧,彩子。"

"可是,妈妈,这样不是歧视吗?难道说没有学历的人就什么都不可以选择吗?你是在瞧不起像戴安娜那样家庭的人吗?"

带戴安娜一起去参加山之上女学园的文化祭似乎对她毫无用处。相反,回家的路上,戴安娜的情绪很是失落。之后,她好像也并没有说服狄亚拉阿姨。最好的朋友对自己第一志愿的学校毫无兴趣,这让彩子变得没什么干劲了。如果考上了山之上女学园,自己就会和戴安娜变得疏远吧。既然这样——

"彩子,这种事你要自己去思考。好好想想你究竟该怎么做。妈妈会听从你自己得出的结论的。"

这种推脱的话一下子让彩子怒火中烧。严词批评,厉令禁止,明明把狠话都说尽了,最后竟然把一切又都抛给了自己。老实说,自己也不想去到处蠕动着粗鄙男生的南中。但是,真的再没办法多努力哪怕一丝一毫了。彩子已经厌倦了顺从信奉学历至上主义的妈妈。这还是她第一次感到不知如何是好。彩子转过身去,飞快跑出客厅。她从玄关的挂衣架上抓过外套,穿上便鞋,就这样冲出了大门。背后传来妈妈大声呼喊的声音。

好想去见戴安娜——已经好久没有见到她了。自从进入备考阶段,妈妈就不让自己去学校了。穿过冷得令臼齿发痛的寒冷空气,彩子飞快地向戴安娜家的公寓跑去。今天是星期六,戴安娜一定在家。按下内线电话后,屋里的人打开了门。

"啊,彩子?好久不见。戴安娜出门了。"

在因学习疲惫而双眼发肿的彩子看来,此时,狄亚拉阿姨的金发碧眼格外耀眼夺目。

"戴安娜去哪里了?"

"这个嘛,就快到情人节了,应该是约会去了吧。开玩笑的!"

狄亚拉阿姨咯咯咯地笑着,招呼她进到温暖的屋子里去。

"今天店里休息,所以一整天都在家里无所事事的。刚好我也有空,你快进来吧。"

彩子的确好久没有来矢岛家了。她很怀念那些色彩鲜艳、随意摆放的装饰品。狄亚拉盘腿坐下,一副饶有兴趣的样子看着彩子。突然,狄亚拉向前探身:

"啊,难道说,你现在来月经了吗?坐着的时候要注意点哦。"

"……您怎么知道?"

彩子脸色变得苍白,心想,难道自己身上又有哪里沾上血迹了吗?狄亚拉却很爽快地回答道:

"哎呀,我们店里都是女人,所以有谁来月经了一下子就能感觉出来。要知道月经期间和男人相处是会有很大压力的,接待客人也很困难,所以遇到这种情况,大家都会说出来,互相帮助。要是能在你去最想去的学校参加考试之前结束就好了。月经期间一直坐着还真是难受呢。"

彩子听了有些感动。戴安娜真幸福啊——她的妈妈多么善于观察啊,多么温暖体贴啊。

"你要喝美禄吗?"

彩子还没回答,狄亚拉阿姨就走进了厨房。她将牛奶倒入马克杯中,用微波炉加热了一会儿,往里面倒了一些绿色瓶子里的粉末,然后"咚"的一声放到折叠桌上。茶色的黏稠热饮有着甜甜的香味,非常好喝。果然,这个家里的一切都非常符合彩子的喜好。

回过神来,彩子已经把对考试的不满还有在学校里的一些屈辱经历都全部说了出来。

"女生还真是很吃亏呢……要是没来月经的话,说不定就能考上保底的学校了。而且,也不会被男孩子们拿身体取笑了吧……"

"啊,你说到点子上了。像彩子这么可爱的女孩子,之后会因为女生的身份而遇到很多烦心事的。要是你考上了山之上的话,就要坐电车上下学了吧? 一不小心就会被色狼盯上哦。"

彩子被狄亚拉如此直截了当的话吓到了,不由自主地挺直了腰身,正襟端坐起来。彩子有种预感,或许狄亚拉能告诉自己真实社会的样子。她向狄亚拉探过身去,不想错过任何一句话。

"我以前也遇到过,所以很清楚。小学六年级的时候,有一次,在回家路上,有个男人很下流地调戏我。而且不是一次,而是很多次。我没办法跟别人开口讲这件事,那个时候觉得非常烦恼,非常疲惫,后来因为这件事甚至都不能去上学了。"

"告诉大人不就好了……"

彩子一想到幼时的狄亚拉阿姨感受到的恐怖和悲伤,心里就很难受,几乎都要哭了出来。

"那个时候没想到啊。毕竟我的父母和哥哥姐姐,都是那种一发生什么事就会立刻觉得都是我的错的人。这种事也无法对学校的老师和朋友开口。我觉得非常痛苦和委屈,连饭也吃不下。不过,我可不是傻子哦。我自己好好思考了一下。然后呢,我就去找玩冲浪的中学朋友帮忙染了金波。从那以后,我就再也没有遇到过色狼了。"

金波……啊,是金发啊,彩子过了好一阵儿才反应过来。

"我工作的地方也有很多这样的女生哦。被欺负了,或者被奇怪的男人盯上了,然后才开始走辣妹路线的。啊,那些色狼和搞性骚扰的混蛋,可是应付不了花哨的女生的。"

刚才可能听到了非常重要的东西,彩子有种想要记笔记的冲动。

"我知道戏弄彩子的白痴男生是在怎样的家庭里长大的。他的父亲一定很瞧不起他母亲吧。小孩子一定是感觉到了,并且模仿起了父亲的做法,这简直就是恶性循环啊。不尊重老婆的男人,在夜总会也是一副下流的样子。"

彩子从未想过山崎的内心曾有过怎样的波澜。不过,可以确定的是,至少,他不会是被像彩子爸爸这样的好人抚养长大的。

"戴安娜那孩子和我小时候长得很像,要是不给她染金发可不得了啊。我是单身母亲,又是晚上工作,只留她一个人待在家里,要是被什么变态盯上可就全完了!"

彩子明白了。狄亚拉之所以给戴安娜染头发,是为了不让她经历自己曾经受过的痛苦啊。彩子觉得自己似乎错怪了妈妈,妈妈想让自己有好的学历,说不定也是出于同样的想法啊。想让女儿拥有在社会上生存的武器,在这一点上,狄亚拉和自己的妈妈都是一样的。确实,戴安娜明明沉默寡言又畏畏缩缩,但却一点也不害怕男生。甚至,那些男生都离她远远的,看起来似乎很害怕她。果然,这对母女的身上充满了坚毅的气息和某种莫名的勇气。

"小彩又温柔又有气质,这是你的长处。可是,一定不能给男人抓到什么把柄,不能让他们乘虚而入。如果有什么万一,一定要拼死抵抗。"

"我能做到吗……"

"当然可以了。女人本来就要比男人强大啊。知道为什么女人会来月经吗?因为有成为母亲的力量啊!

就算不当母亲,只要是女人,就是最强大的,毕竟,与男人相比,我们能够承受更多的痛苦嘛。自信一点。考第一志愿的学校的事,也要鼓足干劲冲破难关哦。你一定没问题的。"

彩子突然觉得心里的郁结都消失了,呼吸也变得轻松了许多。眼前的事物一下子变得格外清晰,也许是心理作用,戴安娜甚至觉得连痛经都被治愈了。

"当然,戴安娜也会再跟着去的。如果有个万一,我也会帮忙的。你就跟面试官说,要是不让我过的话,我可不会善罢甘休的!我可是有歌舞伎町'赫拉克勒斯'的头牌狄亚拉给我撑腰哦。"

彩子情不自禁地笑出声来。如果能拥有像狄亚拉阿姨这样的妈妈,就能从异性的眼光和世间的规矩中得到解放,坚强自在地活下去吧。彩子感到自己看狄亚拉阿姨的视线越来越热烈了,有点害羞地笑了起来。

狄亚拉留彩子再多待一会儿,但彩子拒绝了狄亚拉的挽留,离开了公寓。现在,她的心里只有一个朴素的想法,就是快点回到担心自己的妈妈身边努力学习。仅仅一个小时的时间,地上就堆了一层肉乎乎的雪粒,柏油马路就像是拍了一层薄薄的砂糖粉底一般。走过十字路口时,彩子打了一个趔趄,差点就要摔倒下去。

不知怎的,迎面竟然走来了肩并着肩的戴安娜和武田。他们似乎也没想到居然会在这里遇到彩子,一脸讶然,不觉停下了脚步。

"怎么回事?你们两个人去哪儿了?"

怎么会,怎么会这样。彩子的脑袋疼得厉害。难道真像狄亚拉阿姨说的那样,两人是在约会吗?戴安娜满脸通红,语无伦次,这似乎就是最好的证据了。

"这个……我现在还不能告诉你。"

"什么叫不能告诉我啊。"

"现在还不到时候,等过段时间我会跟你说的。"

彩子受不了戴安娜的含糊其词,不由得抓住她的肩膀猛烈摇晃起来。武田用充满怒气的声音打断了彩子。

"你也体谅一下她的心情啊。你们不是好朋友吗?"

你知道什么啊——彩子满怀怒气地瞪着武田。

彩子觉得自己的脚底就要坍陷下去了。刚才积极向上的心情一下子烟消云散。她不由得怒上心头。好朋友在升学考试这么重要的时候,为什么要这么悠闲地——啊,对了,戴安娜喜欢和男生一起玩。她选择了被武田热情的视线所守护。等上了初中,她一定会立刻被那些下流的男生吹捧巴结,很快就会变成不良少女了吧。这样一想,彩子忽然觉得面前为难地低下头的戴安娜很是肮脏。

"我最讨厌戴安娜了!我们绝交!"

彩子不想让戴安娜看到自己受伤的表情,立刻背过身去,跑了起来。

不管怎样——一定要考上山之上。

不然的话,就只能和那群人在同样的地方度过同样的青春了。被美禄温暖的指尖早已冻僵。

*　　*　　*

呼出的气息就像棉花糖一样,在从傍晚转至黑夜的蓝色空气里升腾。

手提包里装着发箍。戴安娜因为感冒而不能自由活动,这是狄亚拉代她去涉谷109①买回来的。发箍上面密密麻麻地排列着闪闪发光的人造钻石。

——彩子是个保守的大小姐,所以不会有这种东西吧。送给她的话,她一定会很开心的!

戴安娜径直向彩子家走去。五天的养精蓄锐让戴安娜感到全身又重新充满了活力。这还是她第一次遇见如此勇敢的自己。彩子的母亲昨天晚上打来电话,告诉她彩子考上了山之上女学园,还偷偷地邀请戴安娜来她家,参加彩子所在补习学校的录取女生庆功派对。彩子母亲的声音听起来很有活力,似乎是终于放下了心来。戴安娜把自己之前惹彩子生气的事告诉了彩子母亲,对方温柔地安慰了她。

——那天彩子稍微有点神经质哦。都怪我对她太生气了。对不起啊。要是你能来的话,彩子一定会很高兴的,你们一定能重归于好的。

戴安娜已经不用再担心是否会扰乱彩子的情绪

---

① 位于东京涩谷区的地标性商场。——译者注

了。今天坦率地告诉她那天跟武田一起去狄亚拉老家的事吧。原本，戴安娜早就想去那里了。彩子进入备考攻坚阶段后，戴安娜常常要一个人消磨时光，这便有了更多独自思考的时间，如此，才能在烦恼了将近两个月后终于下定了决心。

那里就是狄亚拉出生长大的家——

从江之电的七里滨下车，背朝大海步行五分钟后，一座非常大的木造宅院便映入眼帘。黑色木头看起来有些湿润，外表的颜色颇有历史感。围墙中的大门上写着"矢岛补习学校"这几个字。这个家里应该有人是老师吧。戴安娜很难理解，这样规矩的地方是怎么教育出狄亚拉这种吊儿郎当的孩子的。

——喂，要怎么办啊？进去吗？还是不进去？

武田焦急地说了好几次，但戴安娜始终无法向前迈出一步。好几个小时就这么过去了。戴安娜很害怕。她预感到只要踏进了那个家，和狄亚拉的关系，不，应该是自己的整个人生都会发生决定性的变化。结果，戴安娜就这样和武田折返了回去，然后在回家路上被彩子撞见了。连戴安娜自己都不是很清楚，为什么要让武田和自己一起去。她很害怕自己一个人去那里。三年级时，她曾经让武田带自己去找过父亲，所以这次和他也比较好说话。而且，除了他之外，自己也没有其他可以依赖的朋友了。只是因为如此而已，两人之间并没有彩子误解的那些事情。

不知道是因为在下雪天的室外站得太久了，还是因为彩子对她说了伤人的话，那天，戴安娜回到家后，就发起了三十八度的高烧。看了体温计，狄亚拉"哇"地叫了出来。

——从你离开托儿所之后就还没感冒过呢。好了，我决定了，在你恢复之前我都要请假。

感冒期间有人一直在自己身边守护，为自己牵肠挂肚，戴安娜已经许久没有体验过这样的感觉了。狄亚拉沉稳得像是换了个人似的，为戴安娜准备了很多营养美味的食物。速食乌冬面里加上一枚鸡蛋，再配上宝矿力水特和橘子果冻。戴安娜知道，这些全部都是从便利店买来的，但当狄亚拉把它们一勺一勺地喂到自己嘴里的时候，戴安娜还是感受到了食物那绵软幸福的味道。

尽管第二天就退烧了，但戴安娜又拖拖拉拉地有五天没去上学。从指尖融化至全身的安心感令戴安娜沉醉，每次都想着今天一定要起床，但身体却完全不听使唤。自己大概是不小心品尝到了向"母亲"撒娇的幸福吧。

按下彩子家的门铃，戴安娜在玄关等待着。所有的事情都是误会，这下一切都能回到原来的样子。戴安娜像是念咒语似的在心里默默祈祷。然而，出来开门的却是美影。美影身穿正式的连衣裙，张开双手挡住戴安娜。彩子的母亲说过，美影进入了山之上女学园的候补录取人员之列。

"快回去,彩子说她不想见你。朋友的升学考试结束了都不联系一下,彩子说你这样太没义气了。"

戴安娜一下子感到非常生气。自己明明是因为感冒才一直躺在家里的。的确,自己没有立刻联系彩子是有不对之处,但和彩子不同,自己几乎没有像这样被大人守护过啊。至少在感冒的时候,自己想对狄亚拉撒撒娇,想在她身边舒舒服服地休息一下,这种想法有什么错?不过,总不至于因为这点小事就被彩子讨厌了吧。

"总之,我想祝贺一下她。让我见见彩子。"

"不行。要是其他学校的人看到你会怎么想呢?又是大穴这种奇怪的名字,又是金发这样奇怪的打扮。"

戴安娜忍受着内心的不甘和悲伤,拼命不让眼泪掉下来。自己绝不能输给这种女生的刁难。毕竟,自己和彩子有着最坚固的羁绊啊。但美影对她的攻击却丝毫没有减弱。

"要去念山之上女学园的人,和你从一开始就完全不同哦。喂,你难道觉得以后还能和彩子一直亲密下去吗?你真这么想?"

虽然觉得很不甘,但这的确是戴安娜一直害怕的。在美影充满憎恶的眼神中,戴安娜终于意识到自己一直以来是多么轻视她。原来,和某个人亲密相处,就会深深伤害到另一个人啊。

"彩子告诉我了哦。你就在南中和武田好好相处不行吗?"

这时,从客厅里传来了女人的声音。

"美影,怎么了?有客人来了吗?"

说话的一定是彩子的母亲。戴安娜就像逃跑似的关上了门。她逆着快要把脸颊割出血的北风,不顾一切地跑着。泪水从眼眶中奔涌而出。戴安娜想着彩子一定会来追自己,于是无数次地回头看去,但是,背后却空无　人。

毕业典礼到来之前,阴郁暗淡的日子在慢吞吞地流逝。

彩子一直对自己视而不见。戴安娜虽然想跟她说话,也想解开误会,但每每话到嘴边,却又会自己败下阵来,或是被美影作梗拦下。到头来,两人甚至再没说过一句话。原本,这便是两人第一次吵架,所以,戴安娜完全不知道应该怎样和彩子重归于好。

毕业典礼那天,戴安娜抬头望着作为学生代表致辞的彩子,就像在看着班里的某个普通同学。彩子乌黑光滑的头发流淌在肩,她的一词一句组织得严丝合缝,宛若天成。这样的彩子简直就是聪明的化身,却让戴安娜觉得她是远在另一个世界的存在。就像初次见面的那天一样,此刻,戴安娜也强烈地渴望着自己能变成彩子。要是能和她交换人生该多好啊,单是这样想着,戴安娜就禁不住发起抖来。环顾彩子四周的那安静的空气和优越的环境,只因曾窥见了这一切,戴安娜就意识到自己恐怕是很渴望这些东西的,并且预感到自己今后也会去追寻它们。她突然感到有些眩晕。这样会幸福吗?还是——

戴安娜把目光转向旁边的队伍。山崎正抬头看着彩子,他仿佛马上就要哭出来,那表情是戴安娜从未见过的凄凉。

彼时,戴安娜和彩子都没有想到,两人的下一次交谈竟然已是十年之后。

3

"一、名字奇怪。"

这个绝对符合。

"二、写法生僻、容易读错。"

写成"大穴",却读作"戴安娜",一般人大概不会想到,这个可能也比较符合吧。

"五、容易和外国人混淆。"

这个,就是这个了。像是要透过纸背一般,戴安娜用力地勾了一个圈。

从家庭法院的主页上下载了"姓名变更许可申请书",矢岛戴安娜一边在"申请理由"栏的条款上一个个画圈,一边回顾着自己十五年来的人生。从小便是这样,只要说出自己的名字,就会被人嘲笑,被人以奇怪的目光审视。而当自己回过神来,却早已被大家排挤在外。被取屈辱的绰号,或者被人欺负也是家常便饭。

为了不再让炸薯条那令人窒息的油腻味道侵入身体，戴安娜用鼻腔大大地呼出了一口气。午后的麦当劳，喧嚣渐渐远去。车站前的这家店总是坐满了同校的学生。对戴安娜来说，区立图书馆就像自家一样熟悉，若非那里的自习室已然坐满，自己是断然不会迈进这里一步的。这里环境虽不甚好，但要说只需花费一百日元就可以长时间坐着的地方，也便只有这里了。要是在家里的公寓里，天亮才回来的母亲狄亚拉肯定连妆都没卸，正带着一身酒味打着鼾昏睡着呢。若是狄亚拉醒来后问自己在写什么，那可就糟了。戴安娜想等所有的手续都顺利弄完之后再向她坦白。

"那些人真是猴急，听说在残疾人厕所呀大头贴机里就干上了。"

"哇哦，碉堡了。真是些婊子。"

旁边的一群人相当聒噪。虽说是星期六，但是穿着同校校服的男女大声吵嚷着，声音在整个店里回荡，着实令人厌恶。其中也有几张似曾相识的面孔。还不过只是些中学生，难道同伴之间的性交就是这么令人骄傲的事情吗？都是些不爱看书，脑子里净是闲言碎语和男欢女爱的幼稚家伙——戴安娜眉头微蹙，揉了揉太阳穴。总是对周遭生气，有时会让自己疲惫不堪，但唯有美的意识是不愿失去的。否则，将无法在这样恶劣的环境中坚守自我。

曾幻想上了中学后，身边的人也能像个大人样儿，态度也能稍微温文有礼些,没想到大错特错。戴安娜读的南中——南台中学以荒乱无度而臭名昭著,有很多所谓的不良青年。为了不引人注目,戴安娜尽量老实地缩在一边,但因为名字的缘故,从入学之日起,她便被一群不良少女盯上了。虽然终于可以拒绝妈妈给自己的头发脱色了,但因为原来的发色便是茶色,在走廊与人擦身而过时,常常会被人怒目嗔视,或是寻衅挑事,这已然成了家常便饭。戴安娜总是保持沉默,会一直等到对方败下阵来主动离开。戴安娜知道,迄今为止,自己之所以勉强没有陷入暴力事件是因为某个错误的流言,所以,她并没有因为对方的高抬贵手而感到高兴。

打起精神来。停止满腹的牢骚,戴安娜把注意力集中到眼前的这张纸上。这是重要的"必须变更姓名的具体原因"一栏,是否能够顺利改名就取决于它了。因为是左右一生的大事,即使知道只是草稿,握着自动铅笔的手还是忍不住颤抖了起来。

唯独这一栏,希望能够在一个以后能留下美好回忆的美丽的地方进行……戴安娜轻轻闭上双眼。只要想象力驰骋,就能屏蔽外界杂音,把自己置身于喜欢的环境里。这是最近最喜欢的森茉莉的随笔《我的美丽世界》教会自己的。森茉莉永远保持着一颗少女心。她唤父亲森欧外为"爸爸",却把他当作一生的恋人仰慕着。凭着超常的感性,她甚至把晚年居住的位于下北泽的破公寓改造成了美丽的新世界。嗯,把这当作面朝玫瑰园、有统一欧式家具装修的微暗的书房吧。四周鸦雀无声，光阴安静地在纸间流走……

脑海里浮现的这幅景象就是自己只去过一次的山之上女学园图书馆的样子，意识到这个问题时，戴安娜慌忙睁开了眼，"啪啪"地拍打自己的脸颊。

山之上女学园，只要想起，就会心乱。在那里的短暂时光发生了很多事情。不行，现在只能想着眼前的这件事。戴安娜再次挺直身体，握紧了自动铅笔。

"申请人是十五岁的女性。户口本上的名字为'大穴'，自懂事以来就一直因为名字而被嘲弄，造成许多不愉快的回忆。这样的经历对自己的人格形成产生了重要的影响，造成现在极度怕生人，也不会结交朋友，脑海中总是浮现出那些不快的回忆。如今虽然已是初中生，却仍没有能够交心的好友。并且，本人从未见过生父，除了母亲之外，没有任何亲戚。母亲十六岁时便生下本人，如今从事待客服务业维持生计。自己在升学和就职上，原本就已经有很多不利因素了。为了进入社会后，生活上不再有诸如此类的障碍，故提交本次申请。"

哎，多么可怜的一个女孩子。写着写着，便越发觉得自己可怜，甚至有些难为情了。不，绝不能被这种天真的感伤打败。戴安娜整理好思绪，重新打起精神来。终于到了"新名字"这一栏。冰块已经完全融化了，可乐的味道变得淡淡的，戴安娜轻啜了一口，再次握起了自动铅笔。为了不让纸起皱，她用左手按着，一个字一个字地在括号里写得清清楚楚。

"请求将申请人的原名(大穴)变更为(文子)。"

写作"文子",读作"あやこ"①。戴安娜出神地凝视着这两个字。果然,字面意思好,又很高雅,散发出知性的香气。低调沉稳,却又透着凛然之气。取这样一个名字,既是源于对幸田文②的喜爱,也是因为戴安娜希望能把和"书""语"相关的词融合在自己的名字里。

自己给自己取名。大部分人终其一生都不会有这样的体验吧。经过如此一番反复考量,也便可以直面未来的目标,知晓自己想要如何度过今后的人生了。是啊,所谓的名字,便是人生的路标啊。

戴安娜又一次体会到母亲狄亚拉在给自己取名时是多么地欠考虑,不禁感到有些厌倦。"想让你成为世界上最幸运的孩子",所以,狄亚拉给戴安娜起了这么个名字,写作赛马的"大穴",读作"戴安娜"。究竟是哪里不对劲才会有这样的突发奇想呢?虽然母亲十六岁就成为人母,但如果冷静地考虑过的话,其实不难想象珍爱的女儿以后可能会受欺负,会被人另眼相待。母亲毕竟生长在一个文化水平远远高于自己的环境里。是的,狄亚拉的父母给了她最好的教育,她自己却半途而废了。迄今为止,戴安娜只去过一次山之上女学园的图书馆。

---

① 在日语中,"文子"和"彩子"发音相同。
② 幸田文,日本随笔作家、小说家。幸田露伴的女儿。

在那里，她见到了母亲少女时代的照片。自那以后，戴安娜就再也不曾忘记。富裕的家庭让她上了这个梦幻般的学校，但她却把它抛弃了，母亲到底在想些什么？肯定是陷于无意义的玩乐或是迷恋于轻浮的男生了。迷失于一时的快乐而失去了所有的可能性，狄亚拉真是个傻瓜。再怎么想，她都应该选择更好的人生的。今年三十一岁的狄亚拉在新宿歌舞伎町的夜总会"赫拉克勒斯"里当妈妈桑。她每天晚上工作到天亮，休息日则睡死过去。好像自从二〇〇四年"歌舞伎町净化行动"以来，客流开始减少，经营也变得困难起来。和当陪酒小姐的时候不同，狄亚拉和男人游戏人间的时间也变少了。更多的时候，狄亚拉无论是多么欢欣鼓舞，都会突然一瞬间变得严肃起来，然后陷入深深的沉思之中。

　　戴安娜并不是不爱自己的妈妈，当然也会很感谢她。只是兴趣爱好、生活方式太过不同而已。自己绝对不想成为那样。只要是在狄亚拉的庇护之下，便绝对无法开始自己真正的人生。

　　戴安娜想尽早离开家。她想高中毕业后立即工作。在全国连锁的大型书店里干活儿，学习待人接物和销售的基本技能。多存些钱，将来开一家属于自己的书店。书店不必很大，小小的就足够了。牌匾上漆上漂亮的颜色，店里用玻璃装饰得明亮亮的。店内的格局要让即使不爱看书的人也会不禁驻足，不需华丽但是要有活力。四周墙上都被书架包围着，书本不限类型，排得满满当当。最开始开店的时候，书店以自己喜欢的书为主。会有一个又一个和戴安娜趣味相投的客人来到店里，每天可以和他们聊一些爱读的书。在和顾客的来往中，不断吸取意见，逐渐扩大书籍的阵容。不断变化着的富有生命力的书店，这就是戴安娜的理想。可能的话，戴安娜想住在书店的二楼。只需要些简单的生活用品，一张床和一台苹果电脑就够了。在只属于自己的静谧城堡里，感受着身体之下许许多多的书，不受任何人的打扰，沉浸于读书和空想之中。戴安娜觉得"文子"这个名字可以帮助自己实现这个梦想。

文子（あやこ）——

从未曾想，自己竟会有一天取一个和昔日挚友读音相同的名字。在小学毕业前，彩子突然对自己宣告绝交，而今已有三年光景了。从今往后，怕是再也不会有说话的机会了吧，两个人的人生也再不会有交集了吧。有时，戴安娜会在附近看到身穿山之上女学园校服的彩子。每当这个时候，戴安娜就会故意避开，或是慌忙往回走，或是装作没看见。戴安娜早就不再对彩子心存芥蒂了，但却一直拘束着不知如何开口。即使一旦鼓起勇气开了口，也不知道该说些什么。纵然解开下雪那天的误解，事到如今也是于事无补了吧。彩子肯定早已忘记了自己。

不过，既然不再有交集，那么即使名字一样也没有关系吧。从八岁的时候开始，自己就喜欢上了"あやこ"

的发音。那感觉甘甜无比,就像香气怡人的酒心巧克力在舌尖缠绵环绕。新学期伊始,当全班都在嘲笑戴安娜的时候,只有彩子站出来为自己辩护。"戴安娜是《绿山墙的安妮》里出现的好朋友的名字,是《秘密森林里的戴安娜》的主人公的名字。"彼时的一切至今仍仿若昨夕。戴安娜只有和彩子在一起的时候才会经常露出笑容,两人之间几乎无话不说。戴安娜非常喜欢萦绕彩子家的那种书香门第的气息。如果仍在和彩子亲密来往,自己定不会像现在这样每天过着阴郁的日子吧。可能会和彩子互相借书看,去她家做做蛋糕,或是攒钱出去买衣服,一起去看看电影吧。总之,是断然不会一个人度过无所事事的周末的。

这时,纸上投下了一道影子。

"矢岛,你在干吗呢?"

带着不好的预感抬起头来,武田屈着高大的身体,正挂着自来熟的笑容往这边瞅。武田好像正是刚刚特别吵闹的那桌里的一员。他离开的那桌,五六个同年级的同学突然压低了声音朝这边看着。武田好像对同伴的视线一点也不在意。紧致的下巴,精悍的五官,厚实却健壮的身体所散发的能量有一种压迫感,让人很难与其对视。

"我说,在麦当劳还能发呆啊,我们一会儿要去卡拉OK,你去吗?"

"不去。"

简短回答之后，戴安娜再次把视线回落到纸上。武田从小学时就是一个坏小孩，进了中学后，不多久就完全融入了不良青年的文化之中。他以前总是笨手笨脚的，待人接物有些粗鲁生硬，但在和前辈们打交道的过程中，似乎渐渐学会了如何处理上下级关系，交际水平也与日俱增。他头发染成金色，衣着也不修边幅，虽然和一些混混交往，但不可思议的是，并没有给人留下粗暴的印象。棒球部和足球部比赛时也会邀请他作为助手参加。他甚至和老师们也很聊得来。好几次还看到他在自己家的肉铺里看店。虽然小学的时候也曾一起玩过，但在如今的戴安娜看来，他的那种毫无隔阂的明朗和单纯着实让人气恼。

"真冷淡啊。在写什么呢？给我看看。"

看到武田伸出了手，戴安娜慌张地想要盖住纸，手肘却碰到了纸杯。可乐倒了出来，褐色的液体快速扩散。戴安娜几乎快要叫出声来，双手捂住了嘴。

"啊，抱歉。"

紧紧张张填了这么久，所有的努力却在这一瞬全部化为了泡影。戴安娜瞪着在一旁尴尬站着的武田。

"你在干吗呢？小武，快过来呀。"

从武田之前坐的桌子那里，传来同班同学西村真梨杏撒娇的声音。最近净是她和武田在交往的流言蜚语。明亮的茶色头发精致地卷起，假睫毛和美瞳让原本就水汪汪的眼睛显得更大了。和狄亚拉一样的辣妹范儿，但如果说母亲是杜伯曼犬的话，真梨杏只能算是家犬吧。虽然装作不良少女的样子，但看上去却还是不需要为生活奔波的类型。她的名字也和"大穴"不相上下，但是，真梨杏却好像对此很是满意。不，不只是名字，看上去真梨杏对自己的一切都喜欢得紧。

"哎，小武，人家叫你呢。"

虽然是可爱的声音，却也不掩急躁。真梨杏看戴安娜的眼神很是锐利。每当颇有人气的武田来找自己搭话时，戴安娜总能强烈地感受到来自女生的这种视线。不想陷入没有意义的争吵，戴安娜把弄湿的纸揉成一团，和纸杯一起扔到垃圾桶里，飞快地跑下了楼梯。她无视武田追过来的声音，径直跑出了店外。风饱含着湿气，轻轻拂过脸颊，夹杂着大雨将至时泥土甘甜的气息。戴安娜加快了脚步，朝着商店街前进。要先把洗好的衣服收进去，必须在狄亚拉醒来之前再下载一份申请表。

走到书店门口，戴安娜突然停了下来。她瞥了一眼店门口的新刊展台，看到了那个熟悉的标题。这不是《秘密森林里的戴安娜》的杂志书吗？封面上印着的正是主人公戴安娜的侧脸。虽然听说了网上流传的消息，但是没想到竟然真出版了。在最终卷出版后十六年之久的今天，儿童文学名作《秘密森林里的戴安娜》依然保有很高的人气。这是自己从小便一直深爱着的书。从有着相同名字的女主角那里，自己一次次获得了鼓舞。

似乎是被某种神秘的力量所吸引,戴安娜踏入了书店,啪啦啪啦翻看着杂志书。书要两千日元,虽然现在买不起,但总有一天一定要买下来。

这本书附了很多作家、文人的随笔,介绍了《秘密森林里的戴安娜》的看点以及他们关于这本书的回忆。"十六年后的短篇新作,已为人母的戴安娜和女儿莉莉的故事",附加的海报如是宣传道。服部萤一又开始执笔了呀——那个戴安娜竟然已为人母了!戴安娜感觉手心一点点地渗出了汗。虽然很在意书店店员的目光,但她还是无法停下翻动书页的双手。

故事结束的十年之后——戴安娜成了王妃,因丈夫安德鲁外出征战而不得不一个人守护国家。戴安娜无法亲手照顾爱女莉莉,虽然给了她最好的环境、教育和衣食住行,但莉莉却烦透了这一切。

"世界本不该是这样的。母后小时候在森林里和动物们过着自由自在的生活,而我却每天都要穿着这束手束脚的靴子和裙子,只有永无止境的学习。"

原本期待戴安娜可以一如既往地大显身手,因此,读到这里突然有些意外。莉莉真是个任性讨厌的孩子,戴安娜心里很不是滋味。她享受着备受眷顾的优越环境,还有一位远见卓识的母亲,但却对这上天的恩赐毫无感恩之情。这样的莉莉与母亲狄亚拉的形象重合在了一起。

"这么暗的颜色。这不就只是块石头吗？"

母亲把王室代代传承的月光石吊坠托付给莉莉，莉莉却也是一样地粗糙对待。莉莉和戴安娜大吵了一架，她离家出走，来到了森林里。不知人间疾苦的莉莉也曾深陷泥沼，也曾被马蜂追逐，经历了重重磨难。看到自作自受的莉莉，戴安娜终于心情畅快起来，大呼"活该"。如果之后故事的展开是这个孩子通过森林里的生活而成长起来，并且感受到了母亲的伟大的话，作为粉丝也是可以接受的。

"你真是从以前开始就很喜欢读书啊，一点都没变呢。"

等察觉到，武田已经笑着站到了自己边上。戴安娜吓了一跳，把杂志书放回原来的位置，飞奔出店外。

"等等！"

竟然不依不饶地又追过来，真是麻烦。经过武田家的肉铺的时候，店前站着的武田父亲半开玩笑似的吹了声口哨。戴安娜无计可施，只好停下来点头鞠躬。武田得意地挥了挥手。

"这样好吗？放着那帮人不管，就这么跑过来。"

"没事没事，反正没什么重要的事情。只是闲着无聊在那儿聚聚。那个,今天不会是你的生日吧?六月十六号,就是今天吧?"

可能是看出了自己的困惑,武田抢先一步说道:

"那个,这里写着呢。"

他拿出了"姓名变更许可申请书",那张纸因浸染了可乐而皱成一团,上面的出生年月日洇得模糊一片。戴安娜抢了过来,手上粘得黏糊糊的。

"关你什么事。"

武田夸张地哆嗦着身体。

"哇,真恐怖。确实,看了你的眼神,谁都会怕的。所以啊,传言说你吵架厉害,实际上是背后的学生头头什么的,大家都信以为真了。"

戴安娜心里烦透了,长叹了一口气。自己不过是希望可以安安静静地过日子罢了。不参加集体活动,单单只是一个人看书,竟也生出了许多个无根无据的流言。从小时候开始,只要自己沉默不语,就会有人说"好可怕呀""她在生气呢"。虽然也曾因此而黯然神伤,但如今也只是厌倦于周围人的低智商和低情商罢了。

"你就不能稍微和蔼可亲些吗?板着个脸,完全不说话。就是因为这样才会被人误解嘛。"

"要你多管闲事。"

"真冷淡啊,以前还一起帮你找过老爸呢。喂,我们接着找呗。我现在肯定能帮你找到的。话说回来,这是什么啊?改名字的文件?诶,就靠这一张纸就能改名字啦?"

"要把这个和户口本复印件什么的一起寄到家庭法院,那边同意了之后才能……"

"像我们这样的小孩子写的东西,他们也信?"

"到了十五岁就不需要代理人了。"

武田好像很是佩服,夸张地点着头。没想到自己竟然会对他如此详细地解释这些,戴安娜有些懊恼。

"原来如此,所以你是一直在等着十五岁吗?看来真是很讨厌那个名字啊。不过,大姐知道吗?"

武田唤狄亚拉为"大姐",似乎对她颇为仰慕。去年的一个深夜,母女俩在家庭餐馆里吃饭的时候,偶遇和中学前辈在一起的武田。那时,狄亚拉大方地请了他们,由此,两人开始熟络起来。狄亚拉和武田交换了联系方式,和戴安娜一起出去吃饭的时候,有好几次都像对待弟弟一样把武田叫出来。

——那个孩子多可爱啊,像个大型犬一样,他是不是喜欢你啊?

既然如此喜欢他,狄亚拉自己和他交往不就好了——不论怎么摆出坏人的样子,武田毕竟是商店街三代相传的肉铺的独子。他的名字是良大,也许正是因为这个名字,所以他才形成了令周围人仰慕的性格吧,真是个好名字啊。一个安定家庭的公子哥,不过是摆出个坏孩子的样子罢了。他和狄亚拉、戴安娜搅和在一起,也不过是出于一种好奇非法世界的孩子般的心性吧。戴安娜很感激他无微不至的关心,但有时却也忍不住憎恶他。

或许,自己可能嫉妒武田的所有吧。

"不要告诉狄亚拉,绝对不能说。等改名手续全都弄好了,我再向她汇报。"

突然,武田停下了脚步。

"什么?你这还叫人吗?这可是父母给取的重要的名字呀。虽然我也觉得'大穴'这个名字欠妥当啦,但是随随便便改名什么的,不管怎么说也太薄情了吧,你这也太冷酷了。"

"小学的时候,明明你就因为这个名字老是戏弄我!真烦死了!"

正颜厉色地说出来后,戴安娜有些后悔。武田有那么一瞬,明显浮现出受伤的表情。

"你被大家孤立不仅仅是因为名字吧?"

武田的语气是少见的冷淡,戴安娜吃了一惊,不由得咽了下口水。她还不习惯如此直接地被人指出缺点,不习惯如此直插心窝的话。

好像——好像觉得自己变成了刚刚读的故事里的莉莉。一个意识不到母亲的爱,只会一味反抗的任性的女儿。母亲给的东西也不会好好珍惜。不,与那样的女儿相比,自己经历了多少苦难煎熬啊,绝对不可能和她是一样的。戴安娜设法这么说服自己。

武田低着头,肩膀紧绷着。也许应该向他道歉,但自己却又有些抗拒。戴安娜说不出话来。这时,她看到彩子从街对面走过来。彩子和两个像是朋友一样的女孩子在一起，三人都穿着山之上女学园的校服。戴安娜颇感意外，目不转睛地朝那边望去。

彩子越发美丽了。复古的衬衫，苔绿色的马甲，再搭配一袭百褶裙，这样的校服越发衬出她那雪白的肌肤、顺滑的黑发和修长的身形。原本，那超然于年龄的高雅便是彩子的魅力所在，而如今，成长似乎也终于跟上了她的步伐。（彩子原本就有超乎年龄的高雅之美，如今更是让人觉得长开了。）单单只是这样走着，却也引来许多行人频频回头。她的样子仿佛把人带到了只有小说和电影里的女子才能营造出的美丽世界里。溜圆的眼睛和丰满的粉唇甜美而柔和，完美的下巴和绷直的后背却给人以内心坚定且知性的感觉，宛若草原上挺然绽放的蝴蝶花一般。所谓有教养的女孩子大概就是这样的女孩子吧。戴安娜甚至忘了两人同岁，开始以父母的眼光来端详她。她的神情无比肃穆，就像是在欣赏一件看似无意却技巧讲究的艺术品一般，完全入了神。

戴安娜知道彩子若无其事地移开了视线。不仅如此，她也知道两边的女孩子看向这边时在"嘻嘻"地窃笑着。戴安娜的脖颈有些发热，大脑变得一片空白。

同样是女孩子，哎，为什么却有如此的天壤之别呢？在一遍遍的质问中，身体像是被掏空了所有的气力。为什么，为什么自己不在其中呢？戴安娜用力推开了武田，朝右转去，逃离了这个地方。戴安娜认为自己和学校里的那些家伙是不一样的，她看不起其他同学。

但是,在彩子看来,南中的学生肯定都是一个货色吧。

好想早日逃离这样的环境。为此一定要尽早改掉名字。暴雨将至,天空阴沉沉的,雨水随时都会落下。

* * *

自己所处的环境也许是尤为特殊的。

神崎彩子有时不禁这样想。比如说,眼前的架子上装饰的那个瓶中船。小船像是在迎着海风勇敢地扬帆起航,但其实并未划出瓶子,驶向大海。金色底座上刻着说明文字:瓶中船是学校的创立者菅原真智子老师从英国的姐妹学校带回来的。彩子在《飘》第三卷的位置上夹上一枚紫罗兰花朵做成的标本书签,轻轻合上了书。并不是说彩子想要体验南北战争和屠杀,但只要想到还要再度过三年这种安稳平坦的生活,便觉得不如索性让自己受些伤。长大成人后,如若回首过去时全然没有任何刺伤内心的痛苦回忆,也着实是件可悲的事。

彩子察觉到身边有人,抬头望去,看到了文艺部顾问高柳修太郎老师。高柳老师戴着一副银边眼镜,若有所思地眯缝着眼,正透过厚厚的镜片向这边瞥来。他夹有银丝的头发显得清爽柔软。

"神崎,你好像喜欢描写满腔热血的女性的生涯的作品啊。今天文艺部怎么样啊?"

"啊,高柳老师……呃,稿件收不齐,不知道这个月的部刊能不能做出来……还有,大家都不怎么看书,作为部长，我都有点头疼了。给您，这是社团活动室的钥匙。"

递钥匙的时候，和老师手指轻触。星期六午后的图书馆泛着暖黄的光，没有其他人的身影。彩子有种和老师两个人关在瓶子里的感觉，心扑通扑通直跳。

高柳老师今年已四十过半，他身材瘦削，待人接物颇为稳重，虽然有时会被学生轻视，但却颇有人气。高柳老师的目光和彩子家养的牧羊犬丹一样温柔，因此，即使是不擅长和异性交往的彩子，也能马上和他亲近起来。虽然不知道这算不算恋慕，但是，彩子很喜欢和高柳老师说话时内心小鹿乱撞的感觉。当然，彩子知道他有夫人有孩子，所以丝毫没有沉迷其中的想法。但是，如果现在站起来亲他会怎么样呢？会被劝退吗——单是想想这些绝不能做的事情，身体就会乱哄哄地燥热起来。啊，自己其实是个女孩子呀。彩子很高兴能想起这一点。

"我很向往那些有着我不曾体会过的戏剧般经历的主人公。而我视野狭隘，不谙世事。"

"这样的话，暑假的时候，你就更应该去约克郡的圣赫勒拿学校看看了。我认为神崎同学能够胜任学校代表一职。"

彩子不知道该如何回答，只是垂下了头。很多老师都劝自己暑假去交换留学，彩子很喜欢英国文学，所以也很想去，况且，被老师选中也让她颇感光荣，但却总是无法下定决心。自己今年已经十五岁了，但一想到要离开家人独自生活一个月之久，彩子便觉得十分害怕，而这一原因却又是无论如何都难以启齿的。高柳老师是带队老师的一员，这一点很有吸引力，但是彩子也有些担心自己是否能够胜任学校代表。

"不过，夏天也是仔细考虑未来的好机会，别勉强自己哦。总之，神崎同学一定要有意义地利用起这个暑假来。暑期学校还是有人员限制的，所以尽早做好打算吧。"

高柳老师拿着钥匙离开了图书馆。

山之上女学园需要在初中三年级的第二学期提交大学升学计划表。高中选修的课程会根据此表有所调整，所以必须认真对待。彩子早就开始烦恼了。虽然很想看看广阔的世界，但还是有些畏手畏脚。回想起在公立小学度过的日子，虽然也有很多欢乐，但升入高年级后的一些回忆现在仍在彩子心中留有阴影。暴露在男人视线里的宛如战场般的环境才是这个世界的普像吗？想到这里，彩子就会觉得上男女同校的大学十分可怕。果然，还是应该去附属的女子大学或者其他学校的女子大学吧。图书馆的入口处，好友富田春香和米盛惠美朝这边挥了挥手。彩子把书收到包里，向两人走去。春香戏谑地盯着彩子的脸看。小而白皙的脸颊两侧晃动着两根辫子。

"喂喂，彩子，你和小柳说了什么啊？"

"嗯，关于暑期寄宿的事情。约克郡的圣赫勒拿学校的短期留学。"

"真不愧是彩子。就是只有成绩优秀的人才能去的那个项目吧。去看看吧，英国多好啊，不是哈利·波特的故乡吗？哎，虽然我只看过电影。"

惠美钟爱有魔法师或是妖精的动漫和电影，一时陶醉在想象之中。彩子连声叹气。

"你们也是文艺部的，偶尔也看看小说吧，我还想和你们聊聊奥斯丁呢。"

"欸？可是我加入文艺部完全是奔着你来的。其他人也是这样吧。"

"我最害怕那种读不懂的故事或者一本正经的故事了。对了，有没有这种，嗯，就是'唰唰唰'就可以读完的故事呢？"

彩子拿她们没有办法，只得带着两人朝书架走去。自从当上了文艺部部长，彩子便开始深刻理解老师们的辛苦。明明有如此规模的图书馆，学生的利用率却在逐年下降。到底该如何与游戏、网络、漫画、轻小说等这些让人上瘾的娱乐抗衡呢？彩子对这个大难题很是头疼。

"对了，这本《秘密森林里的戴安娜》怎么样？这是我爸爸以前主编的。"

在现代文学的书架里看到从小爱读的书，彩子欣喜地把它抽了出来。

"虽然是儿童读物，但是大人看了也会被吸引的。

这是一个叫做戴安娜的住在森林里的女孩子凭借智慧和善良开拓自己人生的故事。最近刚出了杂志书呢。虽然作者一度休笔,这次是时隔十六年才再次执笔,但一出版就迅速成为话题。这部短篇写得非常好,一些喜欢戴安娜的名人还写了很多寄语呢。"

"好像很有趣的样子。"

春香和惠美把书拿在手上啪啦啪啦地翻着看,但是一会儿就失去了兴趣,很快便把书放回了书架。彩子看在眼里,心里很是失望。

服部萤一的这部短篇新作是多么的引人入胜啊,自己太喜欢它了,以至于当不能完全将它的妙处表达出来时,彩子的心中充满了失落。好想让朋友也读读这本书啊,好想和人一起分享感悟啊。

突然,脑海里浮现出了另一个女孩子的脸。要是那个女孩子现在在这儿的话,会说些什么呢——

"只经历过城堡和平生活的我,真的能算是活着的吗?虽然大家都宠爱我,但我却并不认为这是我应该得到的。况且,真正的人生不应该是更有实感的吗?森林的黑暗恐怖,蜂扎的疼痛,我都想要全身心地去体验,我想要长大成人。"

戴安娜的女儿莉莉的忧愁和焦躁完全表达出了自己的心声,其境遇之相似让彩子无数次为之惊叹。莉莉离开家前往森林,开始尝试曾经母亲所过的那种自给自足的生活。经历了无数次的失败,她品尝到了人生中的苦难与痛楚,再次回到了城堡之中。彩子其实还想在书中看到更多关于森林生活的描写,但是现在,她好像也渐渐爱上了莉莉。彩子很喜欢这个勇于接受眼前的环境、向未来迈出崭新一步的女孩,她对莉莉的喜爱甚至不亚于对戴安娜的喜爱。

三人离开图书馆,走到了门口。今天约好了接下来要一起去彩子家做作业。

"一想起彩子妈妈做的饭,肚子好像就会饿得咕咕叫呢,我都快饿晕过去了呢。今天有什么菜呢?"

惠美极度夸张地扭动着身体,彩子朝她微微一笑。刚一走出正门,一行人便不禁面面相觑。旁边停着的车子上传来震耳欲聋的音乐。隔壁班的泽渡美影正准备坐上车子的副驾驶座。驾驶座上的男人留着邋遢的胡子,是个胖胖的秃头,看上去绝不像是十几二十岁的样子。

似乎感受到了三人异样的眼神,美影向这边瞥了一眼。她那戴着美瞳的眼睛完全看不到眼白,宛如外星人一般。一段时间不见,她的妆明显浓了很多。朴素土气的山之上女学园的校服到了美影手里完全被改造成了另一副模样,裙子短得几乎可以看到屁股,马甲耷拉着,衬衫领子开得极低。彩子慌慌张张地移开了眼。美影一脸鄙视地笑了笑,消失在副驾驶位上,伴随着汽车尾气渐行渐远。在去往车站的路上,春香和惠美一直不停地说着美影的坏话。

"哐啷哐啷的真烦人。也不想想会不会影响到别人。像那样的人,真希望早点让她退学算了。"

"隔壁班的泽渡吧。平常不好好上学,偶尔来一次就那样好像显摆似的带个男人晃荡一圈就走了,真是不爽。听说是在网上认识的,真恶心。"

两人都毫不掩饰地皱着张脸。彩子不由得低下了头,却怎么也开不了口。难道要说自己和美影是小学同学,两人的家长还是朋友吗?两人在同一个补习班里学习,彼此都以这个学校为目标,考上的时候甚至还在一起拥抱庆祝。虽然两人并不投缘,但美影一直羡慕着自己。曾经很讨厌她什么都学自己,讨厌她像妹妹一样一直跟在后面。但是从初二的某个时候开始,和美影的关系却渐渐疏远了。美影的成绩极速下滑,与此相反,打扮却越来越华丽,最近甚至连学校也不常来了。在这所校规严格的学校,像她这样的问题学生实属异端。彩子想换个话题,用明快的语气说道:

"升学申请表怎么办?现在就要想好大学,我真的是毫无头绪啊。"

"诶,是吗?反正我是绝对要去外面的大学的,要去男女同校的大学。然后绝对要交男朋友,找回我的青春。"

三人坐上世田谷线,在彩子住的街道下车。进入住宅区后，彩子突然停下了脚步。

曾在同一所小学读书的武田和曾经的挚友矢岛戴安娜正从街对面并肩走来。戴安娜头发已经不是金色，只是泛着些许茶色，反倒是武田，将头发染成了金色。两人都摆着张臭脸，一边争吵一边向这边走来。不知为何，在彩子看来，两人颇有些通达人情世故的大人样。他们的头发混杂在一起，清清爽爽，泛着耀眼的光辉，彩子不禁感到一股窒息般的痛。

戴安娜更美了。裤脚外散的粗棉短裤，像是要从肩膀滑落的宽大T恤，虽然是随意的打扮，但是因为她优雅的身形，简直就好像好莱坞巨星的日常装一般。她的下巴尖尖的，眼睛大得让人惊艳。当然，春香和惠美也很可爱清纯，但是，戴安娜的美却卓然不同。若是冒失地打招呼，仿佛就会被她锐利的目光瞥视一般，透着某种不可言说的无情。在戴安娜看来，彩子这些叽叽喳喳吵吵闹闹的女生只是一群不谙世事的孩子吧。她似乎很不开心，那表情仿佛是厌倦了世间的一切。

随着时间的流逝，毕业前夕脱口而出的"绝交"早已转化为无尽的悔恨。戴安娜当时恐怕有不得已的理由吧，而自己却因为考试压力而拒绝倾听，这是多么幼稚的行为啊。如今的戴安娜让人感到一种无法言说的魄力，这魄力静谧安然，却重重地压在了彩子身上，让她不知该如何抬步上前。戴安娜已经对读书没有兴趣了吗？彩子一想到这儿，便觉得有些寂寥。那个时候的自己还只是个孩子,无法全然理解戴安娜所喜欢的那个书籍里的世界,但是如今,自己应该已经成长为能和戴安娜琴瑟相合的灵魂伴侣了吧。

啊,自己竟到了现在才领悟到这些。

彩子想,戴安娜肯定和武田接过吻了吧。不,也许更甚……看杂志上介绍,十五岁左右谈恋爱已经成为世间常态。突然,戴安娜开始往回走,顺着来路折返了。

武田一副不知所措的样子,呆呆地伫立在那儿。他注意到了彩子,挥手打了个招呼。彩子慌张地低下了头。等他一离开,春香和惠美便一齐开口问道:

"诶,彩子认识那些人吗?"

"嗯……小学同学。"

"哇,简直像电视剧一样。就是那种不良情侣的感觉。女生真是个美人啊。那样的人也许会被星探发现成为明星吧。或者说可能十七岁左右就生小孩吧。"

虽然两人都属于不良少女的类型,但如美影一般的女孩会被同性轻视,而戴安娜的魅而不妖则轻易征服了两人。彩子在高兴的同时,也有些无地自容。

"感觉完全生活在不同的世界里呢!彩子,你真是认识了些不得了的人呢。真好,曾经在男女同校的学校里待过。"

"哎,我们从懂事以来,说起男性就只和老师、爸爸说过话呢。"

春香和惠美都是从小学开始便在山之上读书,因此完全不能想象有男生的生活会是什么样子。三人所想的都是同样的事情。而这,似乎也恰恰宣告了彩子自身力不能及的短板。心烦意乱,但是却又羞愧难当。自己竟然把最好的朋友想成那种人,彩子无比讨厌这样的自己。

*　　*　　*

已经快在神崎家的周围徘徊一个小时了,却始终没有找到合适的机会上前说话。绣球花、铃兰,初夏的花开得绚烂,却更让戴安娜郁郁不敢向前。天开始暗了下来,快没时间了。彩子马上就要回来了,再不开口就来不及了。戴安娜已经提前从武田父亲那里打听到了彩子回家的时间,他清楚地掌握着整个商店街的人流动向。

彩子的母亲修完了草坪,不经意间抬起了眼。可能是感受到了戴安娜的视线,那张遮阳帽下的笑脸越过篱笆,捕捉到了她。

"戴安娜?!好久不见。长大了,完全认不出来了呢。"

三年未见的昔日挚友的母亲完全看不出已经年过五十,脸上浮现出年轻的笑容。虽是素颜常服,却给人以简单清爽的印象。还好,没有从她脸上看到任何隔阂或是轻蔑的迹象,戴安娜心里松了口气。

"真是不好意思,因为在干些庭院杂事,所以这副打扮。"

"那个,我,呃……"

戴安娜隔着篱笆望向彩子的母亲,寻找着合适的语言,终于下定了决心,面对面地问道:

"能请您为我写封证明书吗?"

"证明?什么证明?"

看到彩子母亲略带惊讶的表情,戴安娜有些退缩。但是,好不容易鼓起勇气来到了这里,如果不好好说清楚,一切努力便都失去了意义。

"那,那个,我想要改名字。需要第三人来证明,一直以来因为'大穴'这个名字,我是遭遇了何等的不幸。需要对方是一个有一定社会地位的人……家庭法院要求我提交一份这样的追加资料……拜托您了,除了您我实在找不到其他人了……"

彩子的母亲盯着戴安娜看了好一会儿。即使被认为是奇怪的孩子也无所谓了。至少,自己需要她的同情,希望她看到充斥着彩子一辈子都不曾体验过的屈辱和悲哀的"戴安娜"的人生后产生一丝怜悯。戴安娜在心里如此虔诚地祈祷着。

一直以来,戴安娜都在拒绝他人的好意。然而在彩子母亲面前,戴安娜却能毫不犹豫地展现出悲惨的自我,并寻求她的庇护。

"别着急。要不要先进来喝杯茶?"

仿佛未曾听到刚刚的请求似的,彩子的母亲微笑着说道。

一切都未曾改变——戴安娜环视着这被书架占据得满满当当的客厅,一时竟有些哽咽。这样的味道,这样的阳光角度,这样的沉稳色调。在这度过的时光给予了自己多大的影响啊。戴安娜沉迷其中,用目光追寻着那一本本书的书脊。当看到在书店里翻过的《秘密森林里的戴安娜》时,戴安娜不禁欢呼出来。

"哎呀,那本杂志书是我先生主编的呢。戴安娜以前就很喜欢《秘密森林里的戴安娜》吧。不介意的话,这本书你拿回去好吗?"

"真的可以吗?诶,原来是彩子的父亲主编的……"

这出乎意料的提议像是一道明亮的光照进心底。原先走投无路的心情逐渐消散。

"不过,企划有些花哨,不太像那个人的风格吧。出版界也不容易,现在的书不太好卖,如果不下番功夫夺人眼球,人们可能连拿都不愿拿起。"

想到彩子的父亲如此不易,戴安娜觉得有些难受。彩子的父亲是自己很敬爱的人。只要他可以理解自己,戴安娜就会充满活下去的信心。以后一定要成为一个销售图书的能手,这样,就可以向许许多多的人推荐彩子父亲的书了。

"他马上就要退休了。对他来说,《秘密森林里的戴安娜》是特别的一本书。因为作家中途不能再写了,他好像至今仍自责不已。不过,因为这本书颇受好评,《秘密森林里的戴安娜》现在也还在一点点卖着呢。"

"这样啊……从发售起到现在已经有很多年了,竟然还能受到这么多人的追捧,真的很了不起啊。"

这个书架基本集齐了戴安娜现在想要的书。戴安娜连声惊呼,喜悦之情溢于言表。彩子的母亲在一旁颇有兴趣地看着。

"戴安娜还是一如既往地爱读书呢。彩子也是个书迷。不过,她不太看日本的小说。我家先生对此很失望。彩子好像喜欢看外国那些有着戏剧性人生的女性的故事,像是《呼啸山庄》《简·爱》《飘》《包法利夫人》。啊,对了,最近她好像比较喜欢简·奥斯丁。她还是文艺部部长呢。对了对了,这个夏天,她还要去《秘密花园》发生的舞台约克郡参加短期留学呢。"

"啊,文艺部呀,真好。我们初中就没有这些东西。"

很像彩子的作风——戴安娜的脸上不禁缓缓绽开笑容。乍一眼望去是端庄娴静的大小姐,其实内心坚定刚强,隐藏着满腔的热情,这正是彩子那无与伦比的魅力所在。如果能和她面对面交流彼此喜欢的书,该是多么愉快的事情啊。这时,彩子的母亲缓缓说道:

"这种事情,父母可能并不该多管闲事的。不过,你要不要和她解释清楚呢?彩子肯定也对你……"

"不,不用了。本来就不是彩子的错,而且,就算真的突然见面,如今也不知道该从何说起了。"

最重要的是,彼此所处的世界已经全然不同了。横亘在两人之间的是无法用言语填补的深壑。

"这样啊。"彩子的母亲点了点头,再也没说什么,起身向厨房走去。过了一会儿,她折返回来,手上端着冰茶和玻璃盘子。看到这里,戴安娜的眼睛瞬间放出了闪亮的光辉。

"这是糖水桃子。把桃子放在掺有洋酒的糖浆里煮的,已经凉过了。看看合不合你的口味。"

"我知道!我在森茉莉的书里面看到过!"

戴安娜忍不住惊叫出来,彩子母亲的脸上露出恶作剧似的微笑。

"是啊。鸥外是从德国回来的医生,所以是不会给茉莉吃生水果的呀。"

从未曾体验过的心神撩动,戴安娜一时竟有些恍惚。她一直从内心深处渴求着这样的对话。要是这样的时光能永远持续下去该有多好啊,戴安娜如此强烈地恳求着,眼眶中闪烁着泪花。

"你现在喜欢的作家是幸田文和森茉莉吗?戴安娜,你好像很喜欢和父亲有着深厚感情的女性作家啊。"

戴安娜大吃一惊,她无比认真地凝视着彩子母亲的脸。没错,的确如此。

幸田露伴和森鸥外——在外人看来,幸田文和森茉莉受到各自父亲的强烈影响,以致婚姻不幸,生活坎坷。即便果真如此,她们的内心深处也都有一个绝对存在,这让戴安娜很羡慕。这个存在一直守护着她们,指引她们在各自的人生道路上前行。父亲既是她们的人生导师,也是她们的恋人。戴安娜无比向往如此浓烈的父女关系。

"可能是这样吧,我很羡慕关系好的父女……"

"虽然我不是很清楚狄亚拉的事情,但我认为你的母亲是个聪明温婉的人。"

彩子的母亲突然认真地说道。

"我觉得你的名字绝不是随随便便取的。肯定现在还没到说出那个理由的时机。所以改名这件事情我不能帮你。"

事情不可能是那样的——仿佛读出了戴安娜的心声一般,彩子的母亲以前所未有的强硬口吻说道:

"给女儿取名的时候,任何一个母亲都是慎重的。我给那个孩子取名为彩子,是希望她能够看到多样的世界。没有偏见,视野宽广,保持一颗温暖的内心,能给周围带来缤纷的色彩,能让大家知道世界如此丰富多彩是一件多么美好的事情,我希望她成为这样的女孩。"

原来有如此美好的理由啊。戴安娜正听得出神,彩子的母亲出人意料地话锋一转:

"我自己啊,就没能做到这样。自尊心强但却极为胆小,无法认可和自己不一样的个性。我没能做到不轻视他人。所以,也从未有过真正的好朋友。"

说完,她便垂下了头。从窗外射进的夕阳照在了彩子母亲的侧脸上。难道,这样完美的女性也像戴安娜和彩子一样，因为误会而与朋友生疏了吗？戴安娜甚至忘了来到这里的理由，不顾一切地向前探身问道：

"彩子妈妈，那个，您能告诉我您的名字吗？"

她惊讶地睁开了眼。戴安娜本就不擅长表达，但现在，只能竭尽所能地拼命组织语言。也许，读万卷书的意义正在于此吧。

"我很感兴趣。因为我一直觉得名字会左右一个人的一生。彩子妈妈，您的出生被寄予了什么样的期望呢？我很想知道。"

不一会儿，戴安娜觉察到彩子母亲的眼睛有些泛红了。

"我的名字叫贵子。贵族的贵，孩子的子……谢谢你啊，当了别人母亲之后，有时候呢，是会忘记自己原来是有名字的啊。"

"我以后叫您贵子阿姨行吗？"

贵子阿姨笑起来的时候眼睛会眯成一条缝，像极了彩子。

* * *

对于春末夏初的傍晚，彩子是有些害怕的。温热的风轻拂脸颊，暮色夹杂着青草的清香。身处其中，像是要被带到某个不知名的地方。也许，所谓的诱惑也便是这样，从不知何处的地方飘然而来，悄然裹挟了身体。

从世田谷线换乘到田园都市线的时候，美影终于扬起一头沙土色的头发,朝自己这边看了过来。

"我去!我说,你到底要跟我到什么时候?"

从她打心眼儿里厌恶的表情中,早已窥不到一丝那个露出龋齿、满脸堆笑的发小的身影。

"因为,那个,你被老师这么说,我有些担心……"

顾虑到车内其他人的视线,彩子压低了声音。她已经数月没有和美影进行这样的交谈了。

彩子想起了几十分钟前在办公室里的情景。去高柳老师那里还社团活动室钥匙的时候,美影的身影跃入了彩子的眼帘。她好像因为头发颜色太过招摇而被训斥,正扯着嗓子对着年级主任远藤洋子大声尖叫。

"烦死了!这种学校我早就不想上了!"

远藤老师人到中年,人人敬畏,而美影却胆敢对他出言不逊。彩子既惊愕于她的不知礼数,另一方面又因为这电视剧一般的场景而心潮澎湃。果然,自己还是渴求刺激的,彩子再一次认识到了这一点。等回过神来,自己竟然已经追着跑出教务处的美影一起出了校门。

"你妈妈最近经常来我家。她一直在为你担心。"

美影的母亲并没有拜托彩子监督美影。不过,彩子觉得,这样的解释似乎可以为自己一时冲动追着美影跑出来的行为找一个说辞。就在昨夜,美影的母亲还抱着自己的母亲一直哭个不停。

"那孩子真是不懂事。这么辛苦地考到了山之上女学园,却随随便便说退学就要退学了。打扮得和外星人一样……哎,彩子这么懂事,为什么我家的孩子就……"

最近,美影的母亲老了很多。她面容消瘦,脸色也不好,怎么都看不出比彩子的母亲还小十岁。一想到美影让爱她的亲人如此担心,彩子想让美影浪子回头的心情便愈发强烈。

"哎,我说,你怎么这么爱多管闲事?"

"我们不是朋友吗?"

"朋友,哼,说这样的话你都不害臊吗?彩子你从来都没把我当过朋友吧。"

彩子心里咯噔一下,如鲠在喉。美影淡淡一笑,拿出手机便立即看了起来。田园都市线到了涩谷站,两人被人群挤着出了站台。美影好像对涩谷站的复杂构造了然于心,步伐毫不迟疑。通过检票口,穿过地下通道,两人迈进了直通车站的109。周遭的音乐太过喧嚣,彩子不由得眉头紧蹙。环顾四周,浓妆艳抹的店员和顾客,身着华装丽服的模特,这一切都让彩子畏怯,不由得低下头来。穿着校服的自己素面朝天,一定是土气得不得了,彩子不禁这样想。美影乘上电梯,进了化妆间。彩子等了许久,美影却迟迟没有从卫生间的隔间里出来。正当彩子心神不安时,穿着抹胸和超短裤的美影竟然以一副近乎全裸的姿态出现在了彩子的面前。

"那种校服太矬了,穿着肯定没法见人吧。"

美影一边这么说着,一边对着化妆间的镜子梳妆打扮起来。她披散开头发,涂上唇彩,戴上假睫毛和美瞳,时而用力眨巴下双眼,时而像金鱼一样嘟起嘴唇。不一会儿工夫,一起长大的发小便变身成了"外星人"。美影径直走出了化妆间,甚至都没有看彩子一眼。

面对站在109前等待同伴的美影,彩子字斟句酌,竭尽全力去尝试说服她。美影全然当做没听见的样子,一直向相反的方向望去。

"那个,美影,恋爱、玩乐、打工,这些到了大学以后不是想做多少就有多少吗?我也知道,全是女生的环境很枯燥无聊,但这并不是一生啊。以后回想起来,在山之上女学园的时光肯定是珍贵而难得的。"

彩子意识到了自己并不是在对美影,而是在对自己说。美影默默地看着熙熙攘攘的人群,突然用冷静的目光看向这边,慢吞吞地说道:

"下次请和我妈妈说,美影并不是彩子。"

意料之外的话让彩子不知所措。

"这是什么话,这是必然的啊,美影你就是美影啊。"

"不,我妈妈可是一直都是这么想的。美影为什么不能和彩子一样呢?我从小就想要拼命达到她的期望,但现在我想解放了。那样下去的话,美影就毁了。"

彩子与美影交往已久,但却从未见过她像现在这般沉着。美影继续说道:

"为什么你们就能断定在山之上女学园不行的人就是失败者呢?凭什么这么个小世界的优劣就能决定一个人的一生呢?这只是个狭小的世界而已啊。彩子你这么聪明，肯定明白的吧。"

"唔……"

"我再也不愿为了成为你而努力了。"

被眼线粗糙包裹的瞳仁中，闪耀着似乎洞悉一切的聪慧光芒。彩子觉得后背一阵发凉。美影凭借一己之力获得的见闻远比自己知道的要多得多。用高高在上的语气说出那些话的自己是多么的惭愧啊。果然，自己只是瓶中之舟、井底之蛙而已。美影的脸上突然绽出了笑容，仿佛换了个人似的，露出一脸爽朗的表情。她孩子般地挥舞着手：

"六六、小武、阿喵！这边这边。"

彩子随着她的视线看去，看到一行三人正朝着这边走来。除了经常开车来接美影的秃头男外，还有一个鼻子上戴着鼻环的少女，以及一个顶着色彩鲜艳的刺猬头的男人。这时，发生了一件令人难以置信的事情。美影突然跑到秃头的身边，激烈地吻了上去。

人生中第一次亲眼看到朋友接吻，彩子的心脏狂跳不止。

"我，回去了……"

没有人注意到转身离开的彩子，直到最后，美影也没有追上来。

穿过日暮时分熙攘的人群，无数次地碰撞到路人，彩子朝着车站走去。

暑假的时候去约克郡看看吧——彩子突然产生了

这种想法。必须去看看更为广阔的世界了,要像莉莉一样身体力行地抓住人生。必须要更像个大人了,而不能只做瓶中的一叶小舟。这将是个特别的夏天,彩子想在这个夏天证明自己,仅凭一己之力走出这座围城。

期末考试开始的前几天,美影提交了休学申请。

* * *

有生以来第一次来到歌舞伎町,置身其中,戴安娜有一种几近晕倒的炫目感。

虽已过了午夜十二点,但在红红绿绿的耀眼的霓虹灯下,来往行人的容颜依然清晰可见。然而,与白昼时分正大光明的阳光不同,这里的明亮隐隐地透着一股子妖艳。街上人潮涌动,空气令人窒息,散发着一股混合了汽车尾气和腐败食物的味道,令戴安娜眩晕不已。在去往"赫拉克勒斯"的路上,戴安娜已经被十多个男公关搭话了。也不知道这些人到底是怎么想的,被戴安娜拒绝再三后却仍是纠缠不休。被逼无奈,戴安娜最后只得慌忙逃了过来。

就不该在洗完澡准备睡觉的时候注意到狄亚拉发来的短信。

"糟糕了,我把东西落在家了。今天是一个客人的生日,我和店里的那些孩子们写了生日贺卡,难得还用金丝笔和贴纸装饰了一下,结果放在家里的桌子上忘拿了。不好意思,你能给我带到店里来吗?"

真是的，让未成年的女儿来这么个危险的地方，还是深更半夜的，到底是怎么想的？戴安娜虽然愤恨不满，但还是查了手机地图，准备向店里出发。

"赫拉克勒斯"位于靖国路的内侧，外观远比想象中的要更加大气雅致。青白色灯光照射下的台阶延伸开来，仿佛是在诱人深入一般。这是戴安娜第一次来母亲工作的地方。就在她迷茫该从哪儿进去的时候，站在店门口的一个身穿露背礼服的女人注意到了这边。

"啊，你就是狄亚拉的女儿吧？来，从这儿进。"

戴安娜朝着她指的方向走去，穿过狭窄的小巷，来到了后门。脚底有老鼠和蟑螂四窜过来，戴安娜不由得轻声惊叫起来。她穿过短短的走廊，来到了一个像是更衣室的房间里。房间里空无一人，但却弥漫着化妆品的刺鼻味道，呛得人喘不过气来。不一会儿，狄亚拉就喘着粗气啪嗒啪嗒地跑过来了，抢着从戴安娜手上拿走了生日贺卡。

"对不住了，谢谢。店里晚上一点关门，你在化妆间等我吧，还有一个小时！"

"诶！算了。我要回去了，困死了，反正还有末班车。"

戴安娜第一次看到礼服打扮的狄亚拉。她胸前的沟壑和光滑的后背裸露出来，戴安娜一时竟不知该把目光置于何处。母亲狄亚拉的确是个美人，这一判断并不带有任何偏爱色彩，而是戴安娜再次深刻认识到的事实。

"别说这么扫兴的话,我一会儿请你去一家叫'鹤饨啖'的拉面馆,你在这里等我,可以先看看书、睡睡觉。"

说完这些,戴安娜扭动着形状姣好的翘臀,消失在门外。

真是自作主张——被独自留下的戴安娜叹了口气。还好,书包里有从彩子家拿来的那本《秘密森林里的戴安娜》的杂志书。新出的这篇短篇小说终于快看到高潮了。戴安娜坐进低低的沙发里,打开书读了起来。

> 莉莉给小熊恰克看了母亲戴安娜传给自己的月光石吊坠。
>
> "喂,我拿这个吊坠和你换蜂蜜好不好?我肚子都快饿扁了。况且,要是因为这个吊坠而暴露了我的王室身份,那可就麻烦了。"
>
> "这不是城堡里世代传承的贵重吊坠吗?我可不能拿啊。"
>
> 说着,恰克静静地摇了摇头。莉莉烦透了,所有人都是母后戴安娜的同伙。这种吊坠,明明自己从来都没说过想要。自己的命运竟然被这样一块石头束缚,莉莉觉得很是无趣。
>
> "这不就是块儿石头吗?这只是母后硬塞给我的啊。如果真要给,还不如给我更华丽的首饰呢。我压根不想要这种东西!我已经受够了,我要把它

扔到湖里去!"

戴安娜的心情久久难以平静,她把眼神移离了书页。之前一直无法对其感同身受的莉莉好像突然出现在了自己身边。或许,自己也只是一味反抗母亲的懵懂无知的任性女儿罢了。不,这不可能——莉莉摆出一副准备吵架的样子,恰克温柔地对她说道:

"吊坠之所以不够闪亮夺目,是因为你还没有活出自己的人生,你的成长和改变会让吊坠越来越亮,也会让你愈加理解母亲将吊坠交付于你的理由——"

突然觉得好像有什么东西正在看自己,戴安娜不禁回过头去。

成排的储物柜中,有一个贴着用彩钻装饰成"狄亚拉"字样的名牌,像是在试探戴安娜似的,发出亮闪闪的光芒。

戴安娜觉得自己不知道的关于母亲的一切都堆满在这个细长的箱子里。"咕噜"一声,戴安娜不禁咽了下口水。戴安娜知道随便看别人的东西是多么可耻的行为。但是,自己至少有了解母亲的权利吧。戴安娜站起来,跟跟跄跄地走向了储物柜。刚一打开柜门,狄亚拉惯用的香水的甜腻味道便迎面扑来。衣架上挂着狄亚拉鲜艳的便服,里面还摆着发胶和化妆包,除此之外便再没有什么奇怪的东西。怀着一股不知是失望还是轻松的心情,戴安娜准备关上柜门。就在此时,她看到了一本厚厚的笔记本,不由自主地伸手去拿,突然从中滑落出一个信封来。

戴安娜惶惶不安地打开信封,里面放着一封折得小小的泛黄的信和一张照片。

亲爱的有香子:

不能和你相见真的很对不起。你肯定每天都很不安吧。

说来,你父母的盛怒也在情理之中。毕竟用心养育了十六年的女儿,突然想要和我这样来历不明的男人结婚。

待工作顺利、能养活你之时,我必然会去接你。在此之前,请等我。

我们的女儿就取名叫"戴安娜"吧。

萤

这是父亲写给狄亚拉的信——戴安娜觉得体内血液奔腾涌动,横亘在眼前的围墙被轰然推倒。最近,戴安娜已经渐渐开始想要放弃与父亲再会的念头了。自己已经这么大了,况且,原本不如意的事情就已经够多的了。但是,原来只要心存信念,人生的指向标就会以意想不到的方式出现啊。

按照狄亚拉的说法,父亲好像是在戴安娜出生后离开的。但是,读了这封信后,戴安娜一点都不相信他会是如此薄情的人。单单只是读了这段文字,戴安娜就不可救药地喜欢上了他。萤,父亲的名字叫做"萤"吗?虽然有些奇怪,但真的是极好的名字——

戴安娜的手不住地颤抖,目不转睛地盯着手里的照片。父亲比想象中要年轻得多。他身材纤弱,穿着格子衬衫,睡乱的头发十分显眼。虽然看上去好像是个靠不住的白面书生,但他下垂的眼睛却十分温柔。这张照片应该是在某处的教学楼拍摄的吧。背景是一座砖砌的建筑。戴安娜想就这样把信和照片拿回去,但转念一想,如果被狄亚拉发现就糟了,于是,只用手机拍了下来。

一阵敲门声后,传来了高跟鞋的声音。戴安娜吓得几乎要跳起来,慌慌张张地把信封夹回笔记本,放进储物柜,然后飞奔到沙发上去。她把书抱在胸前,身体横躺下,紧紧闭上了眼睛。

"抱歉啊……咦,我家的孩子呢?"

醉酒后的沙哑声音是狄亚拉传来的,之前穿礼服的女人的声音紧随其后。

"啊,她睡了。看上去像个大人一样,其实还只是个孩子呢。戴安娜和你长得可真像,是个十足的美人啊。哎哎,高中毕业后让她来我们店啊。"

"我家这孩子啊,可不是这种类型的。"

突然,发梢感受到了狄亚拉香甜的气息和长长的指甲。为了不被发现,戴安娜更闭紧了双眼,屏住呼吸。

"作为她的母亲,我这么说可能有些不太合适,但这孩子还真是像她的爸爸啊。我是那种总要往外跑的性格,这个孩子却是往里钻的性子。脑子聪明,心思细腻,又喜欢读书。"

戴安娜的呼吸凝滞了。她未曾想到,狄亚拉竟能如此理解自己。贵子阿姨的话突然在心中回响起来。

"狄亚拉你可真是爱你的老公啊。这十六年来一直保持着单身。客人都说了,狄亚拉是歌舞伎町里架子最大的。被人求婚都全部拒绝了,真是可惜了。"

拒绝求婚?架子大?狄亚拉吗?戴安娜有些难以置信,全神贯注地听着。可是,狄亚拉并没有回应。突然,戴安娜感到身体被剧烈地摇晃起来。

"快起来!肚子饿了没?我们去'鹤饨啖'吧,明太子奶油乌冬面,超级好吃。你可别拒绝哦,真的强力推荐,离这儿不远。"

听着狄亚拉一贯的大嗓门,戴安娜不由自主地捂住了耳朵。

戴安娜被狄亚拉硬拖着离开了店,沿着区政府大街向"鹤饨啖"走去。气氛诡异的地下店铺里,男女公关结束了一天的工作,全都把头伸进大碗里,吸溜着乌冬面。戴安娜看了看菜单,指着一个极简单的说道:

"我要普通的清汤面就好。"

"啊？都到'鹤饨啖'来了，不吃奶油系列的怎么行？你年纪轻轻的倒像个老太婆一样，真搞笑。"

不一会儿，店员便端上了两份脸盆大小的碗面。因为碗的缘故，坐在对面吸溜着面条的狄亚拉显得愈发娇小了，有种不同寻常的朦胧美。戴安娜终于注意到了一个显而易见的事实——狄亚拉也有少女时代。在自己这般年纪时，狄亚拉是以怎样的心情来度过每一天的呢？

狄亚拉用极为欢快的语气问道：

"暑假的时候要不要去哪儿玩玩？国外也可以哦。"

"嗯……要不……约克郡吧。"

戴安娜有些吃惊，不由得将心中所想脱口说出。狄亚拉立刻眉头蹙起，挥手说不。

"约克郡？不行不行。听说那种地方整天灰蒙蒙阴森森的，全都是草原，没有一点意思。倒不如去韩国吧。去趟美容院，再去蒸个汗蒸……"

刚一说完，狄亚拉便察觉到自己说漏嘴了。她匆忙拿出万宝路烟，长长的指甲发出咔哧咔哧的声音，用镶满彩钻的打火机点着了火。

——原来，狄亚拉也和彩子一样被选去参加交换留学了呀。

戴安娜在遗憾的同时，也感到了一种自豪，故意露出难以置信的表情问道：

"狄亚拉,你去过约克郡吗?"

"嗯?没去过,没有没有。叫什么来着,在那儿看到的。超级奇……"

"《世界奇妙发现!》?"

"对对,在那儿看到的。当时我就想着怎么全都是草原啊。"

狄亚拉好像觉得自己已经完美地搪塞过去了,很享受地吸溜着奶油乌冬面。狄亚拉肯定还有很多戴安娜不知道的另一面。

"我去会儿卫生间。"戴安娜这么说着,拿起帆布包离开了座位。

戴安娜在化妆室里哗哗地洗着脸,用手帕擦干面颊,然后突然觉得心情畅快了很多。她拿出家庭法院寄来的要求追加的资料,将它撕得粉碎,扔进了垃圾箱。看着镜中的自己,她心情平和地做出了决定。

就像月光石的吊坠会随着莉莉的成长而变得愈发耀眼一样,如果,随着自己的努力,人生也会改变的话……

那就再坚持一会儿吧,以这个名字活下去,直到找到狄亚拉的挚爱——我的父亲。

* * *

彩子将视线从日本带来的读后感作业上移开,抬眼看到了红木装饰柜里的瓶中舟。这瓶中舟和放在山之上女学园里的那叶很像,彩子一时百感交集。

——归根到底,即便是横越大洋来到异国,我也终究只是瓶中的一叶孤舟而已。

即使来到了约克郡,每天所做的事情还是和在山之上女学园时无异。再过三天,八月份就要结束了。

明天是最后一天在卡内基家叨扰了。为了感谢一个半月以来的照顾,今天,彩子准备亲手做一顿晚餐。姐姐爱丽丝在圣赫勒拿学校的高中部上学,比自己年长两岁,弟弟史蒂芬还是个小学生。彩子已经和他们玩得很熟了,便更加不舍分离。来英国之前,彩子特地向妈妈学习了裹着虾和鸡蛋丝的散寿司和杂烩汤的做法,今天,彩子就准备做这个给大家吃。听说,寿司在英国也很受欢迎。在上面撒上些扁豆和豌豆,装饰得五颜六色,就像米饭沙拉一样,英国人应该也会吃吧。最重要的是,彩子自己也无比想念日本的饭菜。

透过图书馆的窗户向外望去,一片叫做摩尔的荒地绵延展开。这荒地无边无际,怪不得《秘密花园》的主人公玛丽初见时将其误认为大海。

这一个半月确实过得很开心,英语进步了不少,也结交了许多外国朋友。圣赫勒拿学校是山之上女学园的姐妹学校,两者相似倒也在情理之中。但这里的一切,无论教学楼也好,校风也好,上课内容也好,甚至连学生之间的氛围都和山之上如出一辙。就像现在这样,甚至连瓶中舟都放在同样的地方。无论走到哪里,终究还是逃不过老师和父母的掌心吗?美影说过的话至今仍郁结在心。

"怎么样啊,在圣赫勒拿学校的这个夏天?即使是在这里,神崎依然很有人气啊。"

不知何时,高柳老师走了过来,在对面的位子上坐下了。彩子坦率地看着老师。

"我觉得这是一段非常宝贵的体验,果然不虚此行。但是,我觉得自己不论去到哪里,终究也只是山之上女学园的学生而已。"

索性就趁现在,硬着头皮上去亲高柳老师吧,彩子心想。并不是说爱慕他,只是想创造一个有些许回应的夏天的记忆。

不一会儿,高柳老师喃喃道:"和神崎聊天,不禁想起我以前教过的一个学生。"

他像是突然放飞了思绪,将目光投向了摩尔荒地。

"她也经常烦恼着自己是不是活在一个非常狭小的世界里。她说,外面的世界充斥着更多的刺激和悲伤,对这些一无所知的自己究竟还能算作一个完整的人吗?她把这些写成文章,在文部省主办的竞赛中得了大奖。令人惊讶的是,她当时还只是个初中部的学生。"

"诶,她还真是个成熟的孩子呢。"

"我想起来了。她也作为优等生,参加了约克郡的暑期学校。和你有一样的理由,说是想去看看更为广阔的世界。但是,后来她又说那里和日本的学校没有什么不同,全都是些荒野,看起来好像非常失望。"

从始至终都和自己一样,彩子很是吃惊,胸中涌起一股暖流。也许,这样的惶恐和不安,对全是女生的环境里培养长大的孩子们来说,是普遍的烦恼吧。好想什么时候能和那个前辈聊一聊啊,从山之上女学园毕业的她如今过着怎样的生活呢?可能见证了更加广阔的世界吧,可能用自己的双手抓住了更多吧。

　　"那个人……她现在在做什么呢?"

　　"她中途就辍学了,所以不是很清楚。现在好像已经为人母了。几年前,还有一个和她很像的女孩子只身一人来到了山之上女学园的文化祭。她好像边工作边独自抚养着那个孩子。"

　　竟然是位单身妈妈,多么刚毅的女性啊。这是她不随波逐流,追随自我意志而选择的结果吧。虽然未曾谋面,但彩子已然开始尊敬起这位前辈了。

　　"对了,这儿还有照片呢。历届交换留学生的照片都摆放在这儿,刚刚说的那个孩子的照片应该也在。"

　　高柳老师缓缓起身站起。顺着老师指引的方向,彩子朝架子上摆放的相框看去。些许褪色的扁长集体照中,几个黑发少女夹杂在英国女孩中间,正看向这边。其中一个女生吸引了彩子的注意力。彩子看了眼日期,已经是二十年前的照片了。

　　"老师,这个女孩子是……"

　　看着彩子所指的女孩,高柳老师颇为怀念地点了点头。

"对对,就是这个孩子,她叫矢岛有香子。那时候她还是小学六年级,因为是我当老师后第一次带的班,所以记得很清楚。她曾经是一个很让我骄傲的学生。"

腼腆微笑着的个子娇小的黑发少女,这分明就是小学同班同学矢岛戴安娜的母亲狄亚拉。

在距离日本一万公里以上的这片土地上,和曾经的挚友长得一模一样的少女,向彩子绽放出令人怀念的笑容。

4

南美文学书架再往前走,就是位于图书馆最角落处的社团活动室。打开房门,因阳光炙烤而褪色的纸张混合着尘埃的气息扑面而来。久违了,这熟悉的文艺部的味道。一张桌子几乎占据了这个细长的小房间,八个学妹围绕在桌子周围,一齐回过头来。

"呀,彩子学姐!好久不见。"

"彩子学姐来了!不好意思,现在明明是备考的攻坚时期,你还特地来看我们!"

大家你一言我一语,纷纷围绕在彩子身旁,柔软的手略显不安地抚摸着彩子的手腕和肩膀。彩子眯缝着眼睛,打量着这些只和她相差一岁的鲜嫩水灵的高二学生们。那仿佛还未感受到任何人生束缚的柔和表情,桃子般粉嫩的脸颊,还有额头上细细的汗毛,在习惯了教室紧张空气的彩子看来,这一切都显得那么地耀眼夺目。备考已经到了最后的冲刺阶段,每日优哉游哉、说说笑笑的女校生活也终于要迎来尾声。

山之上女学园的学生们都对彩子无比依赖,有彩子的地方就会有她们的身影。不仅仅是社团部员,就连同班同学也是如此。在这六年之中,彩子一直扮演着大家的母亲的角色。不仅如此,她还在不知不觉中担任了男生的角色。彩子曾经好几次收到过低年级学生写来的情书。从那些写在卡通便签上的拙劣文章中,似乎有闷热的香草气息蒸腾升起。

彩子大致听了一下大家的牢骚和近况。虽然学妹们还想继续留下彩子为她们排忧解难,但是彩子委婉地回绝了她们,离开了图书馆。彩子深切地体会到,自己退出社团后,部员们逐渐丧失了斗志。这也难怪,毕竟,大部分人都是为彩子的人气所吸引才加入社团的,她们原本就并不喜欢读书。

进了大学以后,自己能够遇到志同道合的伙伴吗?九月的夕阳照进长长的走廊,空气里弥漫着朦胧的桃红色。校园里的喜马拉雅雪松在球场上投下了形状复杂的影子。这就是一如往常的放学后,似乎要发生些什么,却什么也不会发生。

还有不到半年的时间就要和这样的景色告别了,彩子总觉得有些难以置信。彩子打开办公室的门,看到高柳老师坐在窗边,轻轻微笑了一下,走了进去。

高柳老师原本在看年级日志,看见彩子便抬起头来。最近，他脸上的皱纹变得越来越明显了。高柳老师身上穿着的金黄色对襟毛衣和他头上的白发相互映衬，就像细雪飞舞的草原那样对比强烈。如今，彩子总算明白自己为什么会在初中时对高柳老师怀有朦胧的爱慕之情了。那时，在周围所有人中，能称得上是男性的只有他一个。预感到自己在明年的这个时候将会记不起最喜欢的老师，彩子心中隐隐有些悲凉。

"文艺部方面，文化祭现在好像准备得不太顺利啊，不知道老师能不能稍微留意一下呢？"

"抱歉。我以前习惯了神崎同学在文艺部里组织大家了，作为顾问时也只是马马虎虎地做些指导而已。今后我会多留意下的。"

原本只是打算报告一下情况的，却令老师感到如此过意不去，彩子觉得有些不自在。似乎是注意到了周围人的目光，老师降低了音调。

"对了……神崎同学，保送申请的截止日期是十月一号。在那之前，请好好考虑一下保送砂川女学院大学的事情。"

位于广尾的砂川女学院大学是一所重点大学，从今年开始接受山之上的保送学生。明明是求之不得的好机会，为什么自己会如此犹豫呢？

"从学校的角度来说，如果一开始就能向砂川女学院大学推荐你这么优秀的学生，将会有助于加深对方对我们的信赖。不过，我并不是要强迫你答应。以你的学习实力,也有可能通过考试被你理想的学校录取哦。"

彩子听出了老师的话外之音,她觉得不能欺骗这位对学生最为关心的老师。于是,她决定坦率地说出自己的想法。

"……我现在觉得很迷茫。砂川女学院大学是我一直都很想去的学校,那里的法国文学专业也很有名。今年夏天,我虽然也去上了补习学校,但其实心里也有通过保送升学的想法。可是,砂川女学院大学呢,是一所教会学校,从初中部一直开设到大学,也全部是女生。想到今后四年也要在同样的环境里度过,我还是有些犹豫。但是,只要一想到要参加考试,我又会想起小学备考时的情形。我还真是个胆小鬼呢,而且在人前很容易紧张……"

从自己嘴里说出这些话来还真是有些不好意思,彩子轻声笑了出来。高柳老师慢慢摇着头。彩子又回想起了临近小升初考试的那段日子,不安和压力,每一天都沉闷得让人窒息。中学六年毫无压力,现在的自己究竟是否还有勇气再去跨越那样的困境呢,彩子对此毫无自信。

"神崎同学,你是最努力和最勇敢的。现在还有一段时间。我相信你能够做出正确的判断。不要着急,慢慢来,要勇敢地面对自己啊。"

离开办公室,彩子走出了学校。她一边向车站走去,一边回味着老师刚才的话。左右人生的重要抉择已经被交付到了自己手中,这与小升初考试时截然不同。那时,自己还处于母亲的庇护之下,只需努力走母亲为自己安排好的道路。而现在,无论是选择保送还是考试,父母都会支持自己吧。或许可以说,这是出生以来第一次,彩子自己掌握了人生之舵。世田谷线的列车滑入了站台,彩子不禁加快了脚步。

彩子坐到了驾驶席最后面的位子上,从包里取出《你好,忧愁》的文库本。彩子喜欢看这个简易餐厅的封面,因为这会让她有种自己稍稍长大了一点的感觉。这本书是彩子选择法国文学作为志愿专业的契机,每当她为将来的出路烦恼时,就会自然而然地打开这本书。

十七岁的女主人公塞茜尔是彩子的偶像,她看父亲的恋人——安娜时的眼神混杂着憎恨和羡慕。塞茜尔上过十年的修道院女校,这样相似的经历让彩子愈发觉得亲切。刚从学校毕业时,塞茜尔还是个梳着马尾辫儿的毫不起眼的少女。但不久之后,塞茜尔便从身为花花公子的父亲那里学会了买书和买唱片,然后又从安娜那里接受到了关于女性的启蒙教育。经过如此一番改造后,塞茜尔便摇身一变,成了魅惑的巴黎女子。拉克洛的《危险的关系》里也有一位曾在修道院生活过的名叫塞茜尔的女子。她原本也是位纯洁无瑕的大小姐,但被卷入到社交界危险的恋爱游戏里,变成了一个坏女孩。母亲从学生时代起就一直珍藏着的松任谷由实的唱片《塞茜尔的周末》,也是一首与此印象相符的关于不良少女的歌。对于彩子来说,"塞茜尔"是个特别的名字,是与大人和少女的分水岭完美契合且充满魅力的三个字。从舌尖上弹出这几个字时,就像蛋白酥皮般入口即化,似乎有洋酒的苦涩弥漫在口中。世田谷线的列车终于到达了彩子住的街道。彩子将紫罗兰做成的书签夹到书里,把文库本放回书包,然后下车,踏上月台。

彩子走在夕阳映照下的商业街中。空气中混杂着各种西式与和式食物的味道,来买晚餐食材的主妇们聚集在此,令这条街道热闹非凡。

彩子并不想让父母困扰,也不想让谁受到伤害。但是,她却很想往自己的血液里增添那么一点点会让大人皱眉头的坏元素。就像滴入一滴朗姆酒后就会变得非常好喝的热牛奶一样,彩子想往自己"好孩子"的人生中注入些有毒的香精,成为一个充满魅力的女人。虽然自己也搞不清楚,但彩子总觉得在夜里游荡、喝酒还有恋爱能教给她这些东西。这种想法很不单纯,但彩子觉得是否拥有这样的机会与自己选择哪所学校息息相关。毕业以后,彩子应该会进入某家公司,过着不迟到也不请假,一心一意认真工作的生活吧。就像自己的母亲那样,结婚后也继续工作,努力平衡好事业和家庭生活。这样的话,明年开始的四年将会是能做"塞茜尔"的唯一的季节。

毫无疑问,要是进入了砂川女学院大学,这些想法将无法实现。作为第一届保送学生,彩子的行为将影响对方学校对山之上的评价。为了以后的学妹们,彩子就不得不做个更加认真努力的学生。当然,女子大学也有很多联谊,也会有交男朋友和冒险的机会。但是,彩子不希望别人对她抱有"大小姐一样的女大学生"的印象,也讨厌因此被别人奉承。她想要自然而然地与男生相识和交流。

路过肉店时,彩子与正在看店的小学同学武田目光相遇。"喂。"武田和彩子打了声招呼,露出他洁白的牙齿,轻轻抬起夹着可乐饼的筷子。彩子急忙点头示意,回应了一下。虽然不过是像这样点头之交的关系,但自己正与充满正能量的武田联系在一起,还是多多少少给了彩子一点勇气。武田染着金发,虽然看起来像是个不良学生,但他却一边上高中,一边在父母的店里帮忙。尽管还没有和他搭话的勇气,但彩子对他却是抱有好感的。

不过,这个世界上也并不都是像武田那样直爽的人。虽然彩子很想去校风松懈、男女共校的私立大学,但她怎么也想象不出自己和男生们在日常生活中接触的样子。只要一想到会像小学时那样被讨厌又难缠的目光所注视,彩子就不由得退缩起来。这种矛盾的感情交织对立着,彩子感到心里一阵苦闷,视线也飘忽起来。就在这时,透过咖啡馆的玻璃窗,一个熟悉的侧脸进入了彩子的视线。

——爸爸?

彩子的父亲正坐在靠窗的沙发上,与某个人交谈着。父亲去年就已经退休了,现在作为返聘员工,每周会去出版社三次。其余时间就逛逛美术馆,写写文章,自由自在地度过。这样想来,父亲这个时间点在附近出现也没有什么不可思议。彩子正打算跟父亲挥手致意,却突然僵在了那里。坐在父亲对面的,不正是自己小学时的好朋友——矢岛戴安娜的母亲狄亚拉吗？两只咖啡杯的上方,两人的白发与金发似乎就要融化在夕阳里。狄亚拉正在说着什么,而父亲看起来很感兴趣似的小声笑着。许久未见的狄亚拉看起来还是一如既往地年轻美丽,怎么看都像是只有二十多岁的样子。金色的长发柔软地拢在一边,通过她那合身的套装,可以清晰地看到丰满的胸部和纤细的腰身。

彩子将视线移开,飞快地逃离了那里。

明明可以直接进店里去,彩子却觉得自己不能这么做。彩子并不是在怀疑那两人之间的关系。要是他们真有什么不可告人的关系,就不会在那种引人注目的地方见面了,这点道理彩子不难想到。想来,应该是偶然在街上碰到了,才会到店里去喝杯茶之类的吧。可是,这是彩子第一次见到父亲在面对家人以外的人时,露出那么放松的表情。应该说,父亲是个内向的人,沉默寡言,朋友也不多。要是塞茜尔的话就能微笑应付父亲的女性朋友了,自己果然还只是个孩子。彩子这样想着,不由得难过起来。

"我回来了。"

一打开家门,彩子就闻到了母亲拿手的炖牛肉的香味。母亲从厨房探出头来,回了声"你回来了"。母亲将白发剪成了清爽的短发,皱纹明显的脸上几乎没有化妆。彩子虽然喜欢母亲这样自然且有教养的感觉,但却感到怎么也比不过狄亚拉的年轻和带有毒性的娇艳。彩子被自己这种以女人的眼光看待母亲的想法吓到了,赶紧低下头来,脱下了平底鞋。

"我说,你看到你爸爸了吗?我忘了买鲜冬菇,所以就让他帮忙去买一下,可是到现在都还没回来。"

"没看到……我去学习了,吃饭时再叫我吧。"

仿佛是想挣脱母亲的视线似的,彩子急忙跑上了自己位于二楼的房间。脱下校服换上家居服后,彩子杂乱的心情依然无法平静。为了让自己冷静下来,彩子坐在书桌旁,打开了笔记本电脑。在书签栏中,彩子点开了自己近来很喜欢的一个论坛。

"【服部】《秘密森林里的戴安娜》讨论帖第12章【萤一】"

《秘密森林里的戴安娜》是彩子从小就很喜欢的一本书,也是父亲整个编辑生涯的代表作之一。想到这本书现在仍被众多读者喜爱着,彩子的嘴角不禁轻轻上扬。虽然老师在媒体素养课上说过不要看这种论坛,但这个论坛对于彩子来说却是非常重要的存在,因为在这里,彩子能够与大家交流对喜爱作品的想法。彩子喜不自禁地浏览着新留言,但不时冒出的刺耳话语却让彩子心里感到不快。

〈这种垃圾作品,现在还有什么讨论价值吗?一个日本作家给主人公取名叫"戴安娜",这也太做作了吧。就是因为这种书太多了,才会一直有白痴父母给自己的孩子取那些非主流的名字。戴安娜又不怎么可爱,一个人满不在乎地过着独居生活,拒绝他人的守护。这样的儿童文学不利于小孩子的教育吧。而且这部作品明明只发行了一套,最近却突然出了短篇,说是要回应读者的关心,这个服部还真是喜欢哗众取宠啊。〉

彩子突然觉得背脊发冷,后颈上的血管微微抽动了起来。她满怀怒气,用连自己都惊讶的速度飞快地敲打着键盘。

〈说什么给主人公取外国人的名字是很做作的事,难道你能说宫泽贤治的作品也是这样的吗?《长袜子皮皮》的主人公也拒绝接受保护和教育,难道那就算不上是林格伦的代表作了吗?《秘密森林里的戴安娜》再怎么说也只是部文学作品,并不是道德教科书。如果你要反驳的话,我洗耳恭听。〉

"而且,我有一位身为日本人的朋友名字也叫戴安娜。"彩子打到一半便又慌忙删掉了。她可不想变成在网上散布自己昔日好友名字的人。中学毕业后,戴安娜升上了隔壁小镇的都立高中,自那之后,彩子就再也没有与她在附近碰到过了。偶尔想起她时,彩子只会觉得很怀念。这时,新的回帖一下子弹了出来。

〈又冒出这种烦人的回复了。不是早就说了,把《秘密森林里的戴安娜》拘泥于儿童文学或者娱乐来谈论本来就是毫无意义的吗?恐怕你也不知道,正是因为有了忠实读者的热情呼唤,再加上曾经的责任编辑的请求,服部萤一才会出新作品的吧?这种哗众取宠的话,还是请到其他帖子里说吧。〉

会用这种语气回复的肯定就是那个人了。彩子感到自己心里突然有盏灯被点亮了。回帖上显示的时间是十八点五分,与自己回帖的时间几乎相同,这让彩子心里不禁欢欣雀跃起来。过去,彩子也曾经有过这样兴奋的感觉。那还是小学低年级的时候,彩子经常与戴安娜一起,共同击败那些粗鲁的男生。那时,彩子一点也不觉得异性有什么可怕,甚至还觉得挑战他们是件很有趣的事。

AYA是这个论坛里一个老用户,是一个以直言不讳著称的大V。彩子没有看完所有的帖子,所以并不清楚这个名字的由来,不过似乎是在不知不觉间大家就这么称呼她了。虽然没有自报家门,不过从文风上就能推断出回复的人就是她。因为有点像自己的名字,彩子越来越有种她就在自己身边的感觉。彩子屏住呼吸等待着回复,不过并没有出现对AYA的反驳。正当彩子松了一口气时,AYA主动来找她搭话了。

〈又有奇怪的帖子了呢。不过,你的回复很有说服力。〉

与刚才的留言截然不同,这次对方说话的语气非常温柔。能够与领袖人物直接交流,彩子有些得意扬扬。一定有很多用户在注视着两人的对话吧。彩子突然有种被推上了耀眼的舞台的感觉。

〈虽然这本书是我小时候很爱看的书,不过,上了高中以后,我依然觉得它很有趣。他一直在以儿童教育为前提评论这本书,所以我才会一时愣住了,不知道怎么回复才好。〉

〈我明白我明白。这本书的主题是自立,所以大人读起来也会觉得很有意思。戴安娜最有趣的地方就在这里。我只要读到第三卷戴安娜第一次离开森林时说的这句台词,就会感到大受鼓舞:"我会去到各个地方,无论在哪儿都能生存下去。如果不能见到所有我想见的事物,我的心里就会感到不痛快。虽然很感谢你对我的担心,但我不会听从别人的命令。我既没有金钱,也没有后盾。但是,我有一双勤劳的手,一个机敏的头脑,以及一副强壮的腿脚,所以我完全不害怕贫穷或者动荡。真正令我害怕的,是满足于这个狭小的世界,自己蒙蔽了自己的双眼。"〉

对方回复得很快,彩子意识到这是因为AYA背下了这段话。彩子感到很高兴,立即敲键盘回复她。

〈是啊是啊。《绿山墙的安妮》之类的书到了后半部分,就变得很没意思了。而戴安娜的有趣之处就在于,她即使恋爱,即使结婚,即使生子,也不会迷失自我。〉

〈基本上少女小说里结婚后的部分都会一下子变得很无聊。欸,有没有什么解决办法呢?都是因为这个原因,我都有点不想结婚了www。对了,三年前的那本杂志书真是太棒了呢。〉

那是我父亲的杰作哦!彩子恨不得立刻就打出这句话。那样一来,这里的用户一定会很尊敬我吧,彩子这样想着。这时,彩子的脑海里浮现出刚才与狄亚拉见面的父亲的身影,于是,这种想法一下子就消失了。彩子心里对父亲的怀疑仍然存在。

〈服部先生,不知道还会不会写新的作品呢?要是他能看到这个论坛里的留言就好了。真的好希望他能听到我们的心声啊。〉

彩子沉浸在与AYA的交谈之中,甚至都没有注意到父亲回到家后上来叫她。

* * *

戴安娜抬起头,看到母亲正从楼梯上走下来。狄亚拉身穿紧身裙装,着一件驼色的一字露肩针织衫,脚踩一双恨天高的高跟鞋,头戴一顶宽檐帽子。看见这么一副打扮的狄亚拉,戴安娜忍不住长叹了一口气。虽然比平常那一身不良少女模样的装扮要稍好一些,不过往坏了讲,这样的打扮根本看不出她已经有了一个十八岁的女儿。狄亚拉注意到了戴安娜的视线,露出了诧异的神情。

"很奇怪吗？这种保守的御姐风格没什么奇怪的吧。"

"可是，这一点也不像是去参加女儿的毕业面谈会时应该有的打扮吧？反而像是要去参加联谊的感觉。"

两人并肩行走在商业街上，往公交车站的方向走去。戴安娜就读的都立高中就在离这条街大约十公里远的地方。这大概也是她最后一次和狄亚拉一起去高中了。戴安娜现在已经上高中三年级了。高考即将来临，今天是最后一次家长面谈会。

"干吗不买点更耐穿的裙子呢？狄亚拉也真是的，一有什么事就马上去买时下流行的衣服，所以再怎么努力工作也总是存不下钱啊。都三十四岁了，在店里也算是做妈妈桑的年纪了，就不能准备一套简约精致的黑色套装之类的吗？"

"嘀。我才不会穿那种老太太一样的衣服呢。前一年的衣服都是垃圾。"

戴安娜对狄亚拉的说辞感到厌烦，心里大失所望。狄亚拉这种及时行乐的生活方式与戴安娜最喜欢的作家向田邦子的生活方式完全相反。戴安娜今天也把向田邦子的随笔集《午夜的玫瑰》放在了书包里。对于戴安娜来说，向田邦子是她的偶像。不仅是小说和随笔，戴安娜也很喜欢那些在图书馆多媒体视听区里如饥似渴地看过的向田邦子的剧集。向田邦子最妙的地方在于她那令人啧啧称赞的生活方式。如若没有找到喜欢的手套，她就索性一个冬天都光着手。但要是有一眼就看中的外国产黑色泳装，她会倾尽所有年终奖金来购买。向田邦子收集了许多值得玩味的家具和餐具，与自己的爱猫一起生活在青山的公寓。她自始至终坚持单身生活，一直保持着能随时出门旅行的自由。向田邦子这种毫不妥协的思考方式和她挑选物品的方式，正是戴安娜理想的生活方式。戴安娜向往这种生活方式，即使被称作怪物，她也希望能够坚守自己的意志和品位。这就好像是向田邦子在用她那澄澈的眼神看着自己，说着"你保持这种状态就可以了"似的。

"大姐，矢岛！你们要做什么？"

路过肉店时，武田跟她们打了声招呼。戴安娜觉得很麻烦，本想转向一边不理，但狄亚拉却高兴地向着店门口走去。武田从南台中学毕业后，上了一所三流都立高中，明明和他已经毫无关系了，但每次见面的时候，武田总是会主动和自己打招呼，平时也爱瞎操心，这让戴安娜很受不了。如果可以的话，戴安娜倒是很想把初中以前的记忆全部抹去。

"啊，小武，好久不见。今天我要去这孩子的学校。"

"是吗？啊，矢岛，你终于因为染金发的事被叫家长了吗？毕竟你们学校校规还是很严厉的嘛。"

武田说完后笑了，他看着戴安娜肩上和自己相同发色的头发松散地摇晃着，似乎很高兴。武田把自己和他归为一类这件事让戴安娜很心烦，她冷淡地回应道：

"不是的。你以为现在几月份了？今天是去进行升学就业方面的家长面谈。"

虽然因为高一结束后自己染了金发而在学校里被盘问过几次，也一直被学校叫去问话，不过戴安娜已经决定到毕业为止都要保持下去。小学时自己明明很讨厌被狄亚拉强迫染发，万万没想到有一天自己竟然会主动染发。如果没有发生那件事情——

狄亚拉满意地摆弄着戴安娜的头发。

"这孩子可是很有骨气的，连我这个家长都吓了一跳呢。虽然今天很可能会被老师教育染发的事，不过我的头发也是这样，应该不会连我的气都生吧。我们三个还真是厉害呢，这不就是金发三人组吗？"

看着武田和狄亚拉开心地咯咯笑着，戴安娜移开了视线。这些轻浮的家伙连向田邦子都不知道，和他们归为一类，戴安娜很不愿意。

"哎呀，你们拿着吧！这是刚炸好了的哦！给你一个。"

武田硬塞给戴安娜的纸袋上浸满了油，透着一丝温热。可是，马上就要参加家长面谈会了，带着这种东西总归是不合适。为了快点解决掉它，戴安娜从袋子里取出了可乐饼，咔嚓咔嚓地咬着。土豆松软甘甜，外面一层油炸皮儿喷香诱人。尽管本来并不想吃，但戴安娜还是在到达车站前吃完了它。坐上随后到站的公交车，两人走到最后排的位子上坐下。这时，狄亚拉突然将帽檐凑到戴安娜的额头前。

"你啊，真的不去上大学吗？不觉得可惜吗？你明明那么聪明的。钱的问题不用担心。说实话，你上初中的时候，有段时间经济也很困难，不过我现在已经存了足够的钱了。"

"没关系。我毕业之后就马上工作。"

窗外，大型连锁书店"邻邻堂"从眼前掠过。看到曾经每天放学回家路上都会去的书店，戴安娜慌忙移开了视线。

"真是太可惜了！上大学一定会特别开心的哦！每天都有酒会、联谊和社团活动，有多少时间都不够用。我们店里帮忙的女大学生陪酒小姐就是这么说的呢。"

狄亚拉拍了拍手，被自己的话逗笑了。有几名被打扰到的乘客回过头来，令戴安娜觉得很羞耻。戴安娜在大家责备的眼神中低声说道：

"什么嘛，你自己还不是读到初中就不念书了。而且你不是一直不关心我的教育问题吗？不要在最后又插嘴管这件事。"

"哎呀，你这语气好吓人啊——考试的事我虽然不懂，不过你已经是大人了，我也说过，我会一直支持你走自己选择的道路的。唉，算了。反正今天就是为了大家一起来考虑这件事，老师才会抽时间让我们过去聊聊的嘛。"

公交车停在了戴安娜所在的高中的正门前。两人下车后，穿过高中的正门。狄亚拉抬头望向刚刚重新粉刷好的奶油色校舍，突然停下了脚步。

"不好意思，戴安娜。稍等一下。让我先吸口气。"

狄亚拉说完就笑了，按住胸口深呼吸了几下。这是狄亚拉紧张时的表现。跟在她后面穿过校园时，一种恶作剧般的喜悦从戴安娜心中一点点地不断涌出。这种感觉太好啦——狄亚拉一定也和自己一样吧，对于她来说，学校必然也是没有任何美好回忆的地方。不管是多么满怀自信地生活着，狄亚拉终究是偏离了正统轨道的人生落伍者。在教学楼的入口处，狄亚拉换上了客人用的拖鞋，戴安娜则换上了室内鞋。两人走在走廊上，然后又爬楼梯。有几个学生投来了不礼貌的视线。戴安娜明白，这是针对自己母亲的混合了好奇与轻蔑的视线。戴安娜生气地回瞪了他们，那几个学生就立刻害怕地逃走了。

即使是这样的地方，戴安娜在入学时也是拼命地想要融入进去的。回想起那时的自己，戴安娜不禁感到一阵悲伤涌上心头。打开三年级二班的门，岩井老师立刻回头看向她们。岩井老师是个三十多岁的矮个子男人。在戴安娜看来，他是个既不惹人喜欢也不令人讨厌，一直奉行多一事不如少一事原则的老师。教室里一半的桌子都被堆在了后面，前面空荡荡的空间里摆放着两排桌子和三排椅子。

"感谢您百忙之中抽空过来。我是班主任岩井。"

岩井请她们两人坐到对面的椅子上。他快速地擦着额头上渗出的汗水,突然说道:

"首先,关于您女儿没来上学这件事……"

狄亚拉搞不清楚状况似的"啊"了一声,惊讶地张开了嘴。

"您女儿自从升上高三后就基本没来上过学。不过她一直规规矩矩地参加考试,也按时交了作业,毕业应该没问题……我们这边也多次想和您联系,不过您一直不在家……"

岩井老师的话从戴安娜的耳边飘过,戴安娜把视线投向了窗外。

事情本不该是这样的。刚入学的时候,为了洗去初中时代的耻辱,戴安娜尽量表现得很开朗,一直都微笑着面对他人。为了替被嘲笑作"大穴"时期的自己一雪前耻,戴安娜不论是在学习上还是在体育运动上都很积极。幸好,学校里几乎没有以前同一初中的同学,没有人了解自己的过去。这正是自己重获新生的好机会。戴安娜以自己小学时的好朋友神崎彩子为榜样来行动。彩子为人凛然而不献媚,女人味十足,温柔又有品位——戴安娜模仿着记忆中彩子的言行举止,渐渐地,周围人对她的态度也有了明显的变化。大家不再嘲笑她的名字,也逐渐接纳她成为大家中的一员。和她搭话的人一个接一个地增加,甚至有些女生主动与她共度午休和放学后的美好时光。戴安娜总算能和丽子、静香、明实这些班级里惹人注目的耀眼女孩一起谈论打扮和恋爱的话题了，热热闹闹地聚在一起吃便当的时间也过得很开心。不仅如此，更令她吃惊的是，还有几个男生跟她表白了。从他们口中说出的诸如"你很可爱"和"请和我交往"之类的话，戴安娜曾经觉得自己一辈子都不可能听到。尽管有些开心，不过戴安娜并没有想过要和其中某个人交往。因为如果成了某个人专属的女朋友，自己就会失去好不容易建立起来的人际关系。

到底是从什么时候开始觉得不对劲的呢？高一第二学期开学时，戴安娜来到学校，发现不知为何，同学们对她的态度开始变得冷淡起来。她去和丽子她们说话时也被无视了。没过多久，戴安娜就知道了班级里正在流传着与自己有关的恶劣传言。她那明亮的发色是染的吧，她在对男生献媚吧，她好像在暗地里欺负其他人，她的母亲在做着不三不四的买卖——直到很久以后，戴安娜才知道这一切都是因为丽子喜欢的一个男生在暗恋自己。戴安娜一直忍耐着，心想这都是误会，总有一天会结束。然而，某一天放学后，在每天都会去的邻邻堂，戴安娜被一个眼神锐利的女店员抓住了手臂。

"请让我看一下你包里的东西。"

书店后院的光线很暗，戴安娜并不知道那里已经危机四伏。书包里的东西被店员倒在了桌子上，其中混杂了一本戴安娜从未见过的还未付账的单行本。那是一本非常甜腻的描绘机会主义恋爱的手机小说，在女高中生之间有着很高的人气。戴安娜拼命地与店员的严厉追问做斗争，但对方并不相信自己是无辜的。几十分钟后，正当戴安娜快要心灰意冷时，一个看着有些眼熟的胖胖的戴着眼镜的男店员插嘴道：

——我刚才去确认了监控摄像头的画面，她是被冤枉的哦。

戴安娜和店员一起确认了录像。画面中，戴安娜正在认真阅读一本文库书，这时，丽子、静香和明实出现了。她们叽叽喳喳地谈笑着，从戴安娜身旁路过。从录像里可以清楚地看到，丽子迅速地将一本书放到了戴安娜的包里。女店员不停地对戴安娜道歉，但她完全没有听进去。她紧握住颤抖的双手，这才总算忍住没有叫出声来。

绝对不可以原谅——这家店图书种类繁多，宽敞明亮，本来是自己最喜欢的书店。每当戴安娜拿到零花钱时，都会来到这家书店买书。烦恼来烦恼去，精挑细选出最中意的一本，对于戴安娜来说，这便是她最大的幸福。戴安娜喜欢这里手绘的海报，通过这些海报，知道了很多新作家。但是，今后将再也无法踏入这家书店了。戴安娜突然觉得心中某根绷紧的弦"啪"的一声断了。真的不想再装什么好孩子了，已经受够了这曲意逢迎的生活。心灵停靠的港湾已然蒙羞，为何还要一味地扼杀自我呢？那一天，戴安娜到药店买了染发剂，在家里的浴室里将头发染成了金色。在这之前，戴安娜还没有做过任何违反校规的事。自己生来就是茶色的头发，加之之前反复脱色，所以才异于常人。这分明并不是自己的错，可一直以来，总是有人说三道四，指责戴安娜的发色太过明亮。戴安娜已经受够了这些，她决定要靠自己的意志来战胜同学们的恶意。

第二天，戴安娜一到学校就立刻冲到丽子她们的座位旁，抓住丽子的头发，压低了声音质问她，表情极其可怕。大概是被戴安娜凶狠的目光和金色的头发吓到了，丽子立刻露出了怯弱的表情，开始哭了起来。

——对，对不起。我本来只是想开个小玩笑的。请原谅我……

你是觉得只要哭了我就会原谅吗——戴安娜朝丽子的小腿肚子猛地一踢，使尽全力用头撞她。当然这还不算完，戴安娜将受到惊吓的三人拖到邻邻堂，让她们给店家道歉。从此以后，针对戴安娜的欺凌和坏话全都消失了，但也再没有学生和她讲话了。整个二年级，戴安娜几乎都是一个人度过的，上了三年级后，她沉浸在当地图书馆里的时间越来越多。想要骗过昼夜颠倒的狄亚拉的眼睛，对她来说其实是件很容易的事。

漫长的沉默之后，狄亚拉用力抓住了戴安娜的肩膀，目不转睛地盯着她。

"你既然没去学校，那你在干什么？"

"没什么……"

"我可不希望我的女儿做这种半途而废的事情。"

狄亚拉露出罕见的认真表情，戴安娜有些害怕了。戴安娜原本以为她一定会说笑着原谅自己的。

"你是不是因为讨厌高中或者其他什么原因而不想上学呢？不管怎样你也应该跟我这个监护人好好说明一下吧。如果你真的不喜欢学校，退学去工作也好，转校也好，总会有解决办法的。我最讨厌你这种'逃避'的行为了。真是太任性了。"

听到"逃避"这个词，戴安娜瞬间红到了耳朵根。她明明打算不管发生什么都要靠自己的力量解决的。明明是想要不去依靠任何人，坚定不移地贯彻自我的。等回过神来，戴安娜发现自己已经在大声嘶吼了。

"你这种十六岁就生了孩子的人哪里有什么资格说我！"

狄亚拉的表情瞬间僵硬了。老师的脸色也变得煞白。

戴安娜刚说完就后悔了，自己竟然说出了这么肮脏的话，简直令人难以置信。事到如今，已经没有任何退路了。初中时，自己曾经对同班同学说出的那些粗野的话深恶痛绝，而如今，自己竟然也说了同样卑劣的话。自己的身体里果然是流淌着狄亚拉的血啊。这样下去，自己一定会走上狄亚拉的老路，整日在街上溜达，一无所长，能做的工作不过只有陪酒。这时，狄亚拉扬起眼角，怒瞪着戴安娜。

"你这丫头在开什么玩笑！怎么可以对你的父母这

么没礼貌！"

这是戴安娜第一次和狄亚拉正面开战。戴安娜以前曾经责备过狄亚拉的生活方式，但最后只能无可奈何地放弃。而且，不管怎么顶撞狄亚拉，她常常只是一笑了之。戴安娜长久以来累积的愤怒一下子爆发了出来。

"你知道因为你的原因，我的人生变得有多糟糕吗？还给我取了这么奇怪的名字！都是因为这个名字，你知道我受了多少嘲笑吗？！"

戴安娜抓住狄亚拉的前襟，用拳头一阵乱打。这种奇怪的名字，果然应该在十五岁那天就改掉。自己绝不会畏惧狄亚拉露出的悲伤眼神。自己并没有错。话说回来，向田邦子也在她的作品里说过，女人的人生会被父母给予的东西左右。

"矢岛，你冷静一下。妈妈您也别较真了……总之大家都先冷静一下……"

岩井老师不顾额头上滴滴答答的汗水，想要制止两人的争吵。狄亚拉伸出右手，把老师推到一边。

"老师，很抱歉。身为母亲，我必须要让这孩子知道分寸。要是现在不纠正她这瞧不起大人的态度，将来丢脸的可是她自己。"

"明明是你自己丢了人还没意识到吧？"

戴安娜刚露出嘲笑的表情，立刻就被狄亚拉狠狠地扇了一耳光，她朝着地板轰然倒去。

地板的缝隙间布满了灰尘，戴安娜目不转睛地凝视着它们。明明都到了这种时候，戴安娜却忍不住想突破这尖锐的规矩，不停地深挖下去。不知为何，戴安娜回想起了小学时打扫卫生的场景，她和彩子一起毫无意义地掸起灰尘，颇有兴味地小声窃笑。

现在的这个人并不是自己。倒在冰冷的地板上，身上沾满灰尘，用饱含恨意的眼神盯着母亲看的这个高中生并不是自己。戴安娜不愿意承认，自己明明读了那么多优秀的书籍，却仍然无法将它们刻入骨髓。明明才十八岁，戴安娜却深刻地感受到自己的人生已经失败了。原本应该从故事中的女孩子们那里得到勇气和智慧，但现在，倒在这里的却是一个脱离文化世界的小丫头，她简直就像一头发疯的野兽。自己明明是想坚定不移地生活下去，不委曲求全，不得过且过的啊，但究竟是从哪里开始一切都变得不对劲了呢——

自己忘记了很重要的一点。向田邦子与自己最大的不同，就是她有一位与她有着深厚羁绊的父亲。父亲尽管有些唠叨，但却一直温暖地守护在她的身旁。

外面的学生听到了骚动，在教室门口探头观望，指指点点地笑着。戴安娜的鼻血滴滴答答地往下落，在地板上染出一片污迹。

* * *

一直延伸到正门的近两百米的大道两旁排列着尚未被染成红色的梧桐树。抬头望向学校创立者铜像的上方,钟楼的时针正指向四点。这里真宽敞啊。与其说是校园,不如说更像是一条街道。美国的常青藤学校,应该也是这种感觉吧。

壮生大学是彩子一直以来颇为向往的大学。就像传闻中的那样,这里有着典雅的建筑和令人瞠目结舌的学生数。离开有着高高天花板的阶梯教室,彩子来到了中庭,不禁松了一口气。上课时,彩子一直很担心,怕自己会被别人盘问起来。幸而,学生人数太多,谁也没有注意到彩子。这堂课讲的是拉克洛,教授播放了影像资料,讲课思维发散、天马行空,这些都让彩子觉得很有趣。但彩子注意到许多学生都在课上玩手机,他们摆弄摆弄塑料瓶,或是打个小盹儿,一点儿也不认真。即使老师提醒了他们,那些人也毫不在意地继续那样上课。彩子心想,好不容易进了大学,况且又付了那么高昂的学费,这样听课真是太浪费了。就在这时,有人轻轻地敲了一下她的肩膀。

"你不是我们学校的学生吧。"

彩子吓了一跳,身子不由自主向后一缩。一个高个子男生露出洁白的牙齿,正在窥视着彩子。他脸色苍白,虽然看起来有些不健康,但五官却很端正。眼睛周围有许多与年龄不相符的皱纹,看起来既温柔又有些妩媚。消瘦的脖颈从 V 领针织衫中露出来,脖颈之上是彩子从未见过的复杂的骨骼和喉结。他的头发整理得像明星一样,在风中微微飘动。

"学院里女生的样子我大概都有印象。"

"那个……嗯,我明年想考这所学校,所以……"

彩子不禁低下头,支支吾吾了起来。那个男生看到彩子这样,扑哧一声笑了出来。

"诶,是高中生啊。好吧,我不会告诉任何人的,不过,作为回报,你要陪我喝点东西哦。"

说完这句话,那个男生就立刻快步走上前去,彩子只好飞快追赶上来。男生打算去的地方是位于对面校舍一楼的宽敞的学校食堂。阳光透过其中一面墙壁的玻璃窗照射进来,空气里飘浮着煮干了的番茄汁和酱油的味道。与邻桌女大学生精致的妆容和服装相反,自己这身针织衫搭配百褶裙的装扮怎么看都很孩子气。

男生从自动贩卖机里买了两杯咖啡,彩子还来不及拒绝,他就将其中一杯放到彩子面前,自己坐到了对面的位子上。有男生请我喝东西——彩子觉得头有些晕眩。这种事正发生在自己身上吗?

"你居然偷跑进来上课。一般不都是在开放校园日或者校园祭时才会来的吗?"

"我很想看一下平日里学校的样子……"

这是彩子人生中第一次没有告知任何人自己的去向,就这样一个人出远门。虽然没有隐瞒的必要,不过彩子很想体验一下独自一人偷偷来大学的感觉。再过三天,彩子就必须决定是保送入学还是参加高考了。这种时候,彩子想要一个人彻底地思考一下,然后再得出结论。

"如果你想要上有趣的课的话,这里还是有很多的。刚才那个老师讲的课也太啰嗦了,所以我才睡着了。唉,不过我之前逃了好多课,已经很久没去上课了。话说回来,只要交论文,拿到学分还是很容易的。"

彩子在心里隐隐约约对面前这个人产生了些许轻蔑之情。如果这里都是这种肤浅的学生的话,还是去砂川女学院大学更好吧。彩子第一次喝自动贩卖机里的黑咖啡,味道苦苦的,没有什么香味。

"你真可爱啊。"

"欸,你是说我吗?"

"是啊。你很受欢迎吧?"

彩子被这突如其来的话题弄得不知所措。实际上,彩子并没有自己是否受欢迎这种概念。不过,彩子很明白,像幼时好友美影那样的女生是很受异性欢迎的。从山之上女学园退学后,美影进入了一所很容易考取的都立学校,每次见到她时,她都打扮得非常艳丽,和不同的男生走在一起。

"是吗?我也不是很清楚。因为我一直都是在女校读书的。小学毕业之后,我就没有和男生说过话了……除了老师和家长之外。"

"你不习惯跟男生接触啊,听起来真新鲜啊。只要你一上大学,很快就能交到男朋友哦。"

男生眯起眼睛,呵呵地笑着。他一定是在小瞧彩子，认为彩子和自己相比还不成熟。要是在以往，彩子早就顶撞回去了，但对方的视线却不可思议地令彩子感到有些难为情般的愉悦。彩子感到有些惊慌失措。这是她第一次被当作弱者来对待。在学校里是可靠的优等生，在家里是引以为傲的女儿，彩子一直以来都是高人一等、被人依赖的存在，而她内心里柔软脆弱的那部分却一直没有被释放出来。

"那个，不是习不习惯男生的问题，而是我真的不擅长这点。我在上小学的时候就被男生欺负过。"

"那一定是因为你太可爱了，大家才想戏弄你。"

诶，好奇怪——以前母亲跟自己说同样的话时，明明只觉得非常生气和焦躁，现在竟然却轻松地接受了。不仅如此，自己身体里还感受到了一种前所未有的温柔的喧嚣。

"你为什么想念法国文学系？"

"这个嘛，因为我很喜欢萨冈……另外，法国文学里的很多故事，都是围绕着从修道院来到外面世界的女孩子们展开的吧？不论是《危险的关系》还是《一生》，又或是《包法利夫人》，全部都是这样。儿童文学则是小麦德兰之类的……"

"啊，被你这么一说，好像的确如此啊。塞茜尔、珍妮和艾玛都是这样……她们都是在修道院长大的不谙世事的女孩，却在生活中遭受到了许多痛苦。"

这个乍眼看去略显轻浮的男生却流利地说出了古

典名著中女主角的名字,彩子有些惊讶。彩子第一次明白了,大学就是这样的啊。虽然会努力学习,但也会去约会;虽然有时会逃课,但也会认真地完成作业。真是个自由而丰富多彩的世界啊。

"不过,我还是不知道小麦德兰是什么……"

"是连环画《麦德兰》。比梅尔曼斯的有名绘本。故事把舞台设置在巴黎,主人公是与姐姐一起生活在寄宿学校的女孩。"

"这样啊。下次我也读读看你推荐的这本书。不过还真是不可思议啊,你明明还不习惯跟男生相处,却可以跟我这么自如地对话。"

彩子的心怦怦直跳,兀自将咖啡一饮而尽。那个男生目不转睛地凝视着彩子。彩子一直在想,要是他问自己要联系方式该怎么办。不过,对方喝完咖啡后,只是将彩子送到了学校正门,然后便爽快地离开了。彩子在回家的电车中摇摇晃晃的,内心一直涌动着一股绵软的复杂情愫,说不清是松了口气抑或是怅然若失。

"可爱"这种社交辞令,跟自己并不相符吧——那个人既然已经见识过许多女生了,自己在他眼里应该也只是个小孩子吧。但是,他看自己的眼神,的确是男生看女生时的眼神。尽管并不是喜欢上了他,但彩子还是想在他的视线前再心跳一次。这么想着,彩子觉得身体有些酥麻。虽然和想要在大学里学习法国文学这种直接简单的愿望不同,但是,这种渴望却同样强烈。

回到家里，看到独自一人在卧室里看书的父亲，彩子轻轻打了一声招呼。如今，彩子已经能以一种平和的心态面对父亲了。而原本从那天起，自己就再也没有认真地看着父亲的眼睛说过话了。

"那个，爸爸，其实……"

父亲合上了手中的书，微笑着询问彩子怎么了。母亲为了采购料理教室需要的物品而出门了，现在正是好机会。彩子下定决心，语速急促地询问道：

"之前我看到了。我看到了爸爸您和我小学时的好朋友矢岛戴安娜的母亲狄亚拉在一起喝东西。就在商业街的咖啡馆里。"

父亲缓缓摘下眼镜，揉了揉眼角，然后看向窗外。秋天傍晚的庭院里点缀着母亲精心栽种的天竺葵。

"是吗？所以最近才对我这么冷淡啊……彩子已经是大人了，有些话也可以告诉你了……其实我在很久以前就认识狄亚拉了。"

"诶，不会吧，怎么会……"

彩子脑海里出现了一些骇人听闻的想象，脸颊一下子红了起来。难道，父亲和狄亚拉以前曾经有过男女关系吗——父亲立刻否定了彩子的这种猜想。

"不，不是这样的。之前我曾经在工作上受到过她的照顾，那还是彩子出生之前的事情。那个时候，她是银座某个文坛酒吧的陪酒小姐。"

"文坛酒吧？那是什么？"

"为了接待作家，我们这些编辑经常会去那种地方。我可以发誓，我们绝对没有什么下流的想法。在银座的俱乐部里招待作家是出版界的传统。女招待们在学习上也很热情，不仅会看书，每个月还会看新出的文艺杂志。她们周到的接待和丰富的知识一直对我们这些编辑有很大帮助。"

彩子发出了"诶"的赞叹声。围绕书籍还真是诞生了如此之多的文化啊。

"不过，狄亚拉很快就被店里辞退了，因为她谎报了年龄。当店主告诉我她只有十五岁时，我感到非常惊讶，因为她怎么看都像是有二十多岁了。她真的是个很聪明的女生，文学造诣也很深厚。托她的福，一向不擅长喝酒和招待客人的我也得到了很多帮助。让当时尚未成年的她陪酒并帮助我工作，这件事一直令我感到很愧疚。你妈妈也是知道这件事的哦。你上小学的时候，我在图书馆第一次见到戴安娜。当时，我就在想，这个女孩该不会是她的女儿吧，毕竟和母亲长得很像啊。你第一次带戴安娜到家里来时，我们都很惊讶。没想到她们母女俩就住在这附近啊。"

彩子有些眩晕，倚靠在沙发上。她从未想过，自己与戴安娜的相遇居然是和父亲与狄亚拉的过去联系在一起的。

"那天，在商业街的咖啡店里，狄亚拉是来找我商量戴安娜升学的事情的。狄亚拉自己中途放弃了学业，但她希望戴安娜能继续读下去。而且,如果可以的话,希望她能去上大学。"

在圣赫勒拿学校里看到的狄亚拉的那张天真无邪的照片,以及在文坛酒吧里工作的过去,联结起这两点的究竟是什么呢?上大学以后,一定要想办法再和戴安娜取得联系,现在已经不是难为情的时候了。还有,这次一定要一起努力找到她的父亲。这是为了遵守两人在小学时许下的约定。只有到了那时,自己才能成为大人,才能去到森林外面的世界吧——即使不能变成塞茜尔那样的小恶魔,彩子也希望能成为自己开拓道路的女性。

* * *

从江之岛线电车向外眺望,大海一片灰暗。沙滩与海洋的界限变得模糊不清。大概是旺季已经结束了的缘故,海面上只分散着几个稀稀落落的冲浪者,很是冷清。天很快就要黑了。

戴安娜在七里滨下了车。自从十二岁那年在这里下车,到现在已经快六年了。一下车,海潮的气息便迎面扑来,发梢也变得沉重起来。寒气刺骨,戴安娜觉得连身体内部都在颤抖,颇感秋浓之意。戴安娜向着山底的住宅区前进,在一座高大的木造住宅前停了下来。精心收拾的院子里有一座小小的池塘,几条鲤鱼在里面游动嬉戏。镶嵌在围墙中的大门上,那块"矢岛补习学校"

的牌子依旧如初。戴安娜已经事先打过电话了,提前说明了自己到达的时间和要办的事项。

戴安娜按下了门铃。过了一会儿,一个梳着发髻的女人推开拉门,出现在她的面前。那个女人困惑的脸越拉越近,一点点靠近自己。戴安娜凝视着外祖母的身影。书本里出现的外祖母基本上都是满头白发,她们戴着老花眼镜,肩上披着柔软的围巾。但眼前的女人并非如此,她体形矮小但却紧致,有着一头乌黑的秀发,叫她阿姨似乎更加合适。狄亚拉今年三十四岁,这个女人也才五十多岁,看起来如此年轻似乎也毫不为怪。她身穿藏青色的针织衫,一条裤子露出脚踝,看起来很年轻。无框眼镜后的双眼非常锐利,无论怎么看都和狄亚拉毫不相像。因为这是戴安娜第一次与除母亲之外的与自己有血缘关系的人相见,欣喜与紧张的心情交织在一起,腿也微微颤抖了起来。

"啊,初次见面……我是戴安娜。"

外祖母一边说着"你居然来到了这么远的地方",一边伸手轻轻地抚摸戴安娜的头发。戴安娜闻到了焙茶和薄荷的味道。不知为什么,戴安娜感到她和彩子的母亲有某些共同的地方。她隐约觉得自己能和对方融洽地相处下去。

"戴安娜……? 是怎么写的?"

"写作'大穴'两个字。是赛马比赛里黑马的意思。是希望我能成为世界上最幸运的女孩子而取的名字。"

外祖母"啊"地感叹了一声,低下了头。戴安娜感到有些抱歉,支支吾吾地不知道该说什么才好。虽然事先也预料到了,但还是没想到自己的存在会让对方受到如此大的冲击。正在想是否该离开时,外祖母开口说话了。

"她有好好给你做饭吗?你看你都这么瘦了……总之,天色已经很晚了,你先进屋里来吧。"

外祖母直起腰,催促戴安娜进门。戴安娜松了一口气,跟在外祖母身后进去了。屋子里有种香薰木和鱼干的味道。明明是第一次闻到这种味道,戴安娜却有种很怀念的感觉。穿过光滑的走廊,戴安娜被带到了一间很宽的房间。房间四周都摆放着书架,从窗户望去可以看到大海。房间的角落里,一只斑纹猫身体蜷缩成一团,正眯缝着眼睛打量自己。摆放在佛龛里的应该是祖父的照片。狄亚拉知道自己父亲去世的事情吗?话说回来,这里简直就像向田剧集里的布景一样——家具和餐具古旧到令人惊讶的地步,颇有经常使用的风味。这些东西大概是不会很快被丢弃,或者简单地就能被替换掉的吧。从某种意义上来讲,这些踏踏实实生活着的人们的物品让人感受到了勇气。这才是戴安娜想要的。这位女性一定不会为任何感情所蒙蔽,即使与他人有分歧,也不会对人不管不顾。端上来的焙茶冒着热腾腾的香气,戴安娜微微有些感动,觉得自己越来越想被这里所接受了。她觉得染着金发的自己和这里完全不相符,并对此感到焦虑。饭桌像是《海螺小姐》里的陈设，戴安娜与外祖母隔桌对坐。外祖母一边注视着戴安娜的金发，一边自言自语似的小声说道：

"那孩子的兄弟姐妹，明明都被养育得好好的。可她上初中之后，就不怎么爱回家了。我们家并没有建在海边呀……因为海边倒是有很多坏孩子。但是那孩子并不缺一起玩的朋友啊。"

虽然有些犹豫是否应该对看起来有些痛苦的外祖母说这种话，但戴安娜还是下定决心问道：

"啊，那个……您知道我的父亲是谁吗？"

"不知道。那孩子十六岁的时候肚子就大起来了。还坚持说一定要生下来，我们反对的话就离家出走。而且她怎么也不肯告诉我们孩子的父亲是谁。离开家以后，就再也没有联系过我和她父亲了……"

外祖母像是回忆起了当时的情景，神色变得黯淡下来。尽管戴安娜已经预料到可能会这样，但还是觉得非常失落。但是，现在不是沮丧的时候。为了缓和氛围，戴安娜开始环视周围。

"这里真的有好多书啊。"

"你爱看书吗？"

像是稍稍放下心来似的，外祖母叹了一口气。戴安娜下定决心要积极地应对，心里振奋起来。正因为《阿尔卑斯山的少女》的主人公是个天真活泼的小女孩，所以她才能融化顽固的爷爷的心灵。于是，戴安娜特意用高昂的声音点头回应道：

"将来，我想开一家书店。"

"唉……有香子以前也很爱读书，但是，从某个时间点开始就一下子不读了……"

即使表达不好也没关系，只要想办法让她理解我的想法就行，戴安娜这样想着，寻找着合适的语言。

"我不是很理解我母亲的想法。因为将来人生方向的问题，我和她大吵了一架，然后离家出走了。昨天晚上我是住在漫画咖啡店里的。我在高中没有什么朋友，也没有其他可以去的地方。然后就在那时，我突然想到了这里的这个家……我很想见一下除了母亲之外其他和我有血缘关系的人。如果不这么做，我会感到这个世界上只有我和母亲两个人。就好像我什么也决定不了，哪儿也去不了似的……有时候我会担心，会不会在不知不觉间，我就变成了母亲那样的人了呢……"

外祖母默默地听着戴安娜的话。因为从来没有在别人面前说过这么多话，戴安娜有些紧张，但此时，她的心里感到轻松了许多。她决定趁着这股劲头，将长久以来藏在心里的疑问全盘抛出。

"母亲以前是在山之上女学园上学的吧。明明是在这么好的家庭里受着良好的教育被抚养长大的，却舍弃一切生下了我……为什么她一定要这么做呢？"

"是啊，我也不明白。"

祖母小声地嘟囔着。

"那孩子为什么会变成那样呢？是我们做错了什么吗？是有什么做得还不够，有什么又做得太多了吗？在教育上，我们一直是毫不吝啬的。并且我们决定了，要给她所有她想要的东西。但是，她却一直注视着家外的世界，一直盯着大海的方向……对了，你要看看她一直住到十五岁的房间吗？"

戴安娜小心翼翼地点了点头。外祖母起身向走廊走去，打开了走廊尽头的那扇小门。戴安娜跟在外祖母身后，心里有点想要折返回去的冲动。戴安娜知道，如果继续走下去，就再也不能逃避了。这时，外祖母打开了房间里的灯。

从一个女生的房间的角度来评价，这间屋子给人一种很简朴的印象。小小的房间里摆放着床、书桌，还有延伸到天花板那么高的书架。看到排列其上的书籍时，戴安娜的脸上不禁露出了微笑。《大森林里的小木屋》《怪人二十面相》《纳尼亚传奇》《欢乐满人间》，这些书全部都集齐了。阿加莎·克里斯蒂、冰室冴子、三岛由纪夫、太宰治、大仲马……这些戴安娜也喜欢的作家们的作品整齐地排成一排。到了十五岁，藏书也混合了大人与小孩子的趣味。在这之中，向田邦子的《父亲的道歉信》格外引人注目。

突然，海浪的声音清晰地传到了戴安娜耳边。

狄亚拉在与自己同龄时也憧憬着向田邦子吗？她也渴望着能拥有属于自己的世界，希望能彻底贯彻自己的生活方式吗？

　　这个热爱读书的少女最终舍弃了这个房间，选择了与家族分别，决心一个人生活下去。在这之前，她的内心究竟经历了怎样的煎熬呢？她和自己有什么不同点呢？又有什么相同点呢？狄亚拉的内心到底经历了什么，戴安娜从未认真思考过这个问题。

　　戴安娜凝视了一会儿窗外灰色的大海。来到海边的一瞬间，戴安娜感到寂寞起来。母亲也和自己一样，拼命怀抱着"其他某处"的梦吗？尽管出生在条件优渥的家庭里，但她对自己身处的环境并未感到满足吧。

　　戴安娜突然想到，彩子会是怎么想的呢？她也会厌恶那个美好的家吗？

　　这时，戴安娜注意到口袋里被调成静音模式的手机上有电话响起。是狄亚拉打过来的。戴安娜提心吊胆地取出手机，放到耳朵旁。

　　"我知道了。我明白你的想法了。你现在在哪儿？快点回来吧。"

　　狄亚拉低声说道，似乎是在极力抑制住颤抖的声音。

　　"对不起。我一直只是在装作明白你的想法。很多事情我也只是装作看不到。我不该打你的，对不起。可是，我现在只有你了。"

　　仿佛冰川融化一般，戴安娜心中的某样东西正在慢慢坍塌，身体深处涌起了层层气泡。

＊　　＊　　＊

　　内线电话刚一响,彩子就从《壮生大学 文学部》的参考书中抬起头来,披上对襟毛衣,急急忙忙地往玄关跑去。

　　这是十月份第一个周六的下午。父母出门去看歌舞伎了,彩子则在卧室里一边吃着母亲亲手做的黑糖豆腐渣松饼一边学习。好几天前,彩子放弃了保送砂川女学院大学的机会,告知学校自己将要参加高考。现在,彩子的心情已经完全调整好了。她拜托母亲帮忙申请补习学校,下周开始就会有家庭教师来给自己上课。

　　打开家门,彩子睁大了眼睛。站在自己面前的不正是狄亚拉和武田吗?彩子从未见过狄亚拉面色如此苍白。狄亚拉一口气说道:

　　"戴安娜离家出走了……昨天开始就没有回家了。你知道戴安娜去哪里了吗?"

　　"诶,怎么会……但是,我们,已经很久没联系了……"

　　彩子有些不知所措,说起话来语无伦次。上次和狄亚拉说话已经是小学时的事情了。狄亚拉轻轻地点了点头。

　　"我知道。但是,我总觉得彩子和戴安娜应该一直以某种方式联系着吧。就像双胞胎啊,灵魂伴侣那样……把你能想到的都告诉我吧,或许能成为寻找她的线索。"

　　武田也在极力劝说着:

"真的拜托你了。她没有朋友,也应该没有什么可以去的地方。我们只能依靠神崎你的第六感了。"

武田直到现在还喜欢着戴安娜,彩子真切地感受到了这一点。看到两人热切的表情,彩子觉得自己必须要做点什么,于是开始匆忙回忆起来。可是,自己记忆中的戴安娜还是孩童时的模样。虽然有些老成,但骨子里还是有软弱封闭的一面,绝不会做出这种不告知父母就离家出走的莽撞举动。这六年里,她大概是经历了一些事情吧。

"抱歉……我真的想不起来。"

彩子低下头,狄亚拉立刻把一张便条递到了她的手里。

"谢谢你。不过,要是你想起了什么,记得联系我。这是我的电话号码。"

大门"啪"的一声关上了,彩子盯着门口注视了好一阵。她慢吞吞地回到卧室,打开参考书,但却一点也看不下去。

离家出走——彩子的心里不停地重复着这个词。戴安娜会去哪里呢?武田说,戴安娜应该没有朋友。自己也听说她除了狄亚拉以外再没有别的亲人。难道,她是委身于某个偶然认识的男人了吗……想到这里,彩子不禁满脸通红,合上了书本。昔日挚友的身上发生了这么大的事,而自己又在想胡思乱想些什么。

自从和壮生大学的那个男生交谈过之后,彩子不知不觉之间一直在想着那些不正经的事情。明明自己并没有喜欢上他,也没有想要更进一步了解他的想法。事实上,就连他的样子也不太记得了。脑子里残留的只有那天自己在他的眼睛里的样子。可是,自己却始终无法冷静下来,心里一直蠢蠢欲动着,脸颊也一下子就红了。这种感情究竟是什么呢?彩子模模糊糊地回忆起了那个男生的脖子、手指和健壮的胳膊,并为自己不知道它们的温度和气味而感到苦闷。如果被他开玩笑或是揉头发的话,自己又会是什么样的心情呢?彩子打开了桌子上的笔记本电脑,进入"【服部】《秘密森林里的戴安娜》讨论帖第12章【萤】"的页面。

每当不能集中精神时,彩子都会逃避到这个帖子里。虽然母亲并不喜欢彩子上网,不过,彩子觉得跟AYA相比,自己已经好多了。不管什么时候,只要打开帖子,AYA的最新留言就会映入眼帘。

〈我能理解与母亲吵架后离开城堡、在森林里露宿的莉莉的心情。在横滨某个漫画咖啡店的单人间里,我因为自己太孤独而笑了ww。隔壁房间的情侣又在调情。〉

与AYA谈话是件非常快乐的事情。AYA应该大概与自己同龄,她知识渊博又有些自虐,辛辣的言语中不乏幽默与温柔。彩子的心里好似有一阵和风拂过,那种愉悦就好像发现了一个极妙的场所,只要去那里就一定能遇到合得来的伙伴。彩子的同学都分散在东京的各个角落,如果要去对方家里,家长之间一定要先相互取得联系。所以,对彩子来说,这种网络世界的交流有着令人炫目的自由。彩子可以在兴起时逛一下,尽情畅所欲言,并且能随时抽身离去。

〈难道说,你是AYA?现在这个时候在漫画咖啡店?你该不会也像莉莉那样离家出走了吧?〉

因为脑子里想着戴安娜的事情,彩子不由得写下了这样的留言。对方立刻就回复了。

〈你猜对了。我和妈妈因为将来出路的事大吵了一架,冒冒失失地就离家出走了。现在我打算明天去外祖父和外祖母那里。〉

〈AYA,你和外祖父外祖母关系很好吗?〉

〈不,我还没见过他们。老实说,我连他们是否还活着都不知道。明天是我第一次去他们家。这架势有点像《小公子西迪》里的情节。不过,我是孤身一人,也没有其他可去的地方ww。虽然一直都在图书馆里打发时间,不过也不能住在那里吧ww。〉

就在那时,彩子意识到了。难道说——一个个小小的巧合聚集在一起,内心的猜测便一下子成形了。

〈喂,你为什么是一个人呢?你既有趣又擅长交流,不应该有很多朋友吗?〉

〈我被那些现实派的朋友冤枉偷东西,然后就对她们发火了,大家都很败兴,谁都不跟我说话了。真是太过分了。在书店里,她们把一本畅销手机小说偷偷放进

我的书包里。就是那种甜腻到令人恶心的宣扬机会主义的烂书www。〉

大家都在饶有兴趣地看着这个回复,就像是深夜里的虫子们聚集在电灯的周围那样,不停地有新的回复蹦出来。不一会儿,话题就转换到了对手机小说的声讨中。彩子开着电脑,缓缓将手伸向手机。她按下了自己刚刚收到的那个记在便条上的号码。

"打扰了,狄亚拉阿姨。我想给您说件事。您能现在到我家来吗?"

不一会儿,电话再次响起。彩子催促两人赶快进去。狄亚拉已经有好多年没有到家里来了,但现在没有时间耽搁了。彩子将电脑屏幕展示给两人看。

"这个《秘密森林里的戴安娜》是我和戴安娜都很爱看的书。我到现在都很喜欢这本书,所以在上网的时候,发现了这个帖子。"

狄亚拉沉默地看着屏幕。彩子看到武田急不可待地皱着眉头,赶紧继续说明下去。

"这帖子是这个叫AYA的人整理的。大概是和我年纪差不多大的人吧。她在学校里没有朋友,大概是把这里当作了自己唯一的心灵寄托……"

"这和矢岛有什么关系吗?"

武田看起来十分焦躁,像是要把桌子踢翻一般。但是,狄亚拉却很吃惊地把脸凑近了电脑屏幕。彩子思考了一下,继续说了下去。

"这个AYA,说不定就是戴安娜……能聊服部萤一的地方,我知道的也只有这里了……"

彩子翻到论坛前面的帖子,将AYA的留言一个个地展示给他们看。随着看的帖子越来越多,狄亚拉的脸色变得苍白起来,她目不转睛地盯着电脑屏幕。

"AYA……戴安娜大概只有在这里才能真正表达自己内心的想法。"

"她是怎么知道我老家在哪里的呢?"

狄亚拉小声地自言自语着,武田犹豫着张开了口。

"啊,其实……我在小学六年级的时候陪她一起去过七里滨的那个家……你看,就是被彩子看到了然后大吵了一架的那天。"

彩子感到很震惊,回想起那件早已被深埋在记忆里的事。在那个下雪天,武田会和戴安娜在一起是因为这个啊——明明连情况都没弄清楚,自己就说了"最讨厌你了""绝交"之类伤人的话。回想起那个浅薄又孩子气的自己,彩子不禁感到非常惭愧。

"我记得她好像说过,她是在山之上的图书馆里查到地址的。"

"这样啊!我的学校……可能是我们一起去山之上女学园的文化祭时的事吧。戴安娜一个人在图书馆里等我。她应该就是在那时知道了狄亚拉阿姨老家的地址。对了,我们学校图书馆的管理员室里保存了所有前辈们的联系地址……她一定是趁着管理员的老师不在的时候去看的……"

从文化祭回来的路上,戴安娜那看起来心不在焉的样子,还有下雪天那不快的表情。这些无法理解的言语和行动在彩子的脑海中苏醒,一个接一个地得到了合理的解释。可是,自己当时并不了解她的想法,只是自顾自地说话。看着狄亚拉担心的样子,彩子说道:

"我是很久之后才知道狄亚拉阿姨是我们学校的前辈的。之前在约克郡的姐妹学校里看到了您的照片,因为和戴安娜很像,我还吓了一大跳。您退学的事,我从高柳老师那里打听到了。您觉得我们学校很沉闷吗?"

武田似乎还没有完全理解这件事,露出一副不明所以的样子。一阵沉默之后,狄亚拉终于抬起了头。狄亚拉用与她那华丽的发色与妆容完全不符的冷静语气平静地说道:

"我并不是不能去山之上。只是,那个地方不适合我。大家的行为举止越是正确,我每天就越感到痛苦。我很讨厌当时那个无法与最好的环境相融合的自己。"

彩子想起了以前和美影的对话。这个世界上并不是所有人都能适应被赋予的环境。即使是现在能顺利地待在那里的自己,也经常在山之上女学园那个封闭的环境里感到隐约的不适与苦闷。

"我知道,戴安娜一直很羡慕彩子生活的世界哦。有时候,我也会讨厌自己无法给戴安娜同样的环境。为什么我没继续学习下去,找个好工作,正正经经地结婚呢？可是……我希望戴安娜能够用她那机敏的头脑、强健的双脚，相信自己的力量生活下去。我希望她不是去等待着被人给予她什么，而是主动去抓住自己想要的东西。"

狄亚拉露出一副糟糕了的表情，不过这也为时已晚了。彩子向前探身，一个劲儿地追问了下去。

"这是《秘密森林里的戴安娜》里的句子吧，您是《秘密森林里的戴安娜》的粉丝吗？难道您也很爱读书吗？我听爸爸说起过，说是您在文坛酒吧工作过。"

"哎呀。"狄亚拉似乎有些害羞地笑了，也没有回答是或者不是。彩子发现，狄亚拉这张脸和圣赫勒拿学校的那张照片里的少女完全一样。

"我呀，已经决定不再看书了。就在和你们差不多一样大的时候。"

彩子不明白狄亚拉这句话的意思。在玄关目送两人离开时，彩子想到了什么，急忙追了上去。

"请不要跟戴安娜讲论坛的事。她一定会觉得很难为情的。"

穿着运动鞋的武田点了点头，回头望向彩子。

"话说回来，起AYA这个名字，还真像她的风格啊。"

"为什么？"

"她在上初中的时候，曾经有一次想要改名字。我看到了她交给家庭法院的资料，她想把名字改成'彩子'。

果然她一直很羡慕你啊。"

戴安娜想改成自己的名字——？而且很羡慕我——？彩子以为戴安娜早就把她忘了。事实上，不如说自己很羡慕戴安娜那戏剧性的人生。单单是听别人谈起她的生活状态，彩子都觉得就像是在读一本书。尽管也会为她的痛苦和悲伤而叹息，但同时，彩子也明白，自己终其一生也只不过是她人生的旁观者。想到这里，彩子不免有些悲伤。

彩子伫立在飘浮着天竺葵香味的庭院里，如同喘不过气来一般，许久不能动弹。

* * *

"因为临近毕业季了，今晚将是'毕业舞会之夜'。今天，刚刚从高中毕业的狄亚拉妈妈的女儿——戴安娜也和她的男朋友一起光临本店了。接下来的贴面舞时间，请陪同您指定的女士。"

男工作人员身穿一身黑色礼服，那轻浮的声音通过麦克风传了出来，在球形彩灯来回转动的大厅里回响。看到客人和演员们的目光一时之间全都集中到了自己身上，戴安娜不由得低下了头。拗不过狄亚拉的热情邀请，戴安娜终究还是来了。第一次到夜总会，戴安娜还是有些紧张。但是，在高中毕业的这个特殊的日子里，戴安娜还是想亲眼看看母亲工作时的样子。

一片欢呼声中，演员们登上了舞台，合着节拍，跳起扭动的舞步。淡绿色的灯光下,彩子用目光追寻着身着连衣裙的狄亚拉。狄亚拉在男人之间如洄游鱼般翩翩起舞,与此同时,她也兼顾着每一位演员,与她们真诚地对视。她一直跳着,没有一秒停止过。恐怕,她一直在头脑中俯瞰全店,将灵敏的触角伸向了每一个角落吧。在休息日里,狄亚拉总是在家睡死过去,连家务都不做,戴安娜一直接受不了这一点,但万万没想到,狄亚拉的工作竟然是如此地耗费精神。

"我们也去跳舞吧。"

身着西服的武田从沙发上探出身子来,如是说道。戴安娜嚷了句"吵死了",便粗鲁地将武田推到了一旁。今天也是他的毕业典礼。明明有很多可以一起玩耍的朋友,但为什么偏偏要来这里呢?那天,武田和狄亚拉一起到外祖母家接戴安娜时,戴安娜一时难以自持,稀里糊涂地当着武田的面就痛哭了起来。自那之后,武田对戴安娜的态度变得更加亲昵了。戴安娜并不想欠他人情。虽然武田还是经常惹人不高兴,不过好像也没有之前那么令人讨厌了。

明天开始就要依靠自己去寻找能自在呼吸的地方了。戴安娜知道,自己的眼前一片光明。虽然同学们都互相拥抱哭泣着,但戴安娜觉得,自己终于从学校解放出来了。想到这里,戴安娜高兴得忍不住想大声尖叫。今后的日子将会是多么晴朗耀眼啊。

戴安娜过去一直觉得,这并不是真实的自己。真正的自己,其实应该是《秘密森林里的戴安娜》那个帖子里的AYA。被大家当作富有智慧的人崇拜、充满正义感、发挥着领导能力的AYA,这才是自己真正的面貌。只有在那个论坛里,自己才能轻松地呼吸。模仿网民的遣词用句,只要写下自己的想法就能立刻获得别人的认同,这种快乐令人难以忘怀。但是,现在自己也应该离开那里了。就像戴安娜离开了舒适的森林那样,自己也应该走到外面的世界去。不是以不断更新的文字的形式,而是以真实的形态在他人的生活中留下点什么,哪怕是微不足道的东西。这并不是什么困难的事情。就像自己在那个帖子里所做的那样,只要在现实生活中和人接触就好了。网络世界和现实世界都是相通的。戴安娜想将从向田邦子那里学来的知识运用到实践当中,或许这样就能真正掌握它们。等到第一次领到薪水之后,戴安娜打算去买一套能穿很久的黑色套装。

"嗬,头发染成黑色了啊。明明一般毕业的时候都会染成鲜艳的颜色的。"

不知不觉间,狄亚拉坐到了身旁,抚摸着戴安娜的头发。来这里之前刚刚在家里染的黑发还有点潮湿,在灯光下发出湿漉漉的光亮。

"我发彩信问了一下外祖母,她也说这样比较好。"

自从离家出走的那天之后,虽然戴安娜和外祖母再也没有见过面了,不过两人之间一直通过邮件保持着联系。外祖母似乎并不嫌用手机麻烦,还经常发一些很长的话和江之岛的照片给她。据外祖母说是早就习惯了通过这种方式和补习班的学生们交流。

趁着武田离开座位的空当,戴安娜对狄亚拉说道:

"明天开始我就会尽快去书店面试了。虽然我并不讨厌学习,但对我来说,待在学校太辛苦了。还有,靠着狄亚拉的钱生活也让我很难受。我很怕自己会拖累你的人生。这和你离开外祖母家是一样的哦。我想靠自己自立。等到我能自立之后,或许我会好好考虑上大学这件事。我啊,很想去书店工作。"

虽然自己至今都无法赞成狄亚拉的生活方式,不过戴安娜已经不想再把一切都怪罪于她了。戴安娜鼓起勇气,用力挽住狄亚拉的手腕,认真地问道:

"哎,狄亚拉,我的爸爸现在在哪里啊?他在哪里生活着呢?"

狄亚拉给烟点上火,从嘴里吐出烟雾来。那烟圈在绿色的灯光下如游蛇般盘旋上升。狄亚拉久久注视着烟圈,发了好一会儿呆。

"是啊。你都已经是大人了,我也该告诉你真相了。不过,我有个条件哦,那就是要在你去书店面试、找到谋生手段之后才能告诉你。"

戴安娜被"谋生"这个词吓了一跳。自己的人生终于要和狄亚拉分开了。虽说是自己选择的道路,但从母亲口中说出来的话却仍让戴安娜有些慌乱。

灯光下,母亲的脸变得苍白,与那间儿童房的书架重叠在了一起,映在了戴安娜的脑海里。自己一边受到狄亚拉的保护,一边却又责难她的生活方式。然而,坦白地讲,这样的日子其实很是轻松。每每发现狄亚拉的一个个过错,戴安娜就会真切地感受到自己是个多么有文化而且脚踏实地的人。但是,仅靠读向田邦子的书并不能成为像向田邦子那样的人。单凭读书就想变得高尚的想法是错误的。自己一直以来只是在扬扬得意地瞧不起母亲罢了。

"干吗露出这种表情?啊,什么来着?你要走出'森林'是吗?已经厌倦了蒙蔽自己的双眼了吗?加油哦!"

说完,狄亚拉笑着,将戴安娜的头发揉得乱糟糟的。果然,她读过《秘密森林里的戴安娜》啊——不过,还是等面试完后再追问她吧。

"知道了。我会加油的。"

等将来见到父亲以后,要说点什么呢?戴安娜完全无法想象。但是,戴安娜很想和他一起去一次书店,哪怕一次也好。想要跟他撒娇说,为我选本书吧。父亲会为自己选择什么样的书呢?如果他能挑一本自己从未读过的书的话,说不定自己就会原谅他的。

狄亚拉在客人的欢呼声中登上了舞台,跳了一段零乱的舞蹈。戴安娜发现,那是小时候两人一起玩过的电视游戏"舞蹈吧!斯蒂芬妮"中的片段。戴安娜笑了出来,不知为何眼眶却有些湿润。

5

一只鸽子从喉咙里发出咕噜咕噜的响声,淡粉色的胸膛挺得笔直。为了觅食,鸽子一蹦一蹦地跳到戴安娜的脚前,但是察觉出戴安娜并没有给它食物的意思,便立刻调转胖乎乎的屁股离开了。

因为没有钱去咖啡店,戴安娜就在站前环岛的长椅上坐了下来,喝了一口从家里带来的灌在塑料瓶里的大麦茶,从包底取出早已压扁的饭团,揭开保鲜膜,啃了一口。那盐和香油的味道瞬间在口中蔓延开来。戴安娜心想,现在,狄亚拉大概也醒了吧,她应该也在吃同样的东西吧。高中毕业后,戴安娜终于体会到了自家母女二人相依为命的艰难,便也时刻秉记着节俭。夜总会的妈妈桑薪水并不高,与当陪酒小姐时的提成制不同,销售额的高低会直接反映到薪水上。狄亚拉今年已经三十四岁了,这个年龄也快要到从歌舞伎町金盆洗手的时候了。戴安娜最近常常想，狄亚拉或许并不像外表看起来的那样放荡精明，她可能更是个规矩本分、脑筋死板的人。据说，曾有六本木、赤坂的名店过来挖墙脚，甚至还有大企业的职员向她求婚。但是，狄亚拉依然固执地化着辣妹妆，穿着不良少女似的华丽服装，将独身贯彻到底，完全没有离开"赫拉克勒斯"的打算。她私下里照顾着店里的女孩子们，有时也会借钱给卷入麻烦的陪酒小姐和常客。正因为如此，虽然狄亚拉一个劲儿地拼命工作，但是两人的生活离富裕还是相差甚远。最近，戴安娜开始代替吊儿郎当的狄亚拉记账。

戴安娜垂下了肩膀。她有些消沉，低下头来注视着正装之下被连裤袜包裹着的双腿。那简直已经不像是自己的腿了。这套西装是戴安娜唯一的一套好衣服，是外祖母为了庆祝她毕业买来送给她的。戴安娜也知道，去面试一份兼职工作，就穿上这件衣服，显得太过严肃谨慎了。但和普通的十八岁女孩为了赚点零花钱就随随便便开始做的"兼职"不同，戴安娜要做的事显得格外重要。这是戴安娜一步一步迈向公司职员的开始，也是左右她未来发展的考试。

在出版业萧条的今天，要成为出版公司的正式职员极为困难。只有高中学历的戴安娜，连简历关都过不了。她只能从兼职打工开始，虎视眈眈地寻找成为正式职员的机会。除此之外，别无他路。戴安娜很有干劲儿，足够认真，自认记忆力也绝不算差。最重要的是，她喜欢读书,从孩提时代起就梦想着能在书店工作。毕业一个月以来,只要在首都商业圈内看到大型书店,她都会去面试。尽管如此努力,却并没有取得丝毫成效。万万没想到,兼职的面试竟也是如此地不顺利——狄亚拉难以坐视不管郁郁寡欢的女儿,安慰道:

"你呀,和我一样,长着一张看起来特别严肃的脸。所以啊,要不是特别亲切和蔼的话,看上去就像是要动手一样,完全是一副狠瞪着别人的样子哦。像咱俩这种相貌,当个健谈的丑角最合适了。说到底,服务业还是要看招不招人喜欢、沟通能力好不好的嘛。"

只有这次,狄亚拉说得没错。戴安娜心想。

从小时候开始,戴安娜就一直被指责"眼神太凶""态度傲慢",因而被周围人害怕、排挤。戴安娜并非感到自卑,却从未想过要照他们说的改过来。现在想来,大概是因为戴安娜在心中某处一直反对着这个结论。的确,她不擅长表现感情,表情也有些匮乏。但这些都是她个性中的一部分,错的是周围的那些人。是他们水准太低,是他们自己太幼稚,所以戴安娜才会看不起他们。戴安娜对待这一问题一直保持着相当乐观的态度。她想,长大成人之后,周围的人都会是些知性的成熟的人,到那时候,大家就会做出完全不同的评价吧。然而,真的迈向社会时,情况却变得更严峻了。根本没有人会对戴安娜的内心抱有兴趣,没有人会去凝视在她心中展开的广阔的世界。戴安娜心想,终究是自己太过天真了。她从一开始就放弃为了让他人接受自己而努力。说不定还是初中和高中的同学比较好,至少他们肯把对自己的厌恶完全表露出来。参加工作后的人要聪明得多,也冷淡得多。

——咦,您叫矢岛大穴啊。写作"大穴"这两个字,读作"戴安娜"是吗?

每当看到简历上的姓名,那些人的脸上就会浮出诡异的笑容,不知是同情还是轻蔑。单单在这个阶段,戴安娜的精神就几近崩溃了。一通询问之后,对方明明满脸堆笑,那神情仿佛是要对戴安娜说"明天开始就要一起努力啰"一般,然而,却绝对不会打过来通知录取的电话。在种种诸如此类的遭遇之中,昨天的面试显得尤为凄惨。

——矢岛小姐,你从前在川俣高中读书吗?

那是面试"邻邻堂"的时候。这家大型书店位于一座毗邻电车终点站的大楼的七楼,占据了整个楼层一半以上的面积。因为是高中时常去的连锁店,所以戴安娜干劲儿满满,想着一定要把自己的心意传达过去,心里便也十分紧张。正因为如此,当看到店长那亲切的眼神时,戴安娜着实有些吃惊。

"是的。是这样……"

戴安娜觉得有些惊讶,飞也似的扫了店长一眼。那是个皮肤白皙的男人,胖乎乎的,三十五岁左右。虽然那黑框眼镜后面的双眼很是柔和,但老实说,是那种即使在哪里见过也不会留下多少印象的类型。他欲言又止,好像有一些难言之隐,但还是继续说了下去。

——你还记得我吗?那时你常常到高中旁边的"邻邻堂"来看书对吧?我曾在那家店负责培训新人的工作。然后,那个,你看,你那时遇到了点麻烦……那时候真是不容易啊。

之后,他便吞吞吐吐了。记忆在慢慢复苏,戴安娜清楚地知道自己的脸上已经褪掉了最后一丝血色。的确,自己曾在这个人的接待下买过几本书。同样,她也记起来了那天在他面前慌乱失态、大声喊叫的事。

戴安娜垂头丧气,视线呆呆地追着窗外飞过的鸽子。她已经完全不记得自己在那之后说了些什么了。落选已经是必然的事。虽然明知辩解也没什么用处,但戴安娜知道,那时的自己并不是真正的自己。她被同班同学栽赃偷窃,惊慌失措。为了让自己变得更有压迫感,她把头发染成了金色,用尽浑身解数把主谋者带到了那家店内。戴安娜揪着她们的头发,强迫她们低头谢罪。她的怒骂如同暴风骤雨般激烈,甚至连店长都慌忙过来阻止。在这种情况下,她根本不可能给别人留下什么好印象。

那家"邻邻堂"明明是自己从前最喜欢的地方。即使没有买书的钱,仅仅在楼层里转上一圈,她都会觉得非常充实。她喜欢那里商品的排列方式,手绘海报流光溢彩,给展示平台和书架增色不少。多亏了那家店的活动,戴安娜才邂逅了石井桃子的《虚幻的红果实》,保罗·奥斯特的《孤独及其所创造的》,以及爱丽丝·霍夫曼的《当地女孩》。说不定,其中有几本就是经由昨天面试自己的店长卖到自己手中的。虽然知道即使后悔也于事无补,但戴安娜不禁再一次诅咒起自己的厄运来。

戴安娜忽然想起了什么,摸出手机,设定成自拍模式,勉强挤出个笑容来,然后按下了快门。画面中的女人气色很差,有些神经质,正在狠狠地瞪着镜头。头发染回黑色后,戴安娜的眼神反而愈显尖锐。这离自然的微笑还差得远。来来往往的行人在交叉口穿梭前行,好像都抱着各自的目的,朝着目标的方向前进着。戴安娜既不是学生,也没有工作,这样的自己在别人眼里究竟是什么样的呢?马上要到黄金周了,阳光强烈得不像是四月末,地上铺着的沥青被高温炙烤着。一群穿着超短裙的女孩神采奕奕,抱着网球拍从戴安娜面前走过。那白花花的大腿耀眼夺目。这是附近女子大学的学生吗?

在叽叽喳喳地大声谈笑的女学生中间,戴安娜似乎看见小学同学彩子的侧脸一闪而过。虽然这半年来从未在这座城市里遇见过,但戴安娜从商店街万事通的武田那里,听说彩子今年春天考上了很难考的大学。现如今,她已经属于那么显赫的圈子了,想必正在享受校园生活吧。不,如果是彩子的话,说不定更……是的,她会以紧致合体的拉尔夫·劳伦的衬衫和短裙作为基础搭配,再化上恰到好处的薄妆,简直就像是出演《曼哈顿》的玛瑞儿·海明威一样。彩子一定是前途十分光明的女大学生,在男生女生之间都非常受欢迎。论文受到教授的褒奖,和研讨会的同伴在露天咖啡馆谈论文学,不时用激烈的言辞驳倒男学生。这样优秀的彩子,至少要副教授或者研究生才能和她相配——想到这里,戴安娜终于发觉,她正在把自己的梦想投影到彩子身上。

虽然从很久之前就不再考虑升学读书了,但现在,戴安娜毫不掩饰地羡慕起大学那丰富多彩的四年时光。在进入社会前有足够的缓冲,可以结识爱好千奇百怪的同龄人,无论学习还是读书,都有大把时间。好想到别的地方去啊。戴安娜向着天空仰望,极为罕见地有了这样的想法。不不,如果还抱有这种天真的念头,那就没办法履行和狄亚拉约定好的事了。必须要用自己的双手创造和母亲截然不同的人生才行。戴安娜把刘海梳到后面,露出前额。接下来,她准备为了得到父亲——那个抛弃了母亲和年幼的自己的男人——的所在地而继续行动起来。

戴安娜发现手机在响。虽然是不认识的号码,但戴安娜还是条件反射地按下了通话键。

——矢岛小姐,我是昨日在"邻邻堂"面试你的田所。请问你现在方便说话吗?

不录取的情况下应当不会打电话来才是。那么就是说——

——我们决定录取你。今后还要请你多多指教……那么,请问你何时能够到任呢?

挂断电话之后,戴安娜有好一会儿没能反应过来发生了什么。为了冷静下来,她连着做了好几次深呼吸。"好耶!"她这样大叫出来,惊得脚边的鸽子都一下子跳开了。总算能在书店工作了——向幼时的梦想又踏出了一步。戴安娜顺势站起身来,不顾一切地向车站的方向飞奔过去。快一点,她想尽快向母亲报告这件事。现在这个时候,狄亚拉应该起来了。

回家打开门,狄亚拉正在一边看着午间爱情肥皂剧,一边忙着美容按摩。她越发年轻了——戴安娜产生了一种错觉,自己越是成熟,就越和不知何时起停止了生长的狄亚拉相像。她报告了找到工作的事,狄亚拉终于露出了笑容。

"是嘛,你找到工作了啊。这不是挺能干的吗?!恭喜!"

"嗯。所以你要好好告诉我。"

戴安娜就这样穿着西装跪下来坐好。狄亚拉小扇子一样的睫毛摸不着头脑地眨了眨。

"你让我告诉你什么?"

"真是的,别装傻了。不是说好只要我有了兼职工作就告诉我父亲现在在哪里做什么吗?"

"啊,是这么回事。那你稍微等会儿我。"

连做梦都会梦到的这个瞬间,竟然如此轻易地就实现了。狄亚拉倏地抬身站起，向书架走去，抽出一本《秘密森林里的戴安娜》，然后转身折返。

"你看，这个人。"

狄亚拉笑眯眯的。戴安娜死死盯着狄亚拉递向自己的书。

"写了这本书的这个叫做服部萤一的人就是你爸爸。"

戴安娜一时目瞪口呆，不由得把视线投向电视。电视剧里好不容易走到一起的情侣却发现彼此正是失散多年的亲兄妹。夸张的管弦乐主题曲响起，女主角低声抽泣，诅咒着命运的残酷不公。这情节实在是太司空见惯了。但无论如何都不会比狄亚拉现在说的更俗套。

"你只是为了敷衍我随便说说的吧！这种毫无根据的话，你以为我会相信吗？你是在捉弄我吗？"

戴安娜好不容易才说出一句话来。狄亚拉不为所动，仍旧继续轻声说道：

"可是，事实就是这么一回事嘛。服部萤一。本名叫服部萤一，外号叫'萤'，我就是这么叫他的。"

和在"赫拉克勒斯"的储物柜里偷看到的信件上的信息是一致的。但这不可能。戴安娜焦躁难忍。

"我的父亲是作家？开玩笑！不是说他是个流浪的赌徒吗？不是说他离家出走了吗？不是说他去了很远的地方了吗？"

"啊，那是我瞎编的。不这么说的话，像我这么好的女人岂不是没有理由保持单身了吗？所以就把一个在我前任里也算是压倒性地废柴的家伙的经历拿来代替了。"

狄亚拉用极为滑稽的动作轻抚着茂密的金发。

"反正你也已经十八了，也能明白男人和女人之间会有些不得已的事吧？没有谁对谁错。事实上，萤他还算是个好男人呢。"

虽然语调还是轻轻的，但狄亚拉像是说给自己听似的慢慢地说了下去。虽然只有那么一丁点，但狄亚拉给人的感觉也变得稍微严肃了。

"和他初次相遇是在银座的文坛酒吧来着。那个人啊，是被他的责任编辑、彩子爸爸带来的。又不会喝酒，一下子就醉倒了。"

"该不会……等等！难道说……"

如果说是谎话的话，这番说辞也太天衣无缝了。戴安娜觉得自己的人生简直像是由某个人设计好的一样，不由得仰头望向天花板。

"是吧。所以当我知道你和彩子竟然认识的时候吓了一跳呢。然后呢，萤后来告诉我说，他还以为当时打工陪酒的我有二十岁。然而实际上，我当时只有十五岁。十五岁的年纪就怀了孕，这发生在谁身上都要吃惊吧？一开始，他还不知如何是好，当然，萤内心里还是想要当个好父亲的。他还说过要给我生下来的孩子取名叫做戴安娜呢，这个名字就是源自于他的处女作。"

"咦,从前不是说源自于赛马的大穴吗?"

"那也是我编的。从我的角度来说,写作大穴读作戴安娜还算是个挺好的主意呢。你懂事以后就特别喜欢读书,当我看到你从彩子那里把这本书借来看的时候,我就感觉到这一定是命运的安排。不过,我还是捏着一把汗的,拼命想让你远离书籍。但是呢,萤身为童话作家,刚出道就变得大红大紫,再加上十九岁就当了爸爸,心理上肯定一直都接受不了吧。因为压力太大,他的工作也陷入了低谷。他看上去实在是太痛苦了,真的让人没法儿袖手旁观。所以,我就说谎了,告诉他怀孕的事是我的错觉,自己主动退出了。"

"什么意思?我被当做不存在了?别开玩笑了!"

狄亚拉的话让人头晕目眩,戴安娜有些难以接受。虽然没打算哭,眼角却一点点热了起来。狄亚拉慌忙伸出手去想要抚摸戴安娜的脸颊,却不小心打翻了指甲油瓶子。"咕噜"一声,金色的液体从瓶子里流出,慢慢扩散开来。

"等下!我可不是跟你开玩笑哦!真的有这回事!当然,我骗他说怀孕是自己想象出来的,是有点过分,但那时候不是没有办法嘛!他写不出东西,看上去非常痛苦,我真的不忍心他这么难受啊。对了,你要是觉得我在说谎的话,就把彩子的爸爸叫过来,让他证明一下好不好?"

"太过分了。不管怎么说也太残酷了。这种信口胡谄的话。"

戴安娜现在什么都不愿想了。她站起身来,不想再看狄亚拉的脸。

"够了。我像个白痴一样。居然还那么努力地去找兼职……对你来说,我怎么看待我父亲都无所谓对吧。"

狄亚拉似乎还想说什么,戴安娜却一下子背过身去,把自己关进了房间里。

哪怕早一秒也好,要尽快离开这个家。一定要攒下钱来,要独立出去。如果不离开狄亚拉,肯定什么也改变不了。况且,对于一个母亲和她十八岁的女儿来说,这间租来的二室一厅的公寓早就显得太过狭小了。

* * *

彩子根本就不知道在学校的小卖部里还能买到日用品和食材。壮生大学开学都有一个月了,在这所占地面积大得过头的校园,究竟在哪儿有些什么,她还是完全搞不明白。稍微纠结了一会儿,彩子决定买包培根。正要去收银台,已经结完了账的同班同学沙耶香却惊讶地说道:

"不是都说好了吃暗锅①吗?你放这么普通的东西,气氛怎么能炒起来呢?"

定睛一看,她买的是草莓。搞不清所谓暗锅到底是

---

① 每人自带一种食材,关灯之后依次放入火锅中一起食用。——译者注

怎么回事，彩子便模棱两可地笑了笑。彩子到现在还没决定好报什么社团，沙耶香实在看不过去，才邀请她一起参加酒会。沙耶香复读了一年，在班里相当显眼，是彩子至今为止没见过的类型。虽然并不是十足的美人，但沙耶香举止优雅，任何事情都能处理得圆滑妥帖。她穿修身的彩色长裤，一头茶色长发，再搭配上大克拉的首饰，简直像是个模特。从小卖部出来时，四下已经有些昏暗了。彩子看了看手表，已经是傍晚五点了。门禁是晚九点，在那之前得快点回去。黄昏的校园宛如茂盛的森林。沙耶香在前面开路，薄薄的暮色中，她的脚步坚定而毫不迟疑。彩子嗅着枯叶和泥土湿润的气味，一路小跑着紧跟其后。明明接下来要赴的是欢乐的聚会，这隐隐泛上的不安究竟是怎么一回事？

"那个，你说的'砂糖'，具体都会办些什么活动呀？"

"谁知道呢，到时候看情况吧。我们主席叫木村，到时候看他的想法再决定，开开派对啦，或者办办活动啦什么的。那里都是些很有意思的人哦。肯定有趣啦。不用提前准备，女孩子不付活动费也没关系的。"

不知为何，彩子就是觉得她说的和自己合不来。老实说，这群人世故得根本看不出是刚刚高中毕业的人，彩子觉得自己已经被这群同级生远远地超过了。彩子从不参加酒会，下了课就是去图书馆或者回家，完全没有开拓什么人际关系。她自己也没有勇气挤进那些看起来十分快活的小圈子里。沙耶香亲切地和她搭话，对彩子来说是极为珍贵的存在。高中的时候,彩子总是被朋友和后辈们围着,到了大学,却一直在惴惴不安地原地踏步。果然,对于不熟悉的环境,自己还是太怯懦了。这样的自己和她想象中那个能和异性平等辩论的自己可差得太远了。

"那里真的不是什么糟糕的地方啦。怎么说我们也是在大学登记过的正规社团。倒是彩子你,不多玩玩可不行。现在根本是在浪费人生嘛,就算有人讨好你,也只有在你大一这一年而已哦。"

简直像是被下了只能再活半年的死亡通知书一样。沙耶香贪婪地享受着生命,穿花似的参加一切社团和酒会,烦腻起来也快得惊人。既然沙耶香都认定了这是个好地方,那砂糖大概确实是个优秀人物云集的小团体吧。抬头望向沙耶香带她来的这栋二层小楼,彩子惊得目瞪口呆。虽然只是栋用灰浆抹的小房子,但为了办社团活动居然能申请下一幢楼,彩子着实吓了一跳。

"原来好像是柔道部活动的地方,托木村学长的福,现在成了砂糖的地盘。只要拜托木村学长帮忙,就没有做不到的事,他简直像个魔法师一样。"

似乎察觉到了彩子的疑惑,沙耶香像是在说自己的事情一样自豪地回答道。

"诶,那个木村学长是什么人物?"

沙耶香没有回答,反而握上门把手一拧。欢声笑语一下子涌了出来。

"慢死了,沙耶!"

酒精和烟草的气味混杂成的憋闷异味扑面而来。气罐烧的炉子上咕嘟咕嘟地煮着一锅东西,地板上围锅而坐的十多个男男女女一起转过脸来。男性的比率有点高,彩子不由得有些畏缩。在沙耶香的催促下,彩子脱下鞋子,加入到大家中间。房间像是一间体育仓库,地面上随随便便地弃置着软垫,杂志和电脑乱七八糟地丢着。大概是因为从来没打扫过,空气里散发着柔道部员残留的汗臭味。被捏烂的起泡酒和啤酒的罐子滚在地上。环境实在是太肮脏了,彩子的胃几乎都要抽搐起来。

"咦,那个就是彩子?蛮可爱的嘛!"一个男人盘腿坐在中间的旧沙发上,不怀好意地打量彩子,别有用意地笑着。茶色的头发,邋遢的胡子,整张脸气色很差,不管怎么看都有三十岁。他伸出带毛的手指指向彩子。

"决定了!让你加入我们部。不愧是沙耶啊,连这么漂亮的美女都找得到。"

"是吧!太好了,彩子。木村学长亲自来审查你的颜值,居然还一下子就通过了。"

也就是说,自己是在被当做物品估价吗?竟然摇身一变成了商品,真是荒唐。彩子极为反感,几乎想要立刻站起身来离开这个地方。但就在这个瞬间,她和沙耶香的视线相遇了。被朋友出卖的憎恨使彩子不假思索地怒目而视,而沙耶香却茫然不知。看起来这个男人就是"木村学长"。男人们的视线一齐纠缠上彩子,压得彩子低下头来。木村先生的决定在这里好像是不可置疑的。

"我们接着吃暗锅吧。喂,你买了什么?"

竟然把食物当做玩具来玩,这让彩子很不舒服。这么做究竟有什么好玩的呢?锅里咕嘟咕嘟煮化在一起的好像是乌冬面、章鱼丸子和巧克力。每次把灯全部关掉时,就会往锅里加一种材料,有人发出了夸张的惨叫声。沙耶香把没洗的草莓扑通一声丢进锅里去。每次纸盘传到彩子面前,一股呕吐感就抑制不住地往上涌,让她无论如何也没法放松紧蹙着的眉头。虽然想要回家,但那么黑的路,她一个人是怎么也不敢走的。而且,她也害怕就这样和沙耶香撕破脸,害怕从此就真的要在大学里孤独一人地生活下去。在中学里彩子固然很受欢迎,但在大学里不过是个不起眼的学生。她也常常意识到那并不是真正的自己。彩子想要改变。这样下去不管过多久都不可能成为塞茜尔。沙耶香把一罐啤酒递到彩子手中。彩子正在犹豫该不该喝下去的时候,男人们便开始调戏她了。

"小彩是大小姐嘛。好像高中是在山女读的是吧?那肯定不会喝酒啦!"

"不,我没关系。可以的,能喝的。"

看起来是非喝不可了。彩子想办法为自己鼓劲。母亲也会在自己睡前的热可可里加朗姆酒,父亲也曾经一边叮嘱"不要跟妈妈说哦",一边让她偷偷抿口威士忌。彩子并不喜欢喝酒,但她心想,现在必须要融入大家。没问题的。不管怎么说,这也是在壮生大学里。彩子回首人生中最集中拼命学习的这半年。得知考中了的时候,高柳老师由衷地表扬了彩子。母亲喜极而泣,连平时处变不惊的父亲都激动得涨红了脸,紧紧地抱着她。母亲亲手做了烤牛排、散寿司和曲奇饼来庆祝。这里的所有人也一定是经历了同样的事,今天才能够坐在这里。罐身还凝有水珠,彩子暗下决心,轻啜一口酒。那酒的苦涩与醇厚瞬时扩散开来,一直弥漫到舌根。彩子不由得皱起了眉头。有人叫喊着"好可爱啊!"那样子就好像是早就准备好了看这一幕一样。彩子讨厌他们看自己时那满意的眼神,便故意让他们看自己的喉头,咕咚咕咚地咽了下去。这时,有个人在彩子身边扑通一声坐了下来。他浮起恶作剧一样的微笑,那眉清目秀的面庞似曾相识。看着看着,彩子脸上热了起来。她知道,那不是因为酒精的缘故。

"你啊,好像见过我吧?"

是彩子高三那年偷偷去壮生大学旁听的时候向她搭话的男人。彩子根本忘不掉他,一直在祈祷能和他再次相遇。啊……多么浪漫啊。她一直在等待这一刻。

"我呀,在那之后可后悔得不行。我想当时至少应该要个联系方式的。"

不知道是害羞还是喜悦,彩子垂下了头。"亮太,还是一如既往下手很快啊。"木村先生冷嘲热讽的声音像是号角一样,让人听起来心情舒畅。叫做榎本亮太的男人叼着香烟点火。他的手指不动,只是轻轻侧过头去,就着火苗点燃烟卷。彩子看在眼里,心中小鹿乱撞。

"大学生活习惯了吗?"

彩子模棱两可地摇了摇头。大学生活没有任何规则,一切都交由个人判断决定,闲暇时间要多少有多少。即使彩子想要做什么,也不知道应该从哪里开始下手。法国文学系的必修学分比想象中的要少,虽然彩子努力听课,并且其中几门课程也的确带来了一点充实和兴奋感,但和在高中的时候比起来,现在几乎无事可做。没有任何人为彩子做任何决定。自己的这种迷茫是不是一种奢侈的烦恼呢?

"那个……麦德兰。"

榎本学长似乎有些摸不着头脑,彩子害羞地问道。

"你读过了吗?你看,那个时候我们不是聊过来自修道院的女主角的故事吗……你说《古灵精怪麦德兰》还没有看过。"

"啊,抱歉。你说的那个,是什么来着?"

他好像确实没听明白彩子的话,把烟头捻进了空罐里。不知怎的,彩子有些悲伤,不顾一切地一口喝干了罐中的啤酒。虽然也曾设想过这样的结局,但对彩子而言,如此难忘的记忆竟不过只是他日常生活中不足为道的片段。那之后,榎本学长像是对彩子失去了兴趣,把视线转向了其他部员。彩子自暴自弃起来,被沙耶香劝着喝干了纸杯里装的乌龙茶兑酒。她一边无可奈何地听着男人们吹牛,一边疑惑起自己现在到底在做什么。拼命努力学习到的东西在这里派不上一点用场。明明被人们包围着,却是如此地寂寞难耐。曾经无限期盼的大学生活原来是这样的吗?自己现在到底在做什么呢?明明身处如此热闹的场合,心里却是如此的空虚,就像沙耶香说的那样,自己是在浪费生命吗?这时,榎本学长又一次绕到她面前来。

"这边好吵,要不要上楼去?你也想喝点凉茶吧。"

坦白地讲,榎本学长的颤颤耳语让彩子松了口气。她抓住他伸出的手,站了起来。彩子跟跟跄跄地,看起来是喝醉了。装作轻浮女孩的样子实在是段悲惨的经历,但同时也让人兴奋。彩子似乎终于明白了身处此处的意义。彩子对榎本学长无限依恋,慌忙间抓住了他的肩膀。那肩膀非常温暖,让彩子的心怦怦直跳。彩子登上狭窄的楼梯,跟着他上了二楼。那里放着茶几和沙发,物品的摆设风格像是事务所。榎本学长抱住彩子的肩膀,粗暴地把彩子推坐在沙发上。那戏剧化的动作非常奇怪,彩子不禁咯咯地笑了起来。

他目不转睛地盯着彩子。

"我喜欢你哦。"

耳畔被温暖的气息吹拂着,彩子的身体一下子热了起来。已经完全没有办法思考了。自己现在正处在只会在小说和电影里发生的故事情节中。脑袋和骨头都要甜酥酥地胀开了。下一瞬间,有什么东西探入了短裙里。那是潮热而黏糊的手指。彩子所熟知的男性只有父亲一个,而父亲的手掌是干燥又冷静的。

——不要。

彩子说不出话来。她的视野翻转过来,是的,榎本学长跨在了彩子的身上。他卷起她的毛衣,一粒一粒解下她的衬衫扣子。突然,彩子的脑中浮现出小学时的挚友矢岛戴安娜的脸。每当彩子被男生下流地戏弄时,戴安娜总是会第一个冲过去,为了保护自己而和男生对峙。她榛子色的瞳仁无比坚定,燃烧着愤怒的火焰。她金色的长发像雄狮一般,在风中摇曳飘荡。戴安娜会拭去彩子内心的不安,告诉她这一切并不是她的错。但是,现在谁也不会来救彩子了,所有过错的责任都要由彩子自己来承担。也许,是报应到了。都是自己的错,都怪自己学习的时候一心想着榎本学长,都怪自己一时身体发热。一切都是因为自己太过天真了,明明连是否会喜欢上学长都不清楚。

彩子忽然想起戴安娜的妈妈狄亚拉曾对自己说过的话。

"小彩又温柔又有气质,这是你的长处。可是,一定不能给男人抓到什么把柄,不能让他们乘虚而入。如果有什么万一,一定要拼死抵抗。"

但是,现在彩子却根本无法抵抗。榎本学长与刚才判若两人，彩子被他摁倒，根本动弹不得。现在眼前的这个男人到底是谁？他完全感知不到彩子奋力反抗的身体。

"真可爱啊……你在发抖吗？"

榎本学长的手粗暴地捏着彩子的乳房。彩子想把他的手拨开，却根本使不出来力气。他的嘴唇散发出阵阵啤酒的气味，夺走了彩子的呼吸，也夺走了彩子的言语。求你了，求你了，请你现在立刻放开我吧。彩子的眼神是那么的诚恳，似乎穷尽了她毕生的祈求。但那祈求转瞬之间便被浑浊的色调吞没了，那男人甚至淡淡地笑了起来。

"楼下的那些家伙，他们要是知道我们在做这种事，肯定会大吃一惊吧。"

那男人的手眼看就要碰到彩子的内裤了。这一定是骗人的。这根本就不可能。他可是精通法国文学的男生，他还会读肖德洛·德·拉克洛和莫泊桑的小说。不管怎么说，他至少还是壮生大学的学生。根本不可能做出强奸这种事。啊，是这样啊，对他来说，这是理所当然你情我愿基础上的性爱啊。彩子是在他拉下拉链的瞬间了解到这一点的。彩子根本不敢直视那跳出来的红黑色的东西，不由得紧闭双眼。比起在网上偶尔看见过几次的影像，现实的那东西更加怪异，又黏又滑。彩子以前就恐惧异性。她想起小学时揶揄自己的那些眼睛和口唇，那是无法用嘲谑、戏弄之类的简单词汇便能轻而易举描写出来的东西。彩子早就注意到了那背后隐藏着的残虐。难道比那些过火的恶作剧更甚的就是这种事吗?"他们是因为喜欢你才会捉弄你的呀""男人嘛,到了多大都还是小孩子啦",以前,母亲常常无可奈何地这样安慰彩子,但母亲从未告诉过她男孩子还会变成这个样子。彩子的心不断下沉,一直坠落到冰冷又黑暗的深渊里。

下体再次接触到空气的一瞬,彩子感到一股黏稠的液体奔涌而出,不快得让人难以置信。股间几乎要裂开了,疼痛难耐。大脑一片空白,只觉耳畔嗡嗡作响。只一瞬,彩子便被劈成了左右两半,再也无法重新聚合。从脑袋开始,彩子就这样粗暴地被人撕开了。她想,自己一定已经死了。但是,被分成两半的心却仍在运转。好想变成人偶,那样一来一定就什么都感觉不到了。最初的痛苦完全没有减弱的迹象。快不能呼吸了。救救我。喂,为什么谁都不来救我呢?这里明明是大学啊。终于,男人那满不在乎的声音响起。彩子知道,这场噩梦结束了。

"咦,该不会是第一次吧?哇——还真是。"

白浊的液体覆盖在光裸的腹部。彩子有一瞬间无法理解那是什么。她抬起上身,伸手摸去。那液体黏黏糊糊,散发出一股腥臭味,让人不禁想别过脸去。血从彩子的股间流出,脏污了沙发。大腿根内侧的疼痛逐渐把彩子带回到现实之中。

"啊,那个,对不住啊……"

榎本学长的脸上浮起一丝害羞的微笑,轻轻地挠着脖颈。"对不住啊"这四个字轻飘飘的,和彩子体内扩散开来的钝痛格格不入。好一会儿,彩子呆呆地望向上空,久久不能言语。旋即,她披上衣服,摇摇晃晃地起身站起,离开了那个地方。彩子的身体像灌了铅一般沉重。她下到一楼,从众人围成的圈子里横穿过去。那些人的眼神里满是好奇,叽叽喳喳地说着风凉话。但现在,彩子已经完全不在意这些了。榎本学长似乎并没有追过来的意思。彩子穿过森林,从正门出来,浮现在眼前的还是那一如往常的回家的路。彩子拦下了一辆出租车,报了自家的地址。等回过神来看表,已然是深夜十一点。

没有眼泪流出。彩子只是呆呆地望着窗外的夜景,看它们在视线里渐行渐远。

彩子从来没学过这些,也从来没有人教过彩子这些。高柳老师也好,父亲也好,母亲也好,没有一个人告诉过彩子现在应该怎么做。从未体验过的疼痛如一阵阵痉挛,持续不断。这就是自己的初夜了吗?自己已经失去处子之身了吗?彩子什么也不知道。她只想赶快回到一个人的世界里,横躺到床上,深深地睡过去。那样一来,醒来的瞬间,一定会发觉这一切不过是一场噩梦吧。

回到家,彩子按下门铃。父母站在门口,表情僵硬。

"彩子,这是怎么回事?你给我好好说明一下。"

"我可打过好几次电话了呀。"

父母并不是在愤怒,他们的表情看起来更像是悲伤。彩子心想,不论他们怎么逼问,都绝不能说出刚刚发生在自己身上的事。

"彩子,你喝酒了吗?"

母亲的声音颤抖着。彩子忽然觉得非常可笑,明明都这种时候了,母亲在意的竟然还只是喝酒这种小事。喝酒有什么奇怪的?自己都上大学了啊。你们不是也都赞成让我上那所大学的吗?原来,自己这些年来一直在向一对如此年老羸弱的男女寻求庇护。他们怎么可能保护得了自己?他们根本不可能把自己保护得天衣无缝。自己到底是靠着什么才能如此心安地生活了这么多年呢?彩子开始怀疑起自己来。在这之前,她并不知晓什么是真正的恐惧和肮脏。然而,从今天起,那个对彩子格外优待的世界就要结束了。

父亲狠狠地扇了彩子一耳光。和男人睡也好,被男人打也好,今天都是第一次。醉酒和疼痛让彩子晕沉沉的,她终于意识到了——

昨天以前的自己,再也不会回来了。永远。

* * *

戴安娜终于理解书店里的老同事们为何会感慨腰痛了。抱着十本刚刚塑封好的新人作家的签名书直起腰来，她也不禁差点发出了"嘿咻"的声音，脸一下子就红了。前辈山木凉子刚刚严厉呵斥过戴安娜，她到现在还没回过神来。

"对待客人的态度太生硬了，笑容还不够。"山木如是说道。店里安排戴安娜把下午第一批到的新刊摆上书架，戴安娜干活儿不得要领，动作慢吞吞的，打乱了所有人的计划。下午作者就要到店里来了，本来人手就不够，戴安娜也可以理解大家的焦躁。但是，自己刚被训斥了一番，现在还没重新振作起精神来，就又失败了。戴安娜从没想到自己会这么没用。连同田所先生在内，正式员工只有区区二人，其余十三人全部都是兼职。这家店里的店员大多是二十五岁到四十岁的自由职业者，戴安娜是里面最年轻的。山木工作经验很丰富，甚至比正式员工都懂得多，却和戴安娜拿一样的工资，戴安娜觉得这简直难以置信。戴安娜把签名书堆在台子上，身后响起一个声音。

"哎，我来找你玩了。"

看到客人的脸，戴安娜"啊"地低低惊叫了一声。原来是武田。

"别这样，还到别人工作的地方来。店里没关系吗？"

"今天休息。怎么回事啊你，还穿条围裙，哎哟，妈的笑死我了！"

嘘！戴安娜噘着嘴，面露为难之色。但对于这份友情，她其实是心怀感激的。以前，戴安娜总觉得青梅竹马的武田有些烦人。不过，自从高中毕业之后，只要在商店街上遇见，武田就会过来打招呼。有时，两人还会叫上狄亚拉，三个人一起吃饭。但是，现在戴安娜必须要注意到周围的视线。武田一身肥肥大大的衣服，染着一头金发，一看就像是个小混混。本来戴安娜就没能融入新环境，要是被人看到有这么个混混模样的人来找她，那大家会怎么看呢？

"那个家伙就是那个叫田所的？真是和名字一模一样。不就是个普通大叔嘛。还是个肥猪。"

不远处，田所先生正在装饰签名用的彩纸。武田盯着他，不知为何有些扬扬自得。武田的声音很响，戴安娜有点担心他的话会不会被田所先生听到。只有对于田所先生，戴安娜是无论如何都不想被他讨厌的。田所先生又友善又沉稳，深受大家喜爱。最重要的是，他热爱文学，拥有深厚的文学素养。认识田所先生之后，戴安娜才体会到能被所有人信赖是件多么伟大的事。而且，戴安娜一点也不害怕和他接触。和他相处时，戴安娜周身都洋溢着满满的安心感。她知道，田所先生一定不会说她的坏话，也绝对不会背叛她。每每等戴安娜回过神，她的视线已经在追着田所先生不放，不断地反复咀嚼他无意中对自己说的每一句话了。这是戴安娜第一次对别人抱有这样的感情。

"别这么说，这么评价我的上司太过分了。"

"姐姐她说你最近一个劲儿地说田所先生这田所先生那的,我还以为是什么样的好男人呢,结果过来一看就是这种货色。"

"我才没一个劲儿地说田所先——"

戴安娜知道自己已是满脸通红了。武田"哼"的一声发出个鼻音,像是在嘲弄她一般。戴安娜察觉到山木尖锐的视线投向这边,便迅速降低了音量。最近戴安娜总是被山木训斥。狄亚拉虽然毒舌,却很少批评戴安娜。所以,现在稍被指责,戴安娜便觉得心中烦闷。在这里,"笨手笨脚的矢岛小姐"这个帽子也要稳稳地扣在她头上了。

"你要是什么也不买的话,就赶紧回去。"

武田对戴安娜冷淡无情的态度感到无趣,百无聊赖地在店里晃来晃去,好不容易挑中了一本机车杂志,然后到收银台结账。自己是不是做错了呢?戴安娜一边想着,一边目送他离开的背影,匆匆忙忙地走向期刊书架。上周《秘密森林里的戴安娜》的杂志书刚刚追加了订单,戴安娜想看看到底卖出去了多少。很多年前,这套书出了一册,之后便再也没有了下文。但是,这册书直到现在还在不断进货,戴安娜感到非常高兴。突然,田所先生从书架之间探出脸来,戴安娜的心脏剧烈地跳动起来,不禁理了理耳鬓的乱发,收紧了脸上的表情。

"服部萤——你喜欢他吧?"

是的,正是这样。正想露出笑容这样回答,戴安娜却怎么也高兴不起来。她想起了狄亚拉那个恶意的玩笑。开始打工已经有两周了,这段时间以来,她和夜猫子狄亚拉的生活节奏完全错开了。能不碰面是件好事,至少对戴安娜来说也算是一丝安慰了。

"矢岛小姐,今天是上早班吧?方便的话,等会一起吃个午饭怎么样?我们没有办欢迎会的传统,虽然也不好意思说拿一顿午饭作为补偿……"

"咦,那个,是要和我?"

"是的。给你添麻烦了吗?"

"才没有!"

这样的好事能发生在自己身上吗?戴安娜立即整理好头发,睁大眼睛拼命地点头。

两个人一起走进了后台,摘下工作穿的围裙,坐员工电梯出了大楼。五月的风让人心情舒适。像是被什么东西吸引了一般,田所先生走进了铁路沿线的一家昏暗小店,这里再没有其他客人。这是戴安娜第一次和异性一起单独用餐。

"这里的套餐我很喜欢。到了晚上,这里会变成居酒屋哦。嗯——我就要鲑鱼套餐好了。矢岛小姐你呢?"

"我也要一样的。"戴安娜没仔细看菜单便这样匆匆说道。招呼点菜的店员一走开,戴安娜便焦急起来,心想自己必须要说点什么才行。这样想着,便不禁说出了这些天来一直压在心头的事。

"昨天真的非常抱歉。那个……收银台有一万元的账对不上,害得大家一起跟着加班……"

"没关系,我从前也经常出这种错。只要下次多加小心就好了。"

"嗯,那个,我曾经在车站附近的邻邻堂看到过田所先生您画的海报……我很喜欢。"从没对别人说过"喜欢"这个词,戴安娜知道自己连耳朵根都热了起来。对别人表达好感原来是这么令人害羞的事情,戴安娜从来都不知道。但不知为何,戴安娜的心情反而开朗起来了。既然都已经来了,便也没什么羞耻不羞耻的了。戴安娜觉得自己像是回到了孩提时代一样,身心都十分放松。

"总有一天我也……要在文艺书籍的楼层拥有自己的书架,画像您那样的海报。"

"哦,是吗?海报的话,我们一直都接收哦,画好了请一定要拿过来呀。"

"呃,可以吗?好开心……"

她还以为肯定要做到正式员工,又或者像山木一样有经验的兼职工才有资格画海报呢。不一会儿,服务员把套餐端了上来。精美的红鲑鱼、羊栖菜、山药泥、凉拌青菜,再配上米饭和味噌汤,分量十足,极为丰盛。对喜欢日式食物的戴安娜来说,能吃上这样一餐饭就很满足了。两人同时撇开筷子开吃。米饭蓬松成高挺的山丘状,甘甜而美味。

"做一次以《秘密森林里的戴安娜》为中心的展览会说不定也挺有意思的。对了,能请你为我选好的少女小说画海报吗?"

"……请务必让我来做。"

"矢岛小姐喜欢'戴安娜'的哪一点呢?我想做下参考。"

"我想想……当然也有名字相同的缘故了。小学的时候,我因为这本书交到了第一个朋友。她是个好孩子,又喜欢读书。但是,我们因为一些小事再也没见过面。"

真不可思议。还没在别人面前说过这么多话,也从没想过要和别人说彩子的事。难道在田所先生面前,谁都可以敞开心扉吗?

"在戴安娜的故事里,我最喜欢的是戴安娜遭到魔女诅咒的那一章。戴安娜无法再相信任何人、任何事,陷入了悲伤之中。连安德鲁王子和森林里的小伙伴们的话都听不进去。人生中第一次,戴安娜必须完全依靠自己一个人来解决问题了。但是,即使打倒了魔女,诅咒也无法解除。所以,戴安娜就……"

那之后的故事戴安娜也全部记得。看到田所店长的双眼,戴安娜知道他也一样。

"的确是这样。她自己想办法解开了诅咒,用一个很有趣的方法。"

"她和她的挚友玩了个互相解除诅咒的游戏。"

鲑鱼富有油脂,咸淡恰到好处。田所先生那圆润的身材也许就是由这些美味而又优质的食物养成的,而不是用垃圾食品和酒。所以,他增长的也都是些品质良好、干净清洁的脂肪。甚至连偶尔从额上沁出的汗水也让人觉得清爽洁净。

"不过说起来……服部萤一老师到底是个怎样的人呢?年龄、真名、履历,一切都没有公开过呢。虽然我在网上找过,可是连一张照片都没有发现。"

"啊,的确是呢。明明直到现在都还保持着那么高的人气。您知道网络上还有考据他的资料的帖子吗?相当好玩。"

不会吧。戴安娜不好意思说自己也曾经在帖子里踊跃发言,只好低头专心拆解鲑鱼肉。田所先生把水壶拿到面前,连着戴安娜的杯子一起倒满了茶水。

"其实我遇到过服部萤一先生。"

"诶,真的吗?好厉害……"

"从现在开始算起的话,大概是将近二十年前的事了。那时候,我还是个大学生呢。他在我打工的新宿一家大型书店里开过签名会。对了,我应该还留着那时候和他一起拍的照片,在家里找找的话,总能找到的。下次拿来给你看看。"

如果那照片和在"赫拉克勒斯"的储物柜里找到的照片一致,就意味着服部萤一的的确确是戴安娜的父亲。但是,戴安娜现在并不想知道。

"今天邀请矢岛小姐你一起吃午饭,其实是想和你说说话。这是你第一次做兼职吧?那么肯定会遇到失败,也必然会被呵斥。但是,矢岛小姐你是那种一旦被别人盯着就会紧张的人吧?"

被碰到了最脆弱又最柔软、最难为情的那一部分——戴安娜虽然有些战战兢兢的,但像是在被田所店长沉稳的语调所引导一般,诚实地点了点头。

"人一旦太紧张就又会犯新的错误,在我看来,你正是这样。我不会说让你越受到打击越要坚强之类的话,但是,不会有人想存心伤害你的。所以,希望你挺起腰板来,冷静沉着、堂堂正正地做事。高中时候的你……那时候一个人到店里来的你不是更超脱、更有大人的气魄吗?"

"可是,我……那时候我惹了那么大的麻烦……"

"你在书店被冤枉成小偷。我觉得会发那么大的火也是理所应当的。你那时很帅气哦,矢岛小姐。你原本应该是位很勇敢的人吧。我觉得现在实在是有点可惜了。在我看来,感觉矢岛小姐你似乎太害怕失败,太害怕被人训斥了。是遇到过什么事吗?"

戴安娜震惊地看着他。然而,那张脸上并没有露出任何一丝讽刺的意味。她静静地搁下筷子。面前的这个人,无论对他说什么,大概都不会被嘲笑吧。

"我之所以畏手畏脚……是因为我的名字。从小时候就被嘲笑个不停。都是因为这个名字……啊,我也知道把自己的性格都怪在名字上是有点卑鄙。但是,我想,假设能有个更正经一点的名字的话,说不定就能好好地面对别人了……"

"您知道我的名字吗?"

面对这突如其来的提问,戴安娜吃了一惊。田所先生小声地清了清嗓子。

"我叫做'不律'。写作不可思议的'不'和规律的'律',不律。"

"啊……是……那个……"

田所先生的表情看起来格外地认真。虽然戴安娜其实一直都很在意,但那是她触碰不到的领域。戴安娜也想过,对他抱有无尽的兴趣或许也是因为他那不为人知的名字的缘故。喝了一口茶水,他的视线落在鲑鱼清澈透明的小刺上。实在是吃得很干净。

"我的父亲是森鸥外的铁杆粉丝,现在在大学教授日本文学,甚至还编撰了好几册和森鸥外有关的文献。你知道森鸥外孩子的名字吗?"

"嗯……长子叫做於菟,排下来依次是茉莉、杏奴、不律、类,是这样吧?"

"是的。其实我家共有兄妹五人,全部都是和森鸥外的孩子们一样的名字。虽然性别合不上,除我之外全部都是女孩。"

不知道该说些什么,戴安娜垂下了头。田所先生的父亲当然不会抱有什么恶意,大概是真心地觉得这是好名字,但这反而让人更不好受。更何况他大概算是知识分子吧,或许,这比狄亚拉的性质更为恶劣。

"我非常理解矢岛小姐的辛苦和羞耻。的确,会对戏弄感到不甘或者憎恨父母吧。我也是一样。就在十五岁的那一天,我为了改名字而向家庭法院提交了申请。但是没能改过来……一直过了很久,我才原谅了父亲。"

戴安娜想象着幼小的少年不律。他那惧怕向人介绍自己、嫉妒着同学们平凡名字的每一天。虽然对他感到抱歉,但是戴安娜突然觉得有一缕光从意想不到的地方射了进来。漫长的时间里只由她一人独自承担的痛苦,终于在今天迎来了能够一起分担的对象——彩子也好,狄亚拉也好,武田也好,他们固然对戴安娜温柔以待,但都从未能如此深刻地理解戴安娜。

"父母和儿女彼此都遭了不少罪呢。不知为何,我总觉得,会给孩子起这种奇怪名字的父母,大多是不太擅长表达自己真实情感的人。"

那个能说会道的狄亚拉不擅长表达自己的情感?戴安娜对从未想到过的这个想法感到疑惑。笨拙又迟钝的总是自己,戴安娜一直如此坚信着。

"那个……太谢谢您了。毫不隐瞒地向我说出这么大的秘密……"

"毕竟在奇葩名字这方面,我是长辈嘛。请你吃个饭之类的什么时候都可以哦。"

田所先生不知为何显得有些高兴,低声哼起了小调。

"鸥外的书我只看过《舞姬》和《性欲生活》。我比较喜欢他的女儿森茉莉。"

"是这样吗?还真是很像矢岛小姐你会喜欢的作者。那么,下次一起去吃通心粉吧。"

戴安娜不小心喷出了口中的茶水。不知为何,在森茉莉的《枯叶的寝床》中出场的美少年把意大利面叫做"通心粉",这样的名字莫名平添了几分美味,戴安娜第一次读到的时候甚至咕嘟地咽了口水。田所先生和通心粉,这简直是世界上第一幸福的组合。戴安娜的羞耻感消失殆尽。从未品尝过的柔软的甘甜在口中扩散开来。

* * *

和传闻中一样,小田急电铁的片濑江之岛车站被建成了龙宫的样子。

彩子曾有几次跟着家人一起来江之岛旅行,但每次都是坐着父亲开的车,所以,这还是第一回看见车站的模样。一出检票口,迎面便吹来了潮湿的海风。像是收到了信号一样,榎本学长极为自然地牵住了彩子的手指。彩子的身体猛然变得僵硬,一边告诉自己这没什么,一边若无其事地向身旁延展开来的沙滩望去。好久没见过海了。因为是工作日,海边的游客并不太多。这里海浪平稳,日光宜人。

"我说啊——今天要不要就干脆住在这里算了?"

"嗯……爸妈不知道会说什么啊……"

彩子含糊其词地敷衍之后,榎本学长便毫不掩饰地露出了百无聊赖的表情。每当海风吹来,他就神经质地去抚平精心整理的发丝。从V领针织衫里露出的脖颈粗壮结实,完全就是个大人了。但做着这种动作的时候,看起来还根本是个小孩子。

"彩子在这种事情上还真是不配合啊……不过,算了,这也是彩子的优点就是啦。"

幸好没扫了他的兴,彩子松了口气。这样眺望着大海,彩子不禁想起了戴安娜。戴安娜母亲的老家好像就在这附近。现在她会在那里做着些什么呢?已经见到她的外祖母了吗?和那个武田在交往了吗?

今天是和学长的第五次约会。另一个自己正冷眼俯视着这难以置信的一切。漫步向波光粼粼的青蓝色海洋,不知从哪里传来了章鱼烧的香气。工作日的海滩自由悠闲得让人害怕。

那件事之后,彩子一步也不想靠近砂糖的活动室。虽然哭到睡着的自己软弱得不可原谅,但恐怖和厌恶感却不由分说地压倒了这一切。在学校里遇到从林荫道的那一端走过来的榎本学长的时候,彩子怕得双腿发抖,脑海里一片空白。然而,他却一动也不动,神清气爽。

——彩子！好久没看见你了，我好担心啊。你怎么了？

　　他这样说道。一切都只是不会喝酒的自己因酒精造成的幻觉而已。彩子几乎都要这么相信了。如果真是那样，那该多好啊。不，就该是那样才对。回过神来，彩子正极其平常地向他微笑。从那之后，就没能拒绝过他的邀请。连砂糖的聚会也会定期出席。一开始简直紧张得想吐，甚至直到现在，手脚也还会偶尔发抖。

　　那绝不是强奸。因为，强奸犯怎么会邀请受害人约会呢？受害人又怎么会和强奸犯一起眺望着海面呢？更何况还是在江之岛这种地方。每次增加约会次数的同时，彩子就这样说给自己听。

　　两个月的时间里，彩子已经把榎本学长的喜好摸得一清二楚了。彩子本来就善于观察别人，再加上自身的努力，这种事情对她来说易如反掌。自从把让榎本学长迷上自己、让他珍视自己当做第一要务之后，彩子便自然而然地决定好了接下来要做的事情。只要把白色或者茶色之类颜色毫不张扬、剪裁松松垮垮、布料材质可疑的衣服穿在身上就好了。着装要点在于，既要保留一点大小姐的矜持味道，又要借由短裤或者迷你裙露出健美的身体，因为榎本学长喜欢有美腿的模特和演员。彩子染亮了头发，开始学着化妆。与此同时，她真切地感受到学长看自己的眼神变了。榎本学长虽然是流连在脂粉堆里的虚伪男人，但根本上却是从附属中学直升大学的保守小少爷。虽然彩子也知道父母对自己的服饰选择毫不赞成，但这种程度的阻碍在彩子看来完全不值一提。那些人现在已经没有保护彩子的力量了。

"都到这里来了，我认为早就瞒不住了……"

到了沙滩，榎本学长温柔地捋起彩子的刘海，弯下腰凝视她的眼睛。终于到了这一刻。彩子像是祈祷一样在心中默默许愿。拜托了，请 定要说出那句话。

"虽然现在才说有点奇怪，你能和我交往吗？"

眼泪扑簌簌地淌下来。太好了——这样一来，那天晚上的事就不是事故了，就不是强奸了，而是你情我愿的事。记忆也能重新改写了。榎本学长是喜欢彩子的。就连彩子自己，说不定其实也是喜欢榎本学长的。彩子全身心都放松了下来，她感到无比安心，对榎本学长也更加依恋，这一定就是恋爱了吧。即使全世界的人都不承认，彩子也决定选择相信。

"那个时候对不起啊，好像是强求了你。"

突然间，呼吸都变得困难起来，彩子轻轻捂住胸口。这个男人毫无一丁点儿恶意啊。就用这样轻浮的话，就能把那件事糊弄过去吗？要是想道歉的话，就再有诚意一点啊——跪在沙子上磕头——一股热热的东西涌向喉头，彩子用力握紧了双手。彩子知道，她的膝盖在发抖。与此同时，一种奇妙的成就感也随之涌上。事情正在按照彩子设想的那样发展。只要把这个男人拴在自己的身边，那件事也就能当作没有发生过了。自己不是他的"受害人",而是他的"女朋友"。彩子脱下凉鞋,把脚尖浸入冰凉的海水里。任由那个男人兀自解读她的沉默。

"因为彩子可以说完全就是我的理想型啊。"

"我是理想型……吗?"

这种事彩子早就知道了。因为彩子正是按照他的喜好打造这个女人的。她做出茫然的表情,轻轻嘟起嘴唇。

"虽然看起来是在游戏人生,但其实我啊,喜欢自一而终的女孩。"

彩子歪过头,嘻嘻地笑了。彩子知道,自己微微噘起的淡粉色嘴唇已经成功吸引了学长的视线。游戏人生是什么?不过是一群不懂得人间疾苦的公子哥极尽强权之能事,让同级生和后辈们被迫屈服于其淫威之下罢了。说到底,你又了解我什么呢——?彩子心中燃烧着的是足以把血肉烤焦的愤怒。到底要把她践踏到什么地步才肯满意呢?从那天晚上开始,彩子的心就一直是裂开的两半。但现在,海风劲吹,彩子仔细打理的发卷在风中摇曳,她那一半的心脏也像是波浪荡起的涟漪一般,飘飘摇摇地消失了。此刻,彩子并不想记起昨晚和父母的争辩。

"爸爸和妈妈都对我保护过度了。社团里还有门禁的人只有我一个人了。"

"爸爸和妈妈都很担心你呀。最近你又这么奇怪,你怎么了呀？我和你爸爸也不是为了让你去玩才送你进大学的。"

彩子觉得，归根结底，父母只是为自己逃离了他们的庇护而发怒。最近，彩子常常过了门禁时间才回来，而父母对她已经基本上放任自流了。对于现在的彩子来说，父母也好，上课也好，这些都远比不上与学长在一起重要。让前辈喜欢自己才是当下最重要的事情。十八年来，父母一起守护着彩子，近乎顽固地让她远离一切丑陋和肮脏的东西。他们只让彩子的身体接收最好的食物，给她最好的环境和教育。但是，作为这种教育的结果，彩子却失去了怀疑别人的能力。她不知道在酒席上该如何若无其事地应付他人，甚至也不具备怒形于色、和敌人正面对抗的能力。

将这一切怪罪于父母并不合乎逻辑，这点基本道理，彩子其实是知道的。但不这样做的话，彩子甚至都没办法对学长微笑。潮水又漫向岸边，彩子夸张地发出一阵笑声。榎本学长不失时机地摸出手机，照下了两人的身影。手机屏幕上的那对情侣看起来无比幸福，彩子决定接受这样的未来。眼前的一切才是最重要的，这对亲密的男女是真实的。

"决定了。我，还是住在这儿吧。"

彩子的语气强硬得不容分辩，她翻起眼珠望着面前的男人。今年的夏天一定要过得愉快，无论付出怎样的代价。

＊　　＊　　＊

戴安娜从床上跳起来，慌慌张张地奔向洗手间。终究还是一不小心睡过头了。她看到起居室的桌子上有什么东西在一闪一闪的，便顿生一种不祥的预感。没过多久，她便发现了一个可怕的事实——自己几乎熬夜到凌晨、花了大量心血做出来的四张海报被镶嵌上水钻和人造水晶，已经被荧光笔装饰得花花绿绿了。戴安娜几乎要哭出来了，她大声喊道"够了！"这样的话，不就和狄亚拉的美甲一样了吗？

"我真不敢相信。你为什么要做这种多余的事？"

"哎呀，做得不好吗？我还挺努力的呢……"

狄亚拉一边说着，一边满不在乎地用毛巾卷起刚洗过的头发，嘴里嚼着微波炉热好的冷冻土豆泥。这就是她的早饭了。

"这是肯定的啊。把我好不容易做好的海报折腾得像不良少女一样刺眼……难得田所先生不嫌弃我只是个打工的还让我画海报……"

《秘密森林里的戴安娜》《阿莱蒂公主》《肢体残缺的女孩》《漫长冬季》……不愧是"办公室女郎也能愉快享受的少女小说展览会"的策划人田所先生。戴安娜十分满意田所先生选择的书籍，她非常高兴，干劲十足地设计了文案和排版，但现在，那一切都化作泡影。

"哼嗯，田所先生啊。"

看着狄亚拉笑眯眯的样子,戴安娜咬紧了嘴唇。又是从武田那里听到什么八卦了吧,真搞不懂这些家伙的脑袋里整天都在想些什么。

"我觉得做得显眼一点比较好啊。毕竟是面向女孩子的展销会吧?要是卖不出去的话多不好啊。所以啊,现在用的营销方案是不行的。我工作的那家店也是哦,会举办COSPLAY之夜之类的活动,下了好大功夫呢。"

别把神圣的书店和夜总会相提并论!虽然想这样大喝一声,但戴安娜已经连辩驳的力气都没有了。一切都完了,现在开始重新做也来不及了。戴安娜无计可施,简单收拾了一下,把头发梳成了一条马尾。她把玉米片就这么抓到手里,咔嚓咔嚓嚼几下便粗粗咽了下去。因为不用化妆,五分钟不到便整体妥当了。戴安娜抓起书包,向玄关跑去,像是突然想起什么似的,回头向狄亚拉问道:

"那个,我说,之前说的那件事。假如,我是说假如,狄亚拉和服部萤一先生他……"

"所以我都说了,就是这么回事啦。你要相信我啊。"

"那么,狄亚拉被他的什么地方迷住了?"

"哎呀,真让人害羞。直截了当地说就是,被他紧紧抱在怀里的时候,我就想着,啊,旅行终于结束了呢。"

那算什么。戴安娜沉下脸来。反正肯定还是狄亚拉随便从喜欢的西野加奈或是滨崎步之类的人的歌词里照抄的情节吧。最近狄亚拉就喜欢这个老生常谈的调调,有时还会动真情地掉眼泪。那遣词造句让人根本没法相信她过去也曾经是文学少女。区区谈了个恋爱就以为自己的梦想和目标便都就此达成了,依赖过度而又枯燥无聊。

但是,当戴安娜犹犹豫豫递出海报时,田所先生的反应却和预料中的截然相反。

"嗯,很棒啊。在吸引眼球的同时,也传递了世界观。我可想不出这样的创意啊。我看看,这是串珠吗?"

"是这样吗?花里胡哨的,不会有损这家店的格调吗?"

"可以把这个拍摄下来,让做编辑的朋友也看一看吗?那个人编辑的杂志上有个刊载书店店员做的海报的专栏。我觉得他一定会喜欢的。"

看来海报暂且算是被田所先生接受了,戴安娜松了一口气。一大早,后院仓库只有戴安娜和田所先生两个人,戴安娜有一种来到他家里做客的错觉。

"啊,我一直想着要给矢岛小姐看呢。来,看这个。"

田所先生递出一张褪色的照片。照片是在书店的一角拍摄的,年轻时的田所先生和一位岁数差不多的纤弱男人站在一起。田所先生要比现在稍微瘦一点,但眼睛和温柔的表情丝毫也没改变。

"这个人就是服部萤一先生。很帅吧。哈哈哈,我看起来比真人还胖不少呢。不过反正我一直体型就是这样……他好像比我大两岁吧。诶,怎么了吗?"

如果不好好对他说明的话就会被认为是奇怪的女人了。戴安娜在微微地发抖。服部萤一和那天在"赫拉克勒斯"偷看的照片上的男性是同一个人。一切谜底都解开了,但戴安娜已经不知道自己到底是该高兴还是悲伤了。她只是把视线死死地盯在照片上。好不容易,她说出话来。

"父亲……我,不知道父亲的样子。但是,只是、只是……一次就够了。我希望田所先生能像对待客人一样,来为我挑书……"

看到田所先生有些不解地递出纸巾盒的样子,戴安娜总算是察觉到自己的眼泪和鼻涕正在止不住地往下流。戴安娜慌忙抽出纸巾,把它按在脸上。好想有一个依靠,戴安娜不由得抓紧了田所先生的手腕,然后不知不觉就滑到了他的两臂之间。被他抱在怀里了。被血亲之外的人抱着,而且是个异性。那感觉又温暖,又柔软。她简直想就这样沉入深深的睡梦中。

"我就像是你的爸爸一样。"

田所先生好像有点害羞地笑了,手掌"咚咚"地拍抚她的后背。和一个人在一起竟然是如此地安心,戴安娜出生以来第一次有这种感觉。想要好好体味这份情愫,多一点,再多一点,想把这一切都变成理所当然的事情。戴安娜因这突然萌生的近乎贪欲的感情而困惑。其实她早就有所预感,在这世界上能够畅快呼吸的所在其实很多。而面前这温柔又宽阔的身体,正是戴安娜一直在寻找的归处。

虽然感到羞耻,虽然不想承认,虽然是老生常谈中的老生常谈。但现在这一刻,"旅途结束了"的感觉确实深入到了骨髓里。田所先生的围裙散发出阵阵书香的气息。

* * *

解开诅咒的魔法咒语——

翻开花里胡哨的女性杂志,这样的言辞跳进了彩子眼里。彩子的视线被这篇文章吸引,再也不能动弹。她正打算在大学小卖部的杂志区站着看一会儿书,借以打发聚餐开始之前的时间。砂糖的活动几乎都是聚餐。一个不留神,亮太就说不定要对哪个小姑娘下手了,所以彩子只好尽可能多地出席活动。

"书店店员力荐书目～本月海报名人～"

看起来好像是介绍书店里那些吸引眼球的海报的连载,似乎绘制海报的作者也会出场。这个月被采纳的就是那张《秘密森林里的戴安娜》。海报上色彩丰富的水钻和人造水晶光辉闪耀,看起来简直如同珠宝首饰。闪光的金丝笔写下的文字像是在舞动的精灵。

"解开百年诅咒的魔法咒语。
每个女孩都应当知晓。

无关年龄的儿童文学,

你不能错过的关于希望和自立的故事。

Girls, Be Ambitious☆!

读过之后,你也定会爱上戴安娜。"

  毫无疑问,登载在文章旁边的照片就是自己小学时代的友人——矢岛戴安娜本人。与戴安娜已有多年不见,她依然还是那么地美丽。榛子色的眼瞳,尖尖的下巴,一切都和当年一模一样。戴安娜鼻梁笔挺,眉型清爽,似乎一下子成熟了许多,颇有女人魅力。她脸上露出略带羞赧的笑容,那是彩子迄今为止几乎不曾见过的笑容。至少,在自己之外的人面前,戴安娜应该从未露出过这样的笑容。戴安娜大概是终于可以打开心扉,尝试和他人接触了吧。说不定她正在和某个人谈一场美妙的恋爱。毫无疑问,戴安娜正凭借一己之力在正确的道路上一步一步前行。如果是过去的彩子,该多么为她感到自豪啊,一定是像发生在自己身上一样,真心诚意地替她高兴吧。

  但是,现在却——彩子轻咬朱唇,合上杂志,回到了书架旁。因为名字奇怪而被欺凌,无法升入想去的学校,这样可怜的戴安娜现在却振翅高飞,跨越了命运的诅咒。然而,彩子却终究无法拥有那份坚强。彩子知道,戴安娜无比羡慕自己所处的环境。是的,自己一直太被眷顾了。但是,自己到底是从什么时候开始懈怠了呢？自己到底哪里做错了呢？说到底，彩子抓住的这个名为大学的系统，既不是为了保护学生，也不是为了培养学生。当然，大学里也有很多有意义的课程，但要选择什么、深入到何种程度，却全是依靠个人的判断。对于迷茫的人而言，这里不过是个巨大的箱子。如果彩子现在马上离开这里，会有哪怕一个人为她感到悲伤吗？她到底是为了什么才到这里来上学的呢？不惜让父母费心，不惜大把地花钱，甚至不惜扼杀自己的心灵……从未向任何人说出口的这个疑问，在彩子的心中无声地燃烧，为了寻求出口而逐渐发酵。

归根结底，自己并不是什么有出息的人。彩子一如既往地如此定论。以前的执念不过是一时的心血来潮。从根本上讲，彩子是贪于玩乐、耽于恋爱的人，只要有了男朋友，其他什么都可以不要。她不过是平常的轻浮女人，只是周围的人没有察觉而已。上男女共校的大学只是因为想接触异性，而她心中憧憬的"塞茜尔"也不过只是个耽于享乐的中产阶级。直到高中为止的彩子都不过是她伪装的样子。美影肯定是早早察觉到了她自己的这种天性，所以才从山之上女学园退学的。而彩子和她也并没有太大的区别。这么想就可以安心了。一定要是这样才行！彩子几乎要流出泪来，这样诚恳地祈求着。

"诶，难道是彩子？"

在小卖部门前听到有人叫自己，彩子回过头看去。

是沙耶香。最近几乎没怎么见过她了。

"诶,没认出来是你。你好像变了很多啊。你现在还在砂糖吗?"

沙耶香把彩子从头到脚仔细打量了一番。茶色发丝色泽明亮,松松软软地在肩膀处摇晃,造型模仿的是亮太喜欢的某位艺人。一身白色外套披上毛领前襟,迷你裙和长靴搭配得恰到好处。和亮太一起看女性杂志时亮太说过喜欢的款式,彩子都悄悄地买来了。

"哎呀——没想到彩子居然还蛮适应砂糖的。你看,那里不是个挺有名的性交社团嘛。"

"性交社团……这是什么传言啊。"

"就是灌不会喝酒的女孩子喝酒,然后强奸她呀,大家都这么说。教务处都开始调查了。"

"不是呀,要是照你这么说的话,基本所有办活动的社团都是不三不四的社团了吧?况且,那些女孩喝醉了之后被强奸也是自己的责任吧。不管被谁做了什么事都没资格抱怨啊。"

彩子的回击铿锵有力,她知道沙耶香退缩了。彩子轻佻地撩起刘海,但实际上,从刚才开始,她的太阳穴就开始扑通直跳了。这女孩该不会把一切都看穿了吧?会不会想趁机套出彩子的话,拿彩子取乐呢?彩子拼尽全力装作不动声色的样子,尝试着切换话题。

"沙耶香,你现在在哪个社团?"

"嗯……虽然聚餐还是有去,但还没决定加入哪个社团。大学社团呢,我觉得在里面挺幼稚的,我不太擅长这个。"

你不才是失败者吗——彩子轻轻扬起下巴。她也听到过一些关于沙耶香的传言。流连于各色社团,向男人出卖美色,不交部费只是去美味的餐厅讨白食吃。如沙耶香一般的女孩子,即使起初被人推崇,也很难真正被社团这种小文化圈子接受。越是百花丛中过的男性,就越要求自己配偶的体贴贤淑。彩子脸上浮起轻薄的冷笑,目送沙耶香的背影。即使早一分一秒也好,她想尽快忘掉刚才和沙耶香的对话。她拿出手机,贪婪地凝视着从夏天起就未曾更换过的待机画面,那张照片中是对看起来很幸福的情侣——没关系。亮太和自己看起来像是一对情侣,那么就的确是一对情侣。彩子的呼吸变得轻松了。就连亮太,过去说不定也曾经玩过那种把戏。自己大概也不是第一个被他灌醉然后骑在身上的女孩子。虽然只要想到这一点,想吐的感觉就一阵一阵地往上涌,但耳听为虚,只要看不见,就和不存在是一样的。只要花点时间把他改造成正经的男人,之前的一切就可以一笔勾销。现在他也的确只在意彩子。只要彩子对他撒娇说想要两个人独处,想必他也会和社团成员保持距离吧。一切都是彩子可以通过努力得到的。

这周末和木村先生那一对情侣约好了四人一起滑雪。砂糖隐退的前辈介绍了打工机会,彩子的钱包因此充裕了不少。现在的彩子,不要说写报告的时间、看书的时间,连自己一个人不慌不忙地慢慢思考的时间都没有了。但是,彩子觉得这也不错。

彩子仰头望向从教学楼门口延展开来的林荫道。直到不久之前还是金色的银杏叶已经彻底掉干净了,纤细的树枝寂寞地摇晃着。

再过几个月,校门口的樱花就会再度盛开。会有一大批新入学的女孩子们涌进来。她们怀抱着对大学生活的期望,顶着一头土气未去略显沉重的头发,穿着一板一眼的私服,背负着家人和母校的期待。她们刚刚从漫长的应试学习中解放出来,心中满怀希望,似花苞齐放充盈于胸。她们疏忽大意,危险重重,惹人爱怜。看到那些青春的面孔,自己的心脏一定会被刺痛吧。但是,彩子绝不想回到那个时候,她也绝不能这么想。不论形式如何,亮太和自己已经被联结在一起了。既非好也非坏,既非对也非错。爱着亮太与被亮太所爱已然是彩子生命中的全部。她想起了昨晚在房间里听到的木村对亮太所说的话。

"马上一年级新生就要入学了,你小子马上又要出手了吧——不过嘛,这也是咱哥几个每年的惯例嘛。"

绝不能让他们得逞。彩子不仅不会放手,也不会允许亮太用看自己的眼神去看下一级的学妹。如果这段关系破裂了,魔法将会解开,那晚的一切都会立刻变成一场噩梦。彩子咬紧嘴唇,默默地告诉自己,一定要坚守住这条底线,无论付出任何代价。

直到现在,彩子都还清楚地记得戴安娜解开诅咒的方法。但是,现在的她根本无法亲力践行。如果鼓起勇气去尝试,反而会使伤口变大。那么,不如先和诅咒和平相处,暂且如此踌躇。对于现在的彩子来说,诅咒,是与她相伴的唯一好友。

彼时,彩子的大一生活也逐渐进入了尾声。

6

太阳高高挂起,林荫道上的绿叶散发出阵阵草木熏烤的香气。

刚到五月,空气中已然夹杂着三伏烈日的浓烈气息。身上的正装早已汗流浃背。到了大四,学分已基本修完,毕业论文开题时的那份斗志也早已荡然无存。时隔两周,神崎彩子又一次来到了壮生大学。新建好的大型图书馆上的红砖反射着阳光,发出耀眼的光芒。林荫道两旁宽广的草坪上,随处可见聚在一起忘情畅谈的学生。

这是多么得天独厚的优越环境啊。彩子仿佛是一位局外人一般,沉醉于此情此景。这里被如此悉心呵护,只要一心向学,便可汲取到无穷无尽的知识。在如今的日本,这样的地方已然并不多见。只要有心,本可度过更加充实的校园生活啊。哦,不,不,大概也没有人像自己这样虚度了三年光阴吧。春日赏花,冬日滑雪。每周有一半时间用来做社团介绍的兼职,担任一些活动的工作人员。然而,挣到的钱却全都打了水漂,花在了旅游、吃喝以及约会上。身旁常有恋人在侧,拜其所赐,在找工作上也慢人一拍。

"彩——子学——姐。"

循着这甜到发酥的声音,彩子看到砂糖的低年级女生们正在向她挥动着纤纤细手。如众星拱月般,亮太、木村会长以及其他几位元老人物被簇拥在女生中间。亮太的身边站着一位容貌清纯的女孩。他掐了一下她的上臂,正旁若无人地调戏着她。如今,彩子对这样的事情已经有了免疫力。倘若对这种程度的不检点都一一介怀,身体可是会吃不消的。况且,如若在此时公然暴露自己的情感,也未免有些略失风度。

"哎呀,彩子,怎么了呀?找工作不是应该早就结束了吗?"

亮太用和昨晚在宾馆里抱紧彩子时完全一样的语气问道。虽然亮太留级了一年,但是身为大型保险公司社长的父亲通过关系让他得到了电视台的内定。此时的亮太宛如贵族,周身散发出高贵优雅的气息。

"嗯,今天是内定人员联欢会,所以也穿了正装。"

"哦,对了,你看,这女孩儿怎么样,很可爱吧?她是文学部一年级的三阪有纪。怎么说呢,和以前的你很像呢,在新泻有名的贵族小姐学校上的学。"

这么说着，亮太颇为骄傲地一把搂紧女孩的肩膀。彩子清楚地知道那女孩正绷紧了整个身体。虽然只有一瞬，但女孩脸上的那丝不快并没有逃过彩子的眼睛。没错，那女孩只是为了避免破坏气氛才没有直接拒绝。毕竟，在这个偌大的校园里，被孤立实在是太可怕了，她也难免会去讨好那些有权势的男人。哎，想来真是可惜，就在两个月前，那女孩还是集家人和同学们的期待与信任于一身的优等生，如今却……想到这里，三年前那封存在记忆深处的记忆渐渐萌发出复苏的迹象，彩子有些慌张，便匆匆忙忙把视线从两人身上移开。

"有纪在迎新会上非常引人注目，她可是那种稍稍打磨就能大放光彩的可人儿呢。彩子你毕业之后，大家都很期待她能入选下届砂糖女孩。她一个人从新泻来念书，这里也没什么熟人，所以呀，我们要像家人一样照顾她才是。"亮太故意提高了嗓门，轻轻地拍了一下有纪的额头。

亮太自然知道，他刚刚说的话会像看不见的波纹一样荡漾到周围低年级学生的心里。在砂糖拥有权力的男生们都会得意地优待那些中意的低年级女生，在不经意间利用女生们的嫉妒心让她们争风吃醋。彩子虽然是拥有三百人之众的砂糖的特权阶级——傲视群芳的"砂糖女孩"，但是却连可以敞开心扉说话的女性好友都没有。男生们筑起的无形隔膜和等级制度确实让彩子她们变得雍容华贵，但却不会让她们亲密丝毫。这时，有纪突然睁大了那双明眸,开始不住地称赞起彩子来。

"彩子姐姐真是个美人……现在终于知道亮太学长为什么那样以你为豪了呢!你和亮太学长都交往三年了呀,真是了不起,好让人羡慕啊。"

宛如剧本的说辞……曾经的自己也是这样吧,为了不让别人讨厌自己,拼命地说着那些早已准备好的客套话。面对突如其来的不用穿校服的生活,也曾感到困惑迷惘。穿上母亲买来的硬质布料的方格百褶裙,怀着附庸流行的心配上一件完全不搭调的松垮衬衣,风格一如眼前的少女。

"不好意思,我呢,要去登记一下内定公司的信息,现在必须要去一趟学生事务处了。下次再聊。"

彩子将亮太和有纪抛在身后,一溜儿烟朝旧校舍跑去,擦得锃亮的浅口鞋扬起了小路上的沙粒。所以说彩子才不喜欢迎新季。明明还不习惯玩乐,却要拼命去迎合周围的人。看到这些后辈,彩子心中总有些异样。想到再过一年就不用再和这些人有任何瓜葛,彩子便顿感安心。不想再要这些轻浮的交情了,当一个正正经经的公司员工,和亮太稳定下来,慢慢发展关系就足够了。对于彩子来说,和亮太的关系就像水和空气一样重要得理所当然。和其他男生从零开始重新发展,她嫌麻烦,更觉得恐惧,单是想想就能让她惊慌失措。这三年下来,唯一确切得到的也就只有亮太了。虽然并没有和他规划过未来,但必须和亮太这样一直走下去,彩子心中已然有了这种近乎觉悟的想法。

三年间,彩子也就只去过一两次学生事务处。工作人员脖子上挂着身份卡,整齐地站在像银行一样的服务台前,接待着办事的学生。在他们每个人的头顶上都挂着写有"学分·必修""生活指导""学费""就职"等字样的大牌子。在"就职"窗口说明自己取得内定之后,女性工作人员会提供一张登记表。彩子站在摆放着笔、固体胶、印泥的服务台边,登记上企业名和部门。四月过了,仍然没找到工作时,彩子无比焦虑,终于还是跑到了木村面前哭诉。木村虽然还是个学生,但是实际上已经年过三十,在各行各业都有着自己的人脉。他把人事部的学长介绍给了彩子,彩子才终于拿到了内定。这是一家大型信用卡公司的分公司,薪水高而且福利好,条件绝对不差。"绝不能贪心",彩子要求自己无论多困难都要接受这一份工作。虽然成为编辑是自己高中起便怀有的梦想,但是无论多努力最终还是止步于二面,彩子实在也是无能为力了。

父亲在大型出版社工作,直到退休一直担任主编一职,但在找工作上却没有给予彩子任何帮助。彩子感到十分愤慨,终于在上个月顶撞了父亲。

"爸爸,为什么?为什么你一点也不帮我?身边有很多同学都通过父母的帮助拿到了内定。"

随着年龄的增长,父亲那张消瘦刻板的国字脸显得更加严肃,他教诲似的回答彩子:

"出版业的未来并不光明。尽管如此,那些有志从事此行的学生为了渡过难关,很早便开始准备了。他们努力学习,抱着坚持到底的决心迎接考试。所以说,在这个经济不景气的时代,出版业是个千军万马过独木桥的行业。确实我是严厉了点,但这也是为了彩子你啊。就算通过关系拿到内定,但最后痛苦的一定是你啊。你好好想一想,在这个年代靠实力取得内定的同期社员,以后你会和他们一起工作,那得多辛酸?"

银白色的刘海下,父亲那双眼睛里充满了悲伤。这样看来,彩子在父亲眼里也就是个什么也不会去想,整天吊儿郎当、得过且过的女大学生了。彩子紧锁朱唇,满含泪光的眼睛怒瞪着父亲。不是无言以对,而是不想辩解。在砂糖度过的每一天,表面看起来光鲜快乐,实际上却是令人无比心碎操劳。那些咬紧牙关、全力奋斗的日子,父母从不曾有丝毫察觉,他们只看表面。彩子曾经是让家人骄傲的优等生,进入大学之后,却完全变成了一副花里胡哨的模样,从那时起,家人对她便只有冷眼相待了。从父亲打她耳光的那晚开始,两人间就一直横亘着一条看不见的深沟。

"抱歉,我,会一直待在这里,直到你们肯受理为止!"

这似曾相识的粗犷嗓音让彩子停下了手中的笔。周围的学生顿时安静下来。战战兢兢地抬头一看,一个身着刺绣夹克的高大男子正站在"生活指导"窗口前,背对着彩子。窗外射入的阳光下,男子的一头金发和背后的升龙图案犹如火焰般熊熊燃起。

"只要是有关学校生活的事,都可以商量。这是在网站上写的吧。这些海报上的内容都是骗人的吗?"

男子一边说着一边用粗壮的手指指着墙上的海报。遭了这男子的突然袭击,彩子的视线便再也无法离开海报上的标语。自己明明已经很努力地尽量不去注意它了。

上面写着这样一段话:

"您受到性骚扰了吗?譬如说在聚餐时被人灌酒,或者受到性方面的侵扰。只要您感到有丝毫异样,那就不要一个人忍气吞声,欢迎随时来找我们。从校内选拔出的优秀工作人员将会一查到底,并严格保护当事人的隐私。根据要求,我们还可以提供免费的咨询服务,或者安排女性工作人员为您服务……"

自从在迎新活动时进入砂糖以来,彩子一直顽固地逃避着外面的世界。如果在一年级的时候就鼓起勇气跑到这里来倾诉的话,现在的她还会以这样一种心情站在这里吗?

"不过,这只是针对本校的学生……您没有学生证对吧?"那位女性工作人员的声音里明显夹杂着害怕。

男子非常不耐烦地歪着脑袋,转过头来。

那张脸几乎与小学时相差无几,一道强烈的直光迎面贯穿而来。

"诶,神崎?你不是神崎彩子吗?"

刚刚擦肩而过时并没有意识到,但是武田周身散发出的气场,从一开始便扩散到了各处。这是深入了解社会的人所特有的沉稳浓厚的气息。相比之下,周围的男生看起来就像孱弱的孩子一般。

"哦,原来是这样。你读的是壮生大学啊。果然厉害。"

他这不经意间说出的话,就像他工作的肉店里卖出的廉价菜一样,让彩子无法抑制心中的怒气。

"喂,这里的家伙完全不搭理我,你能不能帮我一下?你知不知道有个叫砂糖的社团?"

"我就在那个社团里……"

"不会吧,彩子你这种堂堂大小姐?在那种花里胡哨的地方?骗人的吧,这怎么可能!"

武田把眼睛挤成了一条线,眉间拱起了几道皱纹。

"包括其他大学在内,社员应该有三百多人,我并不是每个人都了解。"

"哦,那这样说来,可能不是你认识的那拨人。其实呢,最近,我高中哥们儿的妹妹碰到点事儿。她高中刚毕业没多久,现在在读短期大学一年级。上个礼拜和一群自称砂糖的人在涉谷附近的卡拉OK联谊。"

这意想不到的交集让彩子心中一震。武田从初中开始就和痞子厮混在一起,其交际面之宽完全超乎了彩子的想象。

"然后,这些家伙逼她一口气喝完,把她给灌醉了……趁她动弹不得的时候,还把她给绑了起来。就在差点被强奸的时候,她及时逃了出来。真是太过分了。"

武田的声音在脑海里大声回响,尘封良久的记忆喷涌而出。双腿间的黏黏糊糊的触感,亮太压在身上的重量,沙发的吱吱作响,还有那只有自己才能听见的身体支离破碎的声音。彩子好不容易才让自己平静下来。诸如这些事情在砂糖不过是家常便饭,这就像是新生的洗礼一样。也有女生因无法承受而选择离开,但是多数还是选择留下来。即便是像彩子这样和强行夺走她身体的男生一直交往下去的女生,在别处也是有的。彩子不想再深想了。她竭力挺起胸膛,微微抬起了下巴。

"这算是什么大事吗?参加联谊也没有人逼她去吧,喝酒也是她自己的想法吧。明明是自己想要找男人才去赴会的……和预想中的有点不同就要大吵大闹,真像个傻子。那个女孩本身也有错吧。"

"神崎,我觉得你是不是变了啊。我们都还是孩子的时候,每次矢岛戴安娜被戏弄,你不是都会挺身而出,为她争论吗?当时你身上的那种强烈的正义感,我其实并不讨厌的。"

武田失望的眼神,还有如今最不想听到的昔日挚友的名字。彩子咀嚼着深深的挫败感,仿佛全身腐烂生锈一般,皮肉一块块斑驳脱落。

"假装是学生做了些出格的事情,把加害人和被害人的关系搞得非常暧昧,这种做法不才是最糟糕的吗?我想一定有很多这样的女孩子,她们因为太不想承认自己是受害者,所以便继续待在社团里强颜欢笑,假装过得很开心。即使不是朋友的妹妹,想想那些女孩子的心情,我的心里也会感到针扎般的痛。我一定要把参与的人揪出来,让他们说明白到底发生了什么。如果需要的话,我也会让警察介入,这才合理对吧。啊,对了,我可没想过光靠学生的力量解决问题。"

武田的声音响亮有力,彩子知道,身后的工作人员已经听得脸色发青了。真想塞住自己的耳朵。已经不想再待在这里,不想再听到他的声音了……

"你是不是脑子坏了?你以为这里是什么地方?这里是大学,壮生大学好吗?在这所日本无人不知的著名私立大学,就在这里,怎么可能会发生那种事?正因为这样,你们这种人才让人讨厌,像你和戴安娜那样高中毕业连大学都没上的人……你们这些混混!"

一口气说出这些话后,彩子丢下瞠目结舌的武田,逃离了学生事务处。不能去想。刚才听到的一切都必须全部忘掉。好想回到那片草坪里。只要待在亮太身旁,只要继续和伙伴们一起打闹玩耍,就可以忘记现在的所闻所见了。是的,这一切全都可以当做没有发生过一样。

就像在聚会时被硬灌下去的廉价香槟里的泡沫一样,让这一切马上消失吧。

* * *

矢岛戴安娜觉得有些异样,可刚把手伸向光滑宽阔的额头,粘在头上的莱茵石就"吧嗒"一声掉落下来,那印迹活像印度女性头上的朱砂……在清晨阳光的辉映下,仿制钻石发出特有的光芒,戴安娜凝视了好久,才终于对上了焦。昨晚做海报的时候,自己多半是趴在桌子上睡着了。剪刀、裁纸刀、油性笔、彩色铅笔,还有戴安娜做海报时必不可少的材料——那闪闪发光的串珠、贴纸、蕾丝和小段的彩条,这些东西都凌乱地散乱在各处。

目黑线列车从窗户的正下方驶过,仿佛在催促着戴安娜一般,整个屋子都哐嗒哐嗒地晃动起来。戴安娜拿起手机,确认了一下时间。糟糕,十分钟之内再不出门就要迟到了……她洗了个热水澡,快速打理好自己。厨房的不锈钢灶台上随意横躺着封口大开的零食袋,戴安娜从里面抽出粗粮点心,一口吃下去,便急匆匆地跑出门。戴安娜跨上停在公寓旁边的自行车,猛地蹬了起来。口里的唾液已被粗粮点心全线占领,戴安娜差点就噎死在半路上。

在书店上班已经三年,今年终于升职,成为正式员工。虽然戴安娜并不擅长接待客人,但是在热心促销与销售业绩上,也算是备受好评。最近,出版社十分喜欢她制作的海报,把她制作的海报大量印刷,然后又分发给全国的各家书店,这一切都已变得那么理所当然。戴安娜不仅负责店里的博客和推特，同时还担任邻邻堂惠比寿车站大楼店的名著销售员，经常通过文艺杂志和女性杂志来介绍新刊。因为自己的名字比较特殊，戴安娜羞于在媒体前以真名示人。她负责的柜台名为"书虫"，得到田所先生的同意后，戴安娜在对外场合便都用自己的笔名"书虫"自称。为戴安娜慕名而来的客人络绎不绝，也不知从何时起，她的名牌上就直接写作了"书虫"。

五月的空气里夹杂着川流的气息，这本该匆忙凌乱的早晨，却让戴安娜萌生出一种要出去野餐的错觉。现在，头发还是湿漉漉的，等到了惠比寿大厦，头发就会被这和煦的春风吹干了吧。目黑线沿线的这间旧公寓是从去年年末开始入住的，骑自行车用不了十五分钟就能到达公司，房租又只有五万九千日元，这两点是最吸引戴安娜的地方。她非常珍惜这来之不易的安居之所，但是，每个月到手十六万日元的工资实在让生活过得十分拮据。穿过山手线昏暗的高架，列车开始爬上缓缓的坡道。

向田邦子、森茉莉、安井一美……少女时代，每次读到这些自己喜欢的随笔，戴安娜便会在脑海里描绘出"美好独居生活"的蓝图，而这一幻象却与现实相距甚远。在花瓶里插一朵小花，用当季的水果熬制果酱，挑选精致的容器，在垫子上绣幅刺绣，像这样惬意娴静的生活完全就是奢望。拖着疲惫的身躯深夜才能回到家，然而工作总是无休无止。每晚都会工作得筋疲力尽，回家之后,不仅要做海报,还要负责新刊校对、撰写展览会企划书等,工作永远无休无止。戴安娜只能每天靠着百元店的杂货、量贩店的家具以及便利店的蔬菜度日。戴安娜曾是那样地憎恶狄亚拉那种简单粗暴的生活,而现在却是无论如何也笑不出来了。相反,有时候,生活中一些不经意的场景会让戴安娜意识到狄亚拉的坚强和聪慧。山手线从身后驶来,超过了戴安娜。戴安娜有些生气,下腹发力,站在踏板上一阵猛骑。

在书店上班之后,有好几次看到那种过分苛责幼童的母亲。狄亚拉从未很严酷地对待戴安娜,也几乎没有对戴安娜发过火。狄亚拉每晚都工作到凌晨,没有任何亲人可以依靠,但她总是以微笑示人。印象里几乎没有她背过身去抱怨辛苦的场景。直到步入社会,戴安娜才了解到这是一件多么难能可贵的事。之所以只吃快餐或是小餐馆,也许不仅仅是因为狄亚拉不擅长做菜,更是因为和女儿一起生活让她片刻难闲。尽管如此,两人还是很难轻易和解。自从去年搬家时的那次吵架后,就再也没怎么见过狄亚拉了。

戴安娜把车停在公司指定的停车场,一边用皮筋绑着头发,一边穿过员工通道,乘电梯往七楼走。更衣室在距此较远的大楼里,但是邻邻堂的书店员工只要在单调统一的便服上围起围裙即可,所以更衣室几乎无人问津。戴安娜正在确认着上午要发出的刊物时,早会就开始了。

书店的戴安娜

"大家早上好,今天是我们引进东十条宗典先生的连载小说的日子,东十条先生全系列书籍的累计销售量已经突破六十万册了。我们将把这部连载小说放在收银台旁和新刊架上,大家要积极地向客户推销……"田所先生像平常一样,一边环视着十几名正式员工和兼职人员,一边沉稳地告诉他们销售的日程安排和营业额。"田所先生的那件条纹衬衣是新的。"戴安娜一眼就觉察到这细微的变化,脸上悄然浮起一丝微笑。这样的单相思已经持续了三年。每个月有好几次和田所先生共进午餐,但是两人并未逾越上下级的关系。比起关系升级后失去一切,戴安娜倒是觉得维持现状的好。面对田所先生,戴安娜什么都可以说。与母亲的关系,将来要开书店的梦想,甚至还告诉了他服部萤一才是自己的亲生父亲。最近,他们还时常叫上山木凉子前辈,三人一起去居酒屋吃饭。就连刚进书店时一向严格的山木前辈,现在也像忘却了十来岁的年龄差似的,与戴安娜相处甚欢。三人时而话话家常,时而谈论各自喜欢的书籍,气氛很是融洽。对从记事起便常常孤独自处的戴安娜来说,这样的时光简直美好得无可替代。

——说到底,狄亚拉只是想沉醉于自己的生活方式罢了。

戴安娜的牢骚滔滔不绝,狄亚拉却毫无反驳之意,只是安静地看着她。

——说什么是为了父亲好才抽身离开的,说什么自己只要躲在角落里就好了,说得像演歌里唱得那样好听。你不过就是个不敢主张自己权利和要求的缩头乌龟罢了。对于自己的未来,你也没有任何规划,脑子里只想着如何讨男人喜欢。就是因为你老是这么感情用事,所以才什么也得不到。到最后,连我也被卷了进去,我们两个人活得这么累全是拜你所赐。

得知服部萤一是自己生身父亲之后,戴安娜反而更加怒不可遏了。戴安娜能清楚地感知到母亲的怨气。然而,正是由于母亲狄亚拉那自以为是的决定,才导致自己出生在这样一个并不富裕的单亲家庭里。面对自己的质疑,母亲一脸平静,毫无动摇之色,这让戴安娜颇为恼火。

——可能你说的是对的,但是那个人当时真的是很痛苦啊。才十九岁就成了超人气作家,对于他的第二部作品,大家都翘首以待。如果大家知道他还有个老婆的话,他就要承受很大的压力了。我无论如何都不想从他身上夺走写作啊。本来他的心理就很脆弱,也没有什么朋友,和家人相处得也不融洽,很难想象像他这样的人能找到什么普通的工作……对他来说,写作就是生命的全部了。我只是想稍稍减轻一下压在他身上的重担。

但是,服部萤一现在不是封笔了吗?就算你不这样多此一举,结果不还是一样吗?就算是个无法写作的作家,或者是个神经脆弱的可怜人,但这又有什么关系呢？我只想让父亲待在身边啊。他能保护狄亚拉和我，甚至有时会帮我选书，戴安娜需要的只是这样一个平凡的父亲啊，为什么狄亚拉就是不能理解呢？

田所先生的一声轻咳把戴安娜带回了现实。

"早会结束。呃，虽然现在公布可能有点突兀，但是有件事想要告诉大家。我，田所不律和山木凉子小姐，昨天去办理了结婚登记。"

也不知是谁发出了一声惊叹，随后，人群中便掀起了一阵骚动。恭喜和鼓掌庆贺之声此起彼伏，淹没了整个书店。戴安娜瞪大了双眼。她感到身体里的血液狂暴地交织在一起，正朝着心脏喷涌而去。怎么可能。这，怎么可能……站在田所先生身旁的山木前辈满面笑容，那总是在眼镜下紧绷着的小眼睛也舒展出了一条温柔的弧线。此时，种种场景历历重现。田所先生与山木那旁人不经意间的眉眼传情，两人一起目送自己冲上末班车时的身影。一个个小小的"不可思议"就像星座一样缀连在了一起，它们发出耀眼的光芒，像针尖一般直直射向了自己。好想就地蹲下，好想蒙上眼睛！无论是田所还是山木，不，戴安娜觉得全世界都在嘲笑自己的天真可怜。忽然，戴安娜回过神来，却惊觉不知何时早会已早早结束了，而田所先生正毫无顾忌地站在自己面前。

"本来想早点告诉你的，不过，你一向直觉敏锐，应该早已觉察到了吧,况且,特意告诉你确实也有点让人难以启齿……"

现在才正应该是主张权利和要求的时候!眼窝深处热辣辣的,视野也开始扭曲变形。戴安娜咬紧牙根,抬头望向田所。

怎能像狄亚拉一样委曲求全,为他人作嫁衣裳!戴安娜深吸一口气,用力收紧小腹。田所不可能没有注意到这份心意。对于戴安娜来说,这段感情可是初恋。即便再没有恶意,也绝不能原谅田所。他单方面地夺走了戴安娜的心,现在却妄想悠然自在地和别的女人逍遥快活。本以为名字都奇怪的两个人能比别人更加心意相通,然而田所先生居然会被凉子这种名字如此普通的女人拐走,这比任何事都让人来气。是该对他恶语相向呢,还是应该顺势把多年的爱慕之情和盘托出呢……

"恭喜恭喜。你们两个真是让人羡慕呀。好事就是要趁热打铁,拖太久可不好。我们都有一个奇怪名字,作为妹妹,我为你感到高兴。"

戴安娜强颜欢笑,以极快的语速说道。她面前这张白白胖胖的脸上,略带羞赧的粉红色淡淡地荡漾开来。这样做不就和妈妈一样了吗?为了不被人厌恶,戴安娜最终选择了吞没真正的自我。然而,即便真的让毫无恶意的田所困扰,事情又能怎样呢?

戴安娜像逃跑似的冲入后院仓库,就像有很多事要做一样,故意表现出一副忙碌的样子。她把油性笔按不同的颜色整理好,把订购单按照出版社分门别类地摆放,再用彩色打印机打印出监控器拍下的小偷照片。戴安娜一直盯着其中的一张,照片上的男人吸引住了她的目光。因为戴安娜自己也曾有过被人误会的经历,所以她绝不能容忍偷窃行为。虽然因为画面粗糙而无法锁定盗窃对象,但是可以看出这是一个瘦高的中年男性。在前台,他很淡定地将期刊书《秘密森林里的戴安娜》放入挎包,然后离开了书店。这应该是昨天白天的事情了。小偷大多会选择最新的畅销读物或者人气动漫下手,而唯独这个男人瞄准了《秘密森林里的戴安娜》,这让戴安娜印象深刻。

那一天,为了避免出错,戴安娜便只做了些基本的业务。幸而上的是早班,戴安娜得以在天还亮时便早早下班,现在,这已变成了她唯一的救命稻草。如果一出书店便要被无尽的黑暗所笼罩,戴安娜怕是无论如何都无法迈开步子吧。五月傍晚的天空泛着白色的光,一轮夕阳渐渐下沉,抬头望去,不觉眼底又微热起来。自己今年已经二十二岁了,至今却还是处女之身。即便是在职场上稍稍引人注目,但这又有什么用呢?一到放自行车的地方,戴安娜便被一股强烈的想法打败了,这次一定要蹲下来,她需要救赎,需要释放!这个时候无论是谁都行,戴安娜只想找个人说说话。虽然有些踌躇,但戴安娜还是战战兢兢地拿出了手机。

"你怎么了?你竟然主动给我打电话,真是太阳打西边出来了。你最近好吗?"

狄亚拉那无比轻浮的声音,在此时却是那么地难能可贵。

"也没什么……就是想知道你现在在干些什么。不会又买了一堆乱七八糟的东西回家了吧?有没有好好吃蔬菜?"

因为撒娇才打电话给她,这样的愧疚感让戴安娜的语气在不经意间变得生硬粗鲁起来。其实戴安娜自己有时候也因为买了太多书而没有好好吃东西。

"……啊,那个,呃,哎。现在方便去你店里吗?"

听到这句话,狄亚拉发出惊愕的一叹。

"可以是可以……不过人家现在不在'赫拉克勒斯'上班了,在同一个老板开在五反田的'巴比伦'那里做妈妈桑。我把地址发到你手机,你看着地址过来就行,就在车站附近。"

电话那头挂断了,抱着略带疑惑的心情,戴安娜马上确认了收件箱的内容。五反田离家倒是不远,但从歌舞伎换到五反田工作,这对从事特殊服务的女性来说到底意味的是什么,这个年龄的她早已十分明了。戴安娜一边看着屏幕上显示的地图,一边踩着自行车,穿过五反田站的高架桥,驶入站前的繁华街。骑了不到十五分钟,戴安娜便到了靠近繁华街路口的这家小店。店里没有摆出招牌,灯也没有亮起。推开门,在昏暗的角落里,狄亚拉的金发闪闪发光。她的卷发夹别在刘海上,快要耷拉到肩上的针织毛衣和迷你裙看起来完全就像便装一样,那副打扮与在歌舞伎町时的华美装束全然不可同日而语。

"啊,你好早啊,七点钟才开门哦。你肚子饿了吗?我现在去给你做点炒面和酱汤吧。"

虽然说了不用,但还是被狄亚拉淡淡地无视了。狄亚拉也不怎么往自己这边看,悠悠地衔着烟,在吧台的角落里辛勤地切着菜。戴安娜再次环顾了一下这家小店。店里的设施很简单,只能坐下五人的短型吧台,两个卡座,还有一台老式卡拉OK。"赫拉克勒斯"经营状况不佳,以狄亚拉三十七岁的年纪,即使是在夜总会当妈妈桑也算是高龄了。这样想来,这种人事调动也理所应当。但是,戴安娜清楚地知道狄亚拉为"赫拉克勒斯"付出了多少心血,也正因如此,她才更为狄亚拉感到悲哀。粗暴端来的马克杯里溢出了速食裙带菜汤,紧接着呈上的炒面里放了卷心菜、香肠还有玉米。炒面散发出浓郁的沙司味,上面浇满了戴安娜吃不大惯的蛋黄酱。毫无疑问,这便是曾几何时狄亚拉在周六午饭时做给戴安娜吃的炒面的味道,是为数不多的妈妈的味道。无关美味与否,只要一摆上来就一定会吃个精光。因为对戴安娜来说,这是家里独有的一道风味。

"你要是和我说一下就好了。店这边……"

"其实不管在哪里上班,人家还是人家嘛,哪里都没关系。啊,要喝点什么吧?兑水的就行吧?啊,对了,那个田所先生还好吗?"

突然传来了不想听到的名字,戴安娜有些意外。透过玻璃杯,戴安娜不经意间抬头瞥去,看到狄亚拉正在为自己兑酒。

"说是已经结婚了……和那个叫山木的前辈。"

戴安娜平时并不怎么喝酒。琥珀色的液体一灌进胸口,戴安娜的身体里就有一种说不清的东西在往上涌。

"那女人不过是个大妈罢了……明明……明明我比她……"

更可爱,更年轻,更真诚,最重要的是,我的名字也是怪怪的……千言万语涌上心头,但戴安娜硬是用酒把它们拼命灌了下去。一旦说出口,这次便真的完了。骄傲自负而又招人厌恶,自以为在某些地方胜过山木,戴安娜不想承认自己是个这样的人,更不想让任何人知道这一切。但是,狄亚拉却在一旁一脸高兴地味味笑着。

"没关系,没关系,再多说几句嘛。你从小就太老实了,从来不抱怨什么,也不说别人坏话,我还一直有点担心呢。哎,我说你呀,以后别这样了啊。都过二十了,还整天当什么好孩子呀,你这种自己诅咒自己的活法实在是太累了。"

听到"诅咒"这个字眼,戴安娜着实吃了一惊。这是《秘密森林里的戴安娜》里最重要的关键词。发现戴安娜正朝自己这边看,狄亚拉不好意思似的嘿嘿笑了起来。

"不过,能像这样和你一起喝酒真是开心啊。果然还是女孩好啊。是啊,女孩独立之后就能做妈妈的朋友了。"

"干——杯——!"狄亚拉这么爽快地说着,伸过杯子要和戴安娜碰杯。如果能够选择朋友,绝对不会找狄亚拉这样又话痨又痞气的女人。戴安娜板着脸,把喝空的杯子推离自己。狄亚拉把酒调得刚刚好,冰凉清爽,滴溜滑润,入喉时颇有一番趣味。虽然打心眼儿里无法接受陪酒卖笑的母亲,但在忧肠难遣的深夜,对于身处职场的人来说,陪酒的女子也许确实是他们莫大的慰藉。实际上,如若没有酒,今晚将是一个难熬的漫漫长夜。

"狄亚拉,你原先很爱看书对吗?"

戴安娜终于把一直在意的事说了出来。

"还好吧。"

"为什么后来不看了呢?"

"《秘密森林里的戴安娜》是我最喜欢的书哦。所以,当与这本书相遇时,我就决定以后不再看其他书了。从那之后,我就尽可能地远离书籍了,因为我害怕有一天其他书会取代它在我心中第一的位置。这样子钻牛角尖,可能像孩子一样幼稚,但是我就是这么爱这本书。"

纵使心中有一本挚爱的书籍,多读几本佳作也不会削减那本书带来的感动啊。真真是偏执的情愫,宛如一段愚痴的爱恋。这,便也是不能忘却父亲的原因吧。

"而且,与其幻想自己是书中的女主人公,倒不如让自己成为自己生活的主人公。因为这个世界有太多有意思的事了。"

面对如此坚定的狄亚拉,戴安娜第一次感觉到自己可以理解她的心情了。虽然戴安娜仍然还是无法认同不需要书籍的人生。

"那个呀,好久不去彩子家了,前几天,经过她们家门口,看到彩子的妈妈正在整理庭院,我们俩就站着聊了一会儿。"

听到昔日好友的姓名,戴安娜有些吃惊,便又重新坐直了腰。虽然明知也许再也不会见到彩子,但戴安娜的脑海里还是会偶尔浮现出她的身影。看到寻找求职参考书的女大学生时,在最近常去的放映经典影片的影院,看见经常在荧幕上出现的那个身着翻领衬衫的前著名女星露出微笑时,戴安娜都会想起彩子。戴安娜侧耳倾听着酒杯里冰块融化的声音,不觉间思绪飞驰,飘向那断然不会缩小的横亘在两人间的鸿沟。彩子——这个给世界带来色彩的女子,直到现在,她家的庭院里应该也还盛开着那些与她相称的五彩缤纷的花朵吧。

"那个呀,她妈妈说,自从彩子上了大学之后,她就觉得自己越来越搞不懂彩子了,说她自己现在很失落。那么优秀的彩子竟然会变成那样,真是意外啊。"

彩子居然会抵牾父母，这确实让人难以置信。戴安娜一直很羡慕彩子。彩子和母亲关系融洽，她的母亲又知性又持家，会手把手地指导彩子做菜或者打扫庭院。彩子享受着得天独厚的一切，这样的彩子也会有他人无法理解的郁结吗？难道她也像自己这样跑出家门来买醉吗？这是戴安娜生平第一次喝闷酒，那绵软、浓郁、甘甜，简直让人无法相信这不过是一瓶廉价的威士忌。也许，是因为这是狄亚拉所调制的酒吧。戴安娜心里这么想着，但终究还是没有说出口。

* * *

彩子慵懒地趴在沙发上，那姿势几乎马上就要滑落下来。她望着正在窗外打扫庭院的母亲，脸上满是漠然。为了在梅雨之前把玫瑰修剪好，母亲从一大早便开始忙碌了。母亲已然年过六十，干活的时候把腰弯下去，那样子像极了米勒画中的"拾穗者"。望着母亲，彩子不禁心生悲凉，便马上又把视线移回了手机。明明不过是爱好而已，为什么母亲却总是如此煞有介事地把任何事情都当作大事来做呢？还有总是让彩子吃蜜饯这点也让人很是郁闷。明明说过好多次，吃蜜饯会发胖所以不要吃，可是母亲还是会把院子里采下来的梅子做成蜜饯，摆在桌上要彩子吃。彩子一拒绝，母亲眼里便会露出极为悲伤的神情。砂糖的后辈已经发短信催过好几次了。今年的迎新会好像要在涩谷的卡拉OK举办。

"欢迎空降,希望四年级前辈务必参加。"短信上如是写道。看到"涩谷"两个字,彩子不禁又想起了武田的话,顿觉心中苦涩无比。她故意把手机胡乱倒扣在桌子上。亮太也许也会参加吧。他好像被那个叫有纪的学妹迷了心窍,为了看紧他,也许还是露个面比较好。

"彩子,有点事,你过来一下。"

父亲正盯着桌子上的电脑屏幕,叫了彩子一声。彩子懒得动弹,只是含含糊糊地应了父亲一句,便又被父亲催了一次。不过,这次父亲索性连头也没转过来。彩子不情不愿地起身,绕到父亲背后,看到电脑画面上显示着"邻邻堂主页",那正是和自己从小玩到大的戴安娜负责的书评博客。虽然在网上署名"书虫",但根据措辞和书籍喜好,彩子一眼就认出了那是戴安娜。

"梅雨季节即将来临,在这个适合在家读书的好时节,书虫君最想推荐给大家的是'上班的大人们也喜欢的少女小说展览会'第三弹——盖尔·卡森·列文所著的《魔法灰姑娘》。这本书是美国家喻户晓的儿童书籍,曾被改编为电影,由荣获奥斯卡奖的安妮·海瑟薇担当主演。主人公艾拉是一位富商的女儿,她一出生便被妖精施下了'必须服从一切命令'的魔咒。只有艾拉的母亲能够理解她,但当母亲去世之后,艾拉便被继母与刻薄的两姐妹百般虐待,她们每天都像对待奴隶一样驱使艾拉。没错,这正是以'灰姑娘'为原型的故事。不过,和原作不同的是,女主并非一味等待别人帮助的女生,而是一个以牙还牙、百倍奉还的大快人心的角色。故事的高潮部分尤为精彩,那么,艾拉究竟是如何解除诅咒的呢?事实上,这一过程并没有电光火石般激烈绚丽的场景,因为这是只上演了艾拉的内心世界的激战。主人公艾拉顽强拼搏,直面命运的诅咒,如她一般坚强不屈的灵魂让每个人都为之动容。不依靠魔法或者王子的力量,艾拉只是凭借自己一个人的努力,勇敢地将被诅咒束缚的自己解放出来,获得了属于自己的意志和决断能力,朝着自由的世界飞翔。我不厌其烦地推荐(笑)的那本服部萤一的《秘密森林里的戴安娜》一书中也有与该作相同的'女生自我解放'的情节。我想各位读者中或许也有这样的人,他们常常被周围的要求和观念所束缚,受其影响便在不知不觉中对自己下了诅咒。因此,这是一本能带给你勇气的书。"

读毕,彩子便顿觉那浓浓的书墨气息透过了厚厚的屏幕,一直浸染到指尖。从小学开始,戴安娜便不甚擅于把情感抒发为文字。无论看了多少本书,老师讲评读观后感时,被表扬的总是彩子。不知从何时起,戴安娜竟有了这样的文采。现在自己的身上已经没有任何地方比得过戴安娜了。一想到这里,彩子不禁发出沉重的叹息。

"怎么了,爸爸?你是想说让我向戴安娜学习吗?学习她克服了学历、姓名和单亲家庭等不利条件,最终实现了自己的梦想,同时也好好反省一下自己这个吊儿郎当的样子是吗?"

"我可没说那种话。你们两个不是从小玩到大的好朋友吗? 我只是无意中看到了,本以为你会高兴的。"

父亲抬头看彩子时,眼神几近畏惧。这样低头俯看父亲的头顶,彩子突然发现,父亲后脑勺部的头发已开始慢慢变得稀疏。他的头皮显得有些苍白,毫无生命力可言。由于出版业的不景气,公司大幅度减员,现在连作为专家顾问上班的机会也没有了。父亲就这样整天窝在家里,看看书、查查东西,以此来消磨时间,苦闷得让人甚至想上前挖苦两句。自己在不知不觉中愈加看不起年迈的父母了。彩子几乎要被这深深的罪恶感压垮了,便把声音压得更低了。

"我和他们已经没有关系了,戴安娜也好,武田也好,都没任何关系了。那都是多久以前的事了。这些个小痞子……爸爸,你怎么了? 难道以前你曾经和那个狄亚拉有过什么?"

"不要说这么没分寸的话,你已经是成年人了。与其让你有误会,不如和你说清楚。"

父亲瞥了一眼庭院中打扫的母亲,然后略显疲惫地深深叹了一口气,用从未有过的坚定目光看着彩子。

"戴安娜的亲生父亲其实是服部萤一。"庭院里鲜艳的绿色涌入眼帘。彩子猛地回想起,小时候,这狭窄的庭院对她来说就像大自然一般。这不是真的吧,一句话卡在彩子的喉咙里,却无论如何也说不出口。

"服部萤一不知道这件事,狄亚拉也让我替她保密。为了不影响他的创作,狄亚拉选择一个人把孩子生下来。她说过,等时机成熟,再让戴安娜来说出真相。虽说如此,但是这几年,我并没有和狄亚拉联系。"

"但是,为何狄亚拉要一个人承受这一切?这不公平啊。"

"服部萤一出道不久就出版了热卖作品,女友又突然怀孕,这样的双重压力让他深受打击,便因此患上了心病。当时他才十九岁,原本就是个脆弱的青年,又不太适应社会,与父母也相处得不融洽。狄亚拉经过一番考量,觉得让他和自己一起养育孩子基本无望,所以做出这个决定也是出于对他作家前途的考虑吧。况且,她还要考虑到戴安娜,让戴安娜理解这件事恐怕也需要一定的时间吧。戴安娜聪明得完全不像是个十六岁的孩子,不论我劝她多少次,她就是不肯改变自己的想法。"

彩子回想起中考前狄亚拉给自己说过的话。狄亚拉把少女时代被奇怪男子骚扰的经历全盘告诉了彩子,她跨越了被蹂躏的伤痛,将这份伤痛转化为自己生活的智慧,一点点变得坚强……彩子感到身上某些柔软的部分正在慢慢肢解,身体仿佛正在被一块块割裂开来,彩子已经无法正常呼吸。

"戴安娜真是了不起,和她的母亲一样。虽然有很多不利的地方,但戴安娜还是努力地自己去开拓道路。

戴安娜小时候,爸爸也一直很担心她,为了在戴安娜和服部先生之间斡旋,我也费了不少心。说不定,戴安娜通过自己的力量也能找到自己的父亲……这对她来说到底是好事还是坏事,实际上,我自己也不知道……"

彩子已经不能再继续听下去了。戴安娜的人生像极了电视剧里的情节。毫无疑问,戴安娜就是女主角,她的生活坚强向上,充满了阳光。而自己呢,没有任何东西值得骄傲,此生怕是会一无所获,永远无法沐浴到灿烂的阳光,只能挣扎在地底苟延残喘。彩子明明已经知道了戴安娜的出身,却依然没有告诉她,这也许就是最好的证据。无论如何,彩子也不想让戴安娜看到现在的自己。

"自己的女儿拿到了内定也没有表现出任何高兴的样子,一天到晚戴安娜长戴安娜短的!从小就老是夸戴安娜!戴安娜知道什么才是真正的好东西,而我却不知道!戴安娜选的书就是好书,我选的却……"

母亲从庭院回到了卧室,她望向彩子的脸苍白而又虚弱。彩子尽量不去看父母,拿着手机逃到了二楼。她迅速梳妆打扮好后跑了回来,在玄关处将脚趾伸进最高的凉鞋。那正是亮太最近喜欢的风格,徒有华丽性感的外表。

"我出门了,不要给我留晚饭了。"

一出门,彩子便迅速朝车站跑去。在三轩茶屋换乘,然后从涩谷出站。

令人窒息的潮湿,行人穿梭而过浮起的蒙蒙雾气。中学时代和美影来这里时的那种困惑再次浮上心头。虽然早已不再畏惧涩谷的街道,但当仰望这大雨将至的灰色天空时,彩子突然觉得自己正在被这熙熙攘攘的人群抛开,坠落到了遥远的不知名的地方。等到了位于西武后面的砂糖成员专用的高级KTV店,这里最大的包间早已被二十多名社团成员挤得满满当当。

"O——K,彩——子前辈,到——了。"

手握麦克的后辈发出了滑稽的腔调,伴随着"磬"的金属声,传遍了整个房间。

"哎呀,你迟到了哦。"亮太笑道,十分自然地把手环在了彩子的腰间。此时的喧闹声让彩子觉得格外难得,甚至让她感到安心。她条件反射性似的伸出了手,接过传过来的啤酒。透过高脚杯看着周围的人,一个女子正半闭着眼靠在角落里,那便是有纪。

"有纪,没事吧?喂,如果难受的话,就靠在我身上吧。"

木村那壮硕的身体几乎都要压在她身上,带毛的手指在她嫩白纤细的双腿间游走。不知是因为已经没有力气反抗,还是因为太过害怕,有纪完全没有反应,一动不动地瘫坐在沙发上。

"哇,木村兄你还是一如既往地下手很快呀。旁边的包间已经订过了,可以随便用哦。"

"哦,你这小子挺机灵的嘛。"

木村坐在离自彩子稍有些距离的位置上,但那绵软的坏笑,那吐出的气息,和那双黏糊糊的手,仿佛就浮现在自己的身旁。彩子额头上的青筋微微颤抖,明明才刚刚喝了啤酒,嘴里却还是觉得渴。"被那个男人强行抱起的小女孩——她就是我,就是三年前的我!"彩子握紧了拳头。就算阻止了他们也终究是无济于事。男人的本质是不会变的,自己的伤痛也并不会消失。但此时,那与挚友并肩翻看的书页在彩子心中历历重现。解开诅咒的勇敢的戴安娜——那个反复诵读的故事早已深入骨髓,和这个伤口一样无法磨灭。

等回过神来,她听到了自己声嘶力竭的喊叫。

"不要!"

身旁的亮太的喉结剧烈地颤动,喧闹无比的包间一下子安静下来。木村难以置信地睁大了眼睛,脸上有些微微发青。彩子立马冲上前去,用力抓住有纪柔弱的双手,用自己都觉得害怕的尖锐声音说道:

"你们也是共犯。这明显是犯罪!喂,我们走!"

彩子听到了亮太的声音,但却并没有回头。她拼命地往楼下跑,等回过神来,早已到达了公园。彩子拖着有纪拼命地往山坡上跑,滴滴答答的小雨将脸颊和头发都打湿了,湿润昏暗的路面反射出光亮。彩子回想起几个小时前看到的书虫写的书评:能解开诅咒的只有自己……魔法师已死。森林里的伙伴和安德鲁王子也不能帮助她。也不知何时,两人到了"烟盐博物馆"。喷泉哗啦哗啦地喷涌而出,而后又流回到漆黑的玻璃窗中。彩子让气喘吁吁的有纪坐在铺有瓷砖的台子上。

"来,想吐的话就吐出来吧。"

彩子从包里拿出塑料袋,用手轻抚有纪那脊骨突起的娇小后背。她不也还只是个孩子吗?想到这里,对亮太和木村的愤慨之情就再次燃起。黑暗中的玻璃窗宛如明镜一般。镜子里映着一个头发蓬乱、妆容尽毁的寒碜女子。要审视那个离开社团与恋人的自己,无疑需要比方才那声喊叫更大的勇气,彩子想起了《秘密森林里的戴安娜》,那里似乎也有过与此情此景相同的描写。

凝望湖面,一个稍显不安的小女孩也正在窥看自己。不过,像这样小女孩,就算突然不见了,也不会有人在意吧。但是,绝不能把目光移开。月圆之夜,要用澄明的目光凝视湖面,与湖中倒映的自己坦然相对,然后再亲自念出咒语。如果没有这样的勇气,将无法解开魔女的魔法。戴安娜这样想着,鼓起勇气念起了咒语:

"琉酷斯琉酷斯菲尔菲尔尔。无论是谁都无法束缚我,在这世界上,能命令我的只有我自己……只有我才能指引我要前进的方向……"

此时,没有一丝风,但湖面却泛起了层层涟漪。那涟漪缓缓荡开,蕾丝般的微波扩展至整个湖面。随后,细微的变化渐渐包围了森林与戴安娜。

湖水就像被月光完全笼罩似的,发出清朗的光辉。在它的照耀下,整个森林亮如白昼。戴安娜感觉到堵塞的喉咙被打开了,森林那新鲜而又清凉的气息进入了自己的心肺。手脚上都能感觉到鲜活的血液在流动。突然有一种想要大声唱歌的感觉。是的,没错。曾经的戴安娜就是过着这样一种开开心心的生活,她每天都可以高兴得翩翩起舞。悲伤和苦难只存在于她的想象之中,仿佛是另一个世界的存在。戴安娜大声地呼喊起来。

"我解开诅咒了!靠我自己的力量解开诅咒了!"

要像戴安娜一样——我要直面自己所处的环境,直面真实的一切,直面真实的自己。彩子感到膝盖在颤抖,饥饿的肠胃已经提出了有声的抗议。彩子严肃地抬起了头。那种社团,不过是学生的集合罢了。看起来颇有权力的木村,甚至连社会都未曾接触过。她回过头来凝视着镜中的自己,怯懦、随波逐流、毫无特色。但是,这是一个人。是一个用自己的脚站立着、正定睛审视着自己的大写的人。现在,是正视过去的时候了!

三年前的自己和有纪遭遇到同样的事情。在新生聚会上,在被人灌醉后,彩子失去了宝贵的童贞。因为自己不愿承认这样的事实,所以便一直拼命饰演着一个并非自己的陌生人。也许,亮太并不是一个彻头彻尾的坏人。他也不过是个神经大条、胆小懒惰的年轻人罢了。所以，彩子没办法彻底恨他。那些看起来光鲜亮丽的社团男生，不过是在通过蹂躏女生来勉强保住他们的权力，而被蹂躏的女生则为虎作伥地帮他们蹂躏其他女生，由此来洗刷自己心中的屈辱感。

"琉酷斯琉酷斯菲尔菲尔尔。无论是谁都无法束缚我，能命令我的，在这世界上，能命令我的只有我自己……"

等回过神，自己的嘴唇已经不由自主地动了起来。虽然是几乎无声的微弱气息，但是还是被有纪听到了。

"彩子学姐，你怎么了？"

有纪担心地问道。仿佛已经沉睡了许久，彩子环顾了一下四周，那是夜晚的涩谷。我还有必须要做的事，还有很多很多！绚烂的霓虹灯和深绿色的树木一起涌入眼帘，彩子顿时有种想哭的冲动。有纪悄悄地将冰冷的手指绕在彩子的手上，细雨初霁，清爽明快的街道映入了彩子湿润的眼眸。

* * *

离约定的时间已经过了三十分钟。难道留言只是个恶作剧？是的，肯定是这样了……透过玻璃窗可以看到的数米外的邻邻堂，明明很近，却显得那么的遥不可及。戴安娜真想马上离开这里，想赶紧回到公司。期待与不安让她呼吸急促，她开始觉得是否能见到他已经变得不那么重要了。

"再等十分钟,要是他还不来,我们就回去吧。收银台也要开始忙了。"

田所先生面前摆着一杯还没喝的牛奶咖啡。他坐在戴安娜旁边,时不时看一眼手表,极为罕见地皱起了眉头。

"如果是恶作剧的话,那就太过火了。我还是应该一个人过来呀。你脸色不好,没事吧?"

"嗯,没事。"

戴安娜这么说着,低头看了看卡布奇诺破碎的泡沫。

一周前,一份署名"服部萤一"的邮件发到了公司的主页里,那正是六月的末尾。

"我本认为自己早已是个被人遗忘的作家,但当有读者告诉我邻邻堂正在宣传我的书,并且书虫小姐还特地做了海报、写了书评时,我觉得十分感激,觉得一定要来拜访一下。"邮件如是写着,还单方面指定了与书店位于同一楼层的华夫饼店作为见面地点。烹烤华夫饼的香味堵塞在胸口,是那种令人作呕的甜腻。因为田所先生结婚的消息,戴安娜本已元气大伤了,现在却像被罚站似的不得不等待,这难道是上帝的惩罚吗?宿醉的酒气还没有散去,一松懈就满脑子浮现出那家伙的面容……最近休息的前一天就会在狄亚拉的店里喝酒,然后就直接住在她的公寓里,这已经成为惯例。慵懒地一直睡到傍晚,武田会在间隙时溜进来做杂烩粥或是乌冬。昨天狄亚拉出门之后，戴安娜和武田独处一室，喝着和平常一样放着梅干的米粥。突然，武田唐突地向戴安娜表白了。

"那个，我们差不多也该交往了吧。"

戴安娜也曾想到武田有一天会说出来，但是却没想到他会在自己刚刚起床、一脸浮肿的时候说出这种话。戴安娜涨红了脸，瞪了武田一眼。武田倒也毫不介意，露出一脸微笑。武田急促的呼吸和粗壮的脖子让她觉得过于粗犷，竟有些害怕起来。

"现在你刚刚被田所甩了，我想这是我的一个机会。"

对于一直陪在自己身旁的武田，戴安娜并不是没有感激之情。但是，她无法如此突然地将这种感觉转换为恋人关系。毕竟，她也不知道应该如何与同龄的男生相处。现在想想，因为田所先生与自己年龄差异较大，而且，他外表胖乎乎的，人又非常温和，所以，戴安娜才能放心对他撒娇。戴安娜有些内疚，对于武田的请求，她只是很冷淡地回复说"再看吧"。但是武田还是非常乐观，和戴安娜聊了一会儿便回去了。戴安娜对他并不讨厌。如果他不在身边，戴安娜也会非常困扰。戴安娜忽然觉得，这样含糊其词的自己真是个城府很深的女人。

"不好意思，两位就是田所先生和书虫小姐吗？"

听到这无精打采的声音，戴安娜战战兢兢地抬起了头，映入眼帘的是一张下巴尖细的苍白面孔。睡得翘起的乱发,邋遢的络腮胡子,一身摇滚T恤搭配牛仔裤,脚踩一双穿旧了的运动鞋,双手随意插进裤兜里。戴安娜目不转睛地盯着这日思夜想的生身父亲,这位让人憧憬的作家。

"口袋里面就只带了五百日元,急死我了。我在站长室借了点钱,所以迟到了。田所先生,好久不见啊,以前的签名会真是承蒙您的关照了。那个,你就是书虫小姐吧。"

说完,服部萤一便一屁股坐到了对面,嘴里一边哼着小曲一边开始点菜。

"那个,可以随便点自己喜欢吃的东西对吧?哎呀,太好了,好开心啊。"

这,就是父亲?戴安娜竭力控制住手指的颤动。她知道这个和照片里看起来颇为优秀的青年是同一个人,但他看起来完全不像上了年纪的样子。他应该有四十二岁吧,但那弯成C字的驼背和像是被什么逗乐了似的一直微微扬起的嘴角,给人的感觉就像是个少年。那副像是刚起床就跑出门的装扮,还有那双滴溜溜的大眼始终不安分地到处乱瞟的样子,看起来甚至比戴安娜还不谙世事。与父亲相见完全没有想象中那种心性契合之感,更没有如泉涌般的激动。

而且,更重要的是——

戴安娜觉得自己最近好像在某处碰到过一个和他很像的男子。虽然已经想不起来具体是在哪里,但是不得不让人联想到一些不好的地方,例如在去狄亚拉店里的路上经过的那些色情场所。由于过于失望,戴安娜几乎趴在了桌子上。

这样一比,身边的田所先生反而更像是个父亲。服部先生花了很长时间点菜,还故意大声念出来,说道:"就——要这个了!"点完莓子和奶油华夫饼后,他用一种慢到让人着急的口吻说道:

"通过出版社拿到了读者的信,然后才知道了书店方面的努力。虽然我是第一次来这家书店,但一进来就觉得这是一家很好的大书店。田所先生和书虫小姐现在还在大力推荐《秘密森林里的戴安娜》和相应的杂志书,这真是让人感动啊。所以,我就想着要拜会一下二位。啊,对了对了,如果可以的话,能不能搞一个签名会什么的呢?"

"诶,您同意吗?"

田所先生一下子探出了身子。服部先生连连点头。

"可以呀。我想呀,稍微让读者回忆一下,说不定还能产生新的粉丝呢。我现在是一点钱也没有了。"

戴安娜和田所先生面面相觑,没等别人问,服部先生便开口说道:

"这二十年来,当当清洁工,做做保安,勉强挣口饭吃。幸好,现在的女友在证券公司上班,托她的福,省吃俭用一些,两个人也能凑合过日子。不过,我这个人啊,就是这个性子,老是乱花钱。"

现在不正是说明真相的时机吗？我是你的女儿。矢岛戴安娜，这是你从书上取的名字——这已然到了嘴边的话，却被服部先生硬生生压了回去。

"我女儿马上就要出生了……我也一把年纪了，还是生米煮成熟饭之后结的婚。为了老婆孩子，我也得好好挣钱啊。"

戴安娜不知该说什么好，只能含糊地点着头。

狄亚拉虽然嘴上那么说，但实际上也并不仅仅是因为爱他而选择退出的。应该是已经看出了和这种人在一起无法很好地养育孩子了吧。一切都渐渐明了了，戴安娜不禁打了一个寒战。服部先生心神不宁地看着戴安娜。或许是心理作用，戴安娜觉得他有些紧张。他看向戴安娜的眼神在拼命地掩藏着什么。这是为什么——难道他终于发现我是他的亲生女儿了吗？戴安娜的心怦怦直跳。

"哎哎，那个，书虫小姐，为什么你这么喜欢《秘密森林里的戴安娜》这本书呢？是有什么回忆在里面吗？你一开始怎么接触到这本书的呢？"

"小时候，从好友家里借来看的。"

"诶，好友，她是什么样的人呢？你们现在关系也还很好吗？好想知道呀，你好好说说呗。"

听到"好友"这个词，服部先生像女高中生一样吵嚷了起来。虽然麻烦，但是又不得不说。戴安娜的脑海中浮现出第一次见到彩子时的情景，她那富有光泽的娃娃头和两人之间的谈话至今仍记忆犹新。

"我们在小学三年级的时候成了同班同学。不论是喜欢看的书,还是性格,我们都很合得来……小时候很羡慕彩子,她家境很好,人也长得可爱。后来也不知从何时开始,我们渐渐就不大来往了。我想,如果我们现在还那么要好的话,也许可以一起分享很多东西吧。"

"……对于现在的你们,不对,对于现在的你来说,有一本书非常适合。你稍等一下!"

突然,服部先生站了起来,将端来华夫饼的店员无情地一把推开。他迈起修长的双腿,飞奔出了店门。田所先生只用眼神暗示了一下,于是,戴安娜便慌忙跟了上去。服部先生的脚步没有丝毫迟疑,径直跑向了儿童图书书架。戴安娜没有想到,让父亲给自己选书的梦想竟然会以这种方式实现。戴安娜满心期待着,但是父亲那双纤薄的大手捧来的却是蒙哥马利所著的《小岛上的安妮》的文库本。什么嘛——戴安娜显然非常失望,她想要的不是这种谁都看过的作品,而是那种只有真正的行家才会知道的隐世名作。虽然她很喜欢《绿山墙的安妮》,但是这本书有趣的部分只止于描写安妮朝气蓬勃、茁壮成长的《少女安妮》一章。安妮在经历了与吉尔伯特的恋爱之后,性格变得恭良沉稳,让人不知所以。像是读到了戴安娜的心思,服部先生把后面的内容翻给她看。

"竟然给作为专业读者的书店店员看安妮系列,您露出那种表情我也是可以理解的。不过,我想让您读的是译者村冈花子小姐的解说。小时候,这些地方可能跳过去了吧。"

戴安娜正要阅读他所说的地方时,突然盯住了服部先生的侧脸。这张脸和一个多月前监视器里拍下的那个小偷一模一样。现在终于知道为何他的眼神如此游离了。自己一直希望父亲能来看一看自己,哪怕只有一瞬也好。然而,现实却给了她一个响亮的耳光。

算啦——心里虽然这么想着,但是嘴唇还是不由自主地动了起来。

"刚才,您说您是第一次来到店里,其实您说谎了吧。这本书的位置您也这么熟悉。"

服部先生的肩膀抖动了一下,脸上的微笑渐渐消失了。

"我在监视器里看到过老师您。"

戴安娜小声地说着。过了一会儿,服部先生长呼了口气,然后拍起手来,像是在表达某种抗议。

"哎,不知怎么就鬼使神差的。不好意思。想买一本收藏起来的,不是没钱嘛。下次还给你们。"

"鬼使神差的?!"

店内的喧嚣渐渐远去,一股热浪在戴安娜的脖颈和头顶间游走来回。眼前的这个男人毫无反省之色,这实在是让戴安娜忍无可忍。

"请别因为什么鬼使神差的理由就去偷东西。简直难以置信。服部先生老师你知不知道你伤害了多少人？不光是给书店造成了损失，你还伤害了喜欢你作品的读者、编辑以及你的家人……"

戴安娜正沉浸在喋喋不休的抱怨中，突然，服部先生打断了她。

"我说，你们能不能不要一直把作家都看做圣人？这就是你们这些书店店员傲慢的地方。"

"诶？"

戴安娜惊诧地望着服部先生，服部先生自暴自弃地说着心中的不满。

"我知道你们是觉得我的作品好所以才推荐给读者的。你们确实是帮了我。但是我也希望你们不要把自己的理想强加在我头上。"

理想——心怀理想有什么错？正是因为对书、对工作、最重要的是对未曾谋面的父亲怀有理想，我才活到了今天。而且，我也一直是怀着这样的心情支持着服部先生的啊。这些不全都能在我的眼睛里看到吗？服部先生接着说道：

"你们的理想是包袱，是那种会让我写不下去的包袱。"

"……您是什么意思？"

"你们直到现在都喜欢那本《秘密森林里的戴安娜》，当然我知道我必须感谢你们。但是，就是因为那本书，我现在什么也写不出来了。那本书太火了。我肯定再也写不出比那更好的作品了——"

服部先生的脸痛苦地扭曲着,声音里夹杂着颤抖。

——您在说什么呢?老师您一定能再次写出很好的作品的。我们这些读者一直期待您有更好的作品问世。

戴安娜被自己这到嘴边的话吓到了。大概他就是被这样的期待所摧毁的吧。

"但是,那也不用去偷啊。"

"我也觉得自己不对。真的非常抱歉。但是,《秘密森林里的戴安娜》直到现在还在被书店推荐,这让我非常非常地痛苦。刚听到传言时,我很高兴,就过来看了看,但终究还是压抑不住心中的痛苦……所以就想尽可能地不让它被人看到。结果我就忍不住……"

服部先生不再说下去了,就一直这么低着头。他真是太脆弱了——戴安娜真想马上离开这里。有生以来,她第一次看到成年男性的脆弱,而这成年男性的脆弱却又恰恰是骨肉至亲的脆弱。戴安娜无论如何都无法直面眼前的这一幕。狄亚拉是绝不会在戴安娜面前表现哪怕一丝丝脆弱的。

再也不想听下去了,戴安娜几乎要叫了出来。

"够了!不要再说了。偷书的事就当作没发生过。签名会我也会好好去筹备的,但是并不是为了你,而是为了你的读者!!"

"其实我是来见你的……"

好像要撞飞满口胡话的服部先生似的,戴安娜逃跑一般离开了卖场。

都已经不记得自己是如何来到狄亚拉的店里了。戴安娜的心情久久难以平静,刚刚踏入狄亚拉的店门,那拼命压抑的泪水便不禁夺眶而出。狄亚拉在吧台角落里。她睁开了惺忪的睡眼,问道:

"你怎么了,脸色怎么这么差?"

"狄亚拉……狄亚拉……"

店里没有客人。戴安娜便索性把今天发生的一切全都一股脑儿地告诉了狄亚拉。

"这确实是有点让人吃惊呢。萤,还真是一点也没变啊。"

听完戴安娜的倾诉,狄亚拉像平常一样,点上了一根万宝路。

——这种人到底哪里好啊?

狄亚拉马上察觉到了这无言的疑问。

"萤啊,别看他那副样子,他总是只考虑别人的幸福呢。越是这么为别人考虑,越是白白辛苦,结果演变成一部惨剧。你是个作家嘛,就坚定地按照自己的步调写自己喜欢的东西就好了。萤太过较真了,他想对大家的期待做出回应,这样反而把自己搞垮了。"

狄亚拉从鼻子里呼出烟圈,微微地笑着。

"我讨厌在人前暴露自己的弱点,比较擅长聪明并快乐地活着。所以,真是有点羡慕他呢。他在文坛酒吧里被一堆编辑围堵,被逼得走投无路,又总是失败,有些萎靡不振,看到这样坦率的他……"

也许是注意到了戴安娜看向这里的视线,狄亚拉终于把烟捻进了空罐里。

"哎,你也是蛮可怜的……现实不可能像小说里写的那样顺利啊。不期而遇的父亲就是理想中的父亲,这样的事根本不可能发生啊。"

过了一会儿,狄亚拉又小声嘟囔了一句:

"但是,却没有任何一本书告诉我们,人生不会进行得那样顺利……"

至少,戴安娜希望自己的父亲还能够是一个值得尊重的人。今后要用什么样的念头激励自己活下去呢?戴安娜现在已经全然不知了。甚至连自己作为书店店员的工作都被否定了。最悲惨的是,服部先生那些荒谬的主张有很多一语中的的刺耳的地方。确实,戴安娜在有些地方过于理想化。对自己、对他人都很严格。如果期望的事情没有实现,她就会觉得一切都变得不重要,然后默默离开。也许,自己的人生之所以会常常走进死胡同,便是因为一味地追求梦想,却无法爱上眼前的现实吧。彩子,还有田所先生,这些从她指隙间掠过而后却渐行渐远的人,如果自己可以清浊并济、刚柔兼容,是不是结局会有所不同呢?

"世上并不是总有《灯塔山的故事》中那样的父亲。"

狄亚拉也看过《灯塔山的故事》呀——那是与失散

多年的父亲再次相会的少女的故事,是蒙哥马利不为人知世的神作。戴安娜终于舒展出了一些笑容。狄亚拉又给戴安娜做了炒面,以往总觉得多余的蛋黄酱搭配着略有些烤焦的酱油,不知为何却莫名地好吃。

*　　*　　*

　　从咖啡店窗口的位置上可以看到放学回家的小学生。那大概是自己上过的那所小学的学生吧。在清一色的红书包和黑书包中,她的目光落在了一个背着粉红色双肩包的孩子身上。往事历历在目,彩子回想起来了,当时的戴安娜背着装饰着闪闪发光的串珠和钻石的双肩包,在人群中格外惹眼。此时,面对着眼前这位吸着可乐、粗喉结上下蹿动的昔日同窗,她还是用尽量沉稳的语气与他交流着。

　　"那天,我自暴自弃地主动喝了酒。虽说是朋友邀请,但是进到那样一个招摇的社团,说起来确实是自己的责任。所以,我一直很害怕,怎么也说不出口。我害怕别人指责我说这全是我自己的责任。但是我比谁都清楚,这样下去是肯定不行的。"

　　武田嘎吱嘎吱地嚼着冰块,仅凭这点,便足以看出他在竭力压抑心头的怒火。"亮太对我做的事情已经过去太久了,没办法去报案。但是,我还有很多其他能做的事。在砂糖社团,借灌酒来实施⋯⋯强奸这种事就像家常便饭一样司空见惯,我已经写了申请。通过学生事务处,以'猥亵'的罪名告到了大学那边。预防性骚扰委员会也已经有所行动了。"

彩子用勺子搅了搅早已冷却的咖啡。"那晚,我第一次在卡拉OK里和那些人争执之后,就有好几个女生站了出来。受到委员会调查后,木村就被大学无限期停学了。亮太和其他的干部据说是受到了严重警告……上周,大学的内部网站上曝光了所有涉事人员的名字,然后一下子就扩散开来。这件事传到了企业那边,亮太也……被取消内定了……"

最后一次在家庭餐馆见面的那晚,亮太完全不顾旁人的目光,痛哭流涕。

"为什么?我们不是彼此互相喜欢的吗?那不是说好的吗?喂,你为什么这么做?就是和自己最喜欢的女朋友发生关系而已,为什么要受人白眼,甚至还丢掉了前程?以前的过往全是虚情假意吗?我们一起度过的时光,那都算是什么啊?"

心好痛。并非没有感情,也并非未曾心灵相通。初见亮太是在高三的那个秋季,当时,彩子确实对他抱有好感。半年后,在聚会上被搭讪的时候,彩子也确实动心了。此时,那些两人一起看朝霞、赏雪景的美好回忆不断在脑海中重现。

——亮太,虽然你的周围总是围满了人,但你从来也没有与谁建立过非常亲密的关系吧。如果没有上下关系和等级关系的话,你和谁也不会有交集。木村和社团的其他人也是如此。所以才这样的吧。

彩子这样说着，眼看着亮太的脸色便由红变白了。

——所以你才老是那样生气。为了掩藏这些，所以你才一直装作开心。但是，请不要让无辜的女生卷进来。

亮太大声哭泣，抱住彩子的腿不肯放手。彩子咬着牙，毅然决然提出了分手。时至今日，彩子依然记着以前美好的回忆，但怕是再也没有原谅他的那一天了。这就是现实。

"不好意思，我还一直把你当做什么都不想的大小姐。"

"戴安娜真是幸福啊，有武田一直在身旁，处处替她着想。"

武田和小学时相比完全没有任何变化。他表情羞涩，措辞生硬却又掷地有声。

"那家伙又顽固又强势，明明弱小却又十分坚强，我就喜欢她这些特质。虽然不能交往，但是我一直在关注着她。前一段时间，我终于下定决心向她表白，却又被她轻描淡写地敷衍过去了。她说现在刚刚失恋了，暂时没有心思去考虑这些。"

"被拒绝一两次就放弃，那怎么行呢？武田不是从小学三年级起就一直关注着戴安娜吗？这样深厚的情感积淀怎么能说放弃就放弃呢？"

"是啊，就算会被甩，这样下去，我也会不甘心的啊。我觉得呢,不仅是对我,戴安娜对男性整个群体都不太了解。你看,她不是不知道父亲长什么样儿吗?如果她能和父亲好好见上一面,也就不会再惧怕男生了。哎,不过,我脑子不好使,也不是很懂。但是,她如果能再见到父亲的话,我想那个时候再向她表白一次。"

彩子默默地点了点头。在大学里,根本就没有可以互相倾诉这样让人羞赧的肺腑之言的好友。彩子听说已经有人开始寻找砂糖的告发者了,但是她还是决定坚定自己的立场。彩子也已经从预防性骚扰委员会的一位年长的女性教授那里得到了建议,知道如果发现有自己有生命危险该如何应对。与武田道别后,彩子难得在天还亮的时候便回到了家。一进客厅,便看见母亲正躺在沙发上,手放在额头上。

"妈妈,你怎么了?"

彩子赶紧跑过去问道。母亲低声呻吟着:

"在院子里晒太阳久了,躺一会儿就好了。还有就是可能肚子有点饿。"

"等我一下,我先随便做点吃的给你。"

话音刚落,彩子就跑到了厨房。不过,彩子已经很久没有下过厨了。小时候向母亲学习料理,和戴安娜一起在这里做过蛋糕和曲奇。初高中的时候,也常常帮母亲做饭。但是,最近自己几乎都不在家里,更别说在家做饭了。忽然,彩子好像想起了什么,她向母亲摆放料理书的书架望去。啊,有了——她的眼里放出了神采,取出一本封面皱巴巴的《绿山墙的安妮的料理笔记》。原作中出现的那蓬松的洁白小饼曾让幼时的戴安娜和彩子垂涎三尺。这本烹调书是在妈妈的藏书中找到的，找到菜谱的时候，两人都非常开心。在母亲的指导下，两人反反复复做了好多次，所以到现在还能隐隐约约记起制作的步骤。

这是非常特别的点心。在书中，吃完安妮所做的饼干，吹毛求疵的雷切尔·林德夫人深受感动，终于认可安妮是个大人了。发酵粉、低筋面粉、砂糖、黄油、牛奶。彩子把冰箱和柜子翻了个遍，终于凑齐了需要的东西。热好烤箱，把刚从冰箱里取出的冷黄油切碎，再把面粉聚成一堆儿，用筛子筛一遍。看着那像雪花一样堆积地松松软软的粉末和那在筛子里滚来滚去的白色凝块，彩子知道，她心中的郁结正在渐渐消融。

母亲总是站在这里，日复一日为彩子做着可口的饭菜。当然，无论如何，自己现在还是无法体会母亲的心情。不过，每次在校园里看到有纪时，彩子心里总会涌出一种喝了热牛奶般微甜温暖的感觉。离开砂糖后，有纪加入了一个高中时曾参加过的铜管乐队，每次见到她都是一副身穿正装、手持长号的模样。珍视比自己更年幼的人，这样的心情对彩子来说仿佛是某种救赎，让已经走到死胡同的她从与自我的战斗中得到些许解脱。虽然大学生活里一无所获，但对于彩子来说，有纪自由自在的成长便是一个小小的骄傲。她把面团从模具中

书店的戴安娜

上周,彩子与父亲进行了一次久违的交谈。因为这次不得不借助父亲的力量了。父亲并不愿意帮忙,彩子低声下气地苦苦哀求,但每次都被父亲以不该介入别人家事为由拒绝了。即便如此,彩子仍然主张应该创造服部先生和戴安娜见面的机会。最后,拗不过彩子,父亲只好答应把彩子的信以匿名粉丝书信的方式交给服部先生。同时,还以一位编辑的身份教给了彩子向作家写信的方法。彩子把鸠居堂的便签撕撕揉揉了好几张,使尽全身解数才写好了那封信。就算再也无法见面,为了曾经的好友,她总想做点什么。现在,彩子非常希望服部先生能造访戴安娜所在的书店,这比其他任何的愿望都要来得强烈。

父亲愣了一会儿,微微一笑,小声说道:"我去洗个手就回来。"

* * *

这是非常契合新春开工伊始的活动。虽然早上就下起了雨夹雪,但"服部萤一签名会"却盛况空前。

队伍排出了邻邻堂,一直延伸到最初与服部先生约定见面时的那家位于同一层的华夫饼店。队伍中既有被母亲牵着的小女孩,也有三十多岁的男性,还有穿着高中校服的少男少女。无论是谁,胸前都抱着那本已然烂熟于心的《秘密森林里的戴安娜》。以往只在网上见过的服部萤一的粉丝现在就在自己的眼前,戴安娜不禁取出，摆在案板上，然后放进了烤箱里。

洗完了全部东西，彩子又摆好了黄油和果酱，沏好了红茶。这时，烤箱响起，饼干烤好了。桌上热腾腾的饼干就像小说里描写的那样，洁白小巧，松松软软。彩子松了口气，把饼干盛进垫了纸巾的大盘子里，端到了卧室。母亲从沙发上起身坐起，眼角挤出了细纹，目不转睛地看着彩子。

"谢谢。做得非常好啊。妈妈教你的东西，你都没有忘记呢，真是太好了。"

母亲眼里微微泛着泪光。自己让母亲操了多少心啊，一想到这里，彩子便忍不住跪倒在地，握紧母亲的手。因为打扫庭院和干家务活，那双手已然变得十分粗糙，但仍然十分柔软，踏实可靠。

"这段时间发生太多事了，真是十分抱歉。妈妈，找个机会我会全部告诉您。让您担心了，真是对不起。彩子还是原先的彩子，一切都没有变。"

母亲几乎要哭了出来，对彩子点了点头，怯生生地抚摸着彩子的头发。好想闭上双眼静静地享受这份惬意，彩子已经很久没有体会到这种发自内心的安心了。
"我回来了。"从玄关处传来了开门的声音，不一会儿，出现了父亲的身影。

"我做了热腾腾的饼干哦，爸爸你也吃吧。"

我正在努力依靠自己的双脚站起来呢，彩子在心里祈祷着父亲能注意到自己的改变。

有些激动。这次的签名会她没有依靠田所的帮助,几乎全部是自己独立安排的。作为一名书店店员,也许她终于可以独当一面了。服部先生向来没有时间观念,还曾经在最后关头逃跑。戴安娜不仅让服部先生按时出席了,而且还让他与每一位粉丝面对面交流,并在他们捧着的书上签了字。终于,最后一位粉丝也抱着签名书满意而归了。此时,一股安心感缓缓袭来,与对服部先生的个人情感无关,戴安娜只是想在这里静静地坐着。

"做得漂亮,戴安娜。真为你感到高兴。"

循着声音,戴安娜抬起望去,那是多年不见的彩子父亲。他穿着暖和的上衣,露出沉稳的微笑。作为原责任编辑,他出现在这里理所应当。他一定什么都知道——说不定,他也在一直守护着狄亚拉与父亲的恋情吧。

"好久不见,我现在马上把老师叫过来,请在这里稍等一下。"

戴安娜慌忙站起身来,匆匆向后场跑去。然而,在为服部先生老师准备的休息室里,并没有发现他的踪影,未开封的矿泉水和点心依然完好地放在桌上。这之后本来打算把书店店员召集起来举办庆功宴的,可是服部先生去哪儿了呢?

"诶,老师呢?"

兼职的大学生懒洋洋地回过头。

"老师说自己好像还是有点紧张,肚子不太舒服。

刚刚回去了。"

才这么一眨眼的工夫,结果就——

"啊,对了,老师说让我把这个交给矢岛小姐。"

递过来是第一次见到服部先生时他所推荐的那本《小岛上的安妮》,书后贴着附签。明明都已经和他说过,这本书早已经看过了——戴安娜不情愿地把书打开一看,便立即被上面的话吸引住了。

> 在这本书里,安妮和她的好友戴安娜都发生了很多变化。安妮进入了大学,而戴安娜则安静地待在家里,学习怎样做一个女儿。好友离开村子,开始了崭新的大学生活,但戴安娜只是将其当作不可避免的现实,选择淡然接受,并且坚定地走着属于自己的人生道路。即便有着不同的人生轨迹,但戴安娜和安妮的友情绝不会变,这才是真正的友情吧。
>
> 人与人之间即使在相同的境遇里关系很好,一旦对方比自己优越,有时候,双方的友情就有可能受损。我觉得在安妮和戴安娜身上,有很多值得我们学习的地方。
>
> 人生有很多时候都需要等待。能按照自己的希望勇往直前的人固然是幸福的,但就算不能完全按照自己的希望前进,只要在所赋予的环境里拼命努力,上帝也会为你打开一扇窗。我觉得这样的人

比那些一路坦途的人更有深度,更有张力。

这一字一句深深地嵌入她的内心深处。戴安娜未曾想到,自己一直渴求的话语竟然近在咫尺。

虽说是这样,但是事到如今也于事无补了。戴安娜合上书本,把它放在了桌子上,然后再次匆匆地回到彩子父亲那里,非常失落地诉说着事情的经过。突然,背后传来一个声音。

"喂,你不用去追你的父亲吗?"

那声音响彻嘹亮,戴安娜一生都不会忘记。十年后的再次聚首,神崎彩子和小时候一样,品态高雅,气质脱俗。她正一脸超然地望着自己。彩子身穿一身沉稳的正装,梳着整齐的头发,周身散发出夺目的凛然气息。

"这次……这次轮到你去解开诅咒了。我已经靠自己的力量解开诅咒了。你也一定要证明给我看啊。用你自己的力量解开自己的诅咒,一定要给我看哦。"

完全不明白在说什么,但是,彩子的眼睛是烈焰燃烧般的红色。不是你先断绝关系的吗?明明是你单方面提出了绝交,之后便一直杳无音讯,而现在,你又在这里胡说些什么?——戴安娜拼命地压抑着这些堵在喉咙口的话。你处处受上天眷顾,什么都得到的你怎么会理解我这种自己给自己下诅咒的人的心情。

终于,心中所想爆发了出来。

"你懂什么,那个人根本不是我想象中的父亲。你明白吗？不管有什么隐情，他就是一个偷东西的男人啊。并不是像彩子父亲那样令人敬仰的人啊。"

"哪有那种不管对谁都能挺直胸膛的完美的人啊。"

彩子这么说着，眼里含着泪水。

"戴安娜，你不要自己把自己逼到死胡同里！！"

两人对峙而视，随即，彩子以不容分说的气势抢先喊道：

"总之，快去追！！现在不去你一定会后悔的！"

那语气和小学时一模一样，戴安娜猛然怔住了。这是彩子，是那个人人称道的优等生，是自己值得信赖、引以为豪的好友。她还是以前的那个彩子。如果真是这样的话，也许自己也并没有发生任何改变。也许自己也还是那个一心寻找父亲的瘦削、内向、爱读书的金发少女。如果是为了彩子的话，羞耻也好，流言也罢，现在的自己可以不管这些，像彩子说的那样马上奔跑起来。像被彩子推出去似的，戴安娜没摘围裙就跑了起来。出了店门，正要跑上电梯时，她看见了站在另一侧上行电梯的狄亚拉。

她应该是从彩子父亲那里知道今天的签名会的吧。或者是在网上看到的吧。不过，母亲是服部萤一最忠实的粉丝，出现在这里也毫不奇怪。戴安娜马上跑了过去，狄亚拉表现出异于往常的羞涩。

"戴安娜真是非常努力啊，我一直看在眼里。下次也帮我选本书吧。"

"给狄亚拉选书……？你不是不看书了吗？"

狄亚拉笑着摇摇头。

"我想,我也,差不多该往前走走了。毕竟,戴安娜已经走了这么远了呢。被你超过了这么多,我哪儿甘心啊。"

父母不能为自己选书,戴安娜一直觉得自己是个可怜的孩子。然而,今日的戴安娜也许已经能为母亲选书了。突然,戴安娜变得激动不已,她的眼前仿佛出现了一条笔直的大道,正发出耀眼的光亮。

"我知道了,我会好好思考一下狄亚拉会喜欢的类型的。一定要是那种出类拔萃、闪闪发光的好书,文笔要华丽,剧情要有戏剧性,女主要坚强!"

"哇哦,好期待!好了,你快去追吧。"

狄亚拉轻轻怕了一下戴安娜的后背,戴安娜再次奔跑起来。

"谢谢!不愧是我的女儿。"

母亲的声音从背后追赶而来,真难为情。

戴安娜微微点了点头,跑下了电梯。这幢大楼直接通向车站。戴安娜朝最近的检票口跑去,在通向站台的电梯看到了似曾相识的优衣库羽绒服和暗红色围巾。

"老师,请等一下。"

相识已近半年,可还是没能说出自己的真名。田所先生知道其中原委,很为戴安娜考虑,事先沟通时便一直沿用"书虫"这一称呼。恰好围裙口袋里装了零钱,戴安娜便匆忙买了车票。过了检票口，径直向山手线站台走去。刚上了下行的电梯，便看到电车驶入了站台。服部先生正站在车门口。

"服部先生，请等一下。是我，我是书虫——"

戴安娜大叫着，但那声音消失在了车站轰鸣的广播和杂音中。平常普通的话语会柔软地融入周遭环境，虽然能够轻松地传达出去，但与此同时也更容易被淹没。终于，电车门打开了。现在已经顾不上害羞了。

如果是这句话，一定可以突破任何噪音。戴安娜暗暗下定决心。

"我是戴安娜。我的名字叫戴安娜！"

就在那时，服部先生终于将目光投向了自己。戴安娜好像看到"戴安娜"这一名字横亘在两人之间。电梯上的乘客纷纷扭过头来，自然而然让出了一条路，戴安娜一口气跑了下来。她气喘吁吁地抬起头，服部先生正颇为拘谨地笑着。

"感觉有点紧张，结果肚子就疼起来了……我没有逃避哦。"

服部先生呼出的白气和自己的白气融在了一起。渐渐远去的电车上积了一层薄薄的雨夹雪。

"老师，也就是说……您不是为了安妮，而是为了所有的戴安娜们才写了这本《秘密森林里的戴安娜》是吗？"

服部先生目不转睛地看着戴安娜，但戴安娜还是继好像很焦虑,但只是言尽于此。那眼圈和鼻头红红的,好像马上就要哭出来了。

"你这样穿不冷吗?"

服部先生看着一身衬衣围裙装扮的戴安娜,终于小声嘟囔出了一句。

"啊,刚刚从店里匆匆忙忙跑出来的……不过,我马上就回去了,没事儿。"

"会感冒的,来,把这个围上。"

还没等她反应过来,服部先生早已把围巾解开,围在了她的脖子上。那张大手轻轻地掠过脸颊。除了被田所先生抱着的时候,戴安娜从未与异性如此靠近。但是,她的心里却没有丝毫的恐惧。虽然是一条已经起毛的廉价围巾,但在这一刻,她却感觉到温暖的血液正在从脖颈缓缓地流向全身。戴安娜轻压睫毛,闭上眼睛静静享受围巾柔软的触感。她闻到一股烟草、牙粉与咖啡混合的气味,那是父亲身上才有的味道。下一班电车马上就要进站了。

"谢谢。那个,这条围巾……"

"没关系,反正也很便宜。送给你了。我也只能为你做这些了,真是抱歉。"

服部先生这么说着,冲进了电车里。

"当然,对偷书这件事,我是绝对不能容忍的。请一定不要再做那种事了!我这么说并不是为了书店店员的一己私利,而是为了您即将出生的孩子啊!"

续说了下去了。

"因为不是每一个人都能像安妮那样远走高飞,大部分女孩还是会一直在村子里生活下去。对于大多数女孩来说,作为配角的戴安娜才是她们本来的样子,才是她们永远的'知心密友'……我认为像安妮那样与众不同的女子之所以能被小村庄所接受,那是因为她和戴安娜成了好友。戴安娜自然而然地引出了安妮的优点。"

服部先生扑哧一声笑了,戴安娜也害羞得说不出话来。这时,服部先生说道:

"我从小就没有朋友。所以就给处女作的女主角取了'戴安娜'这个名字。我希望她能成为爱看书的女孩们永远的好朋友。戴安娜现实却又相信梦想,温柔却有可以支撑他人的坚强,我希望这本书也能给予读者这样的力量。"

"我,叫戴安娜。写作'大穴',读作'戴安娜'……我一直很讨厌这个名字,不过,现在我第一次喜欢上这个名字了。"

倾注了所有的希望和感谢,戴安娜就这样凝望着父亲。服部先生虽然略显不解,但好像还是很高兴。他那大大的瞳孔是和自己一样的深棕色。

"这样啊……你的母亲一定是希望你能成为全世界最幸运的人吧。"

之后,服部先生就缄口不语,只是望着戴安娜。他戴安娜慌忙叮嘱道。服部先生的眼皮有些泛红,他把头低了下去,似乎嫌戴安娜有些絮絮叨叨。

车门缓缓关闭,电车启动了。直到看不见为止,服部先生一直像个做了坏事的小男孩一样不好意思地看向这里。目送着山手线渐行渐远,戴安娜感到那一条照亮自己心里所有角落的光明大道正在心中不断延展。

登上电梯,走出检票口。在回书店的路上,戴安娜一遍又一遍地抚摸着那条围巾。现实和理想不同。偷窃绝对不可容忍。不过,还会有下一次。机会总会有的。先不要着急,戴安娜现在只想细细体味这有生以来第一次触碰到的属于父亲的感觉。

回到店里,彩子和她父亲的身影早已消失不见。果然——现在的我们也就只能言尽于此了。悲伤和失望涌上心头。但是,要做的事情还堆积如山,签名会的收场整理,前台的结算,还有明天的交付确认。戴安娜重新打起精神来,把围巾解下,放在了一个稳妥的地方,然后向休息室走去。

就是在这个时候,在商务书籍专柜里,戴安娜发现了刚才看到的那个穿求职正装的身影。

必须,要说点什么,戴安娜这么想着。彩子一直在等自己回来,好开心,好想紧紧抱住她!似乎察觉到了戴安娜的视线,身着正装的女子缓缓回过头来。

"傍晚的书店,还真是和小学时的图书馆的味道一模一样啊。"

彩子腼腆地说道。这正是戴安娜此时心中所感受到的。

"那个,戴安娜……你能帮我找本书吗?还有两个月就毕业了,不过,果然……我还是希望能够进入出版社,现在是真的要认真起来了呢。那个,能不能帮我找本书呢?让我换换心情,或者说让我勇敢向前呢?"

"交给我吧。"戴安娜小声说道。她把彩子带到儿童书籍专柜前,毫不犹豫地找到一本《小岛上的安妮》,递给了彩子。彩子非常诧异地歪着脑袋。

"你不是说《绿山墙的安妮》最有意思的部分只到《少女安妮》吗?恋爱结婚变成主线之后就没什么意思了,戴安娜,你当时好像是这么说的吧。"

只是谈论着书,好像就填补了十年的空白,这真像魔法一样。戴安娜特意用工作时的口吻说道,"这位小姐,真正好的少女小说是可以让人不断回味的哦。因为无论是小孩还是大人,每次看都会有不同的体会,可谓是常读常新。"

优秀的少女小说等长大之后再回头看,还是会觉得很有意思。服部先生说的没错。那个时候没能感同身受的心情得到了共鸣,没有关注到的配角也瞬间因更加有魅力而光芒万丈。重读可以发现新的事物,与此同时,也能觉察到自身的成长。翻开夹有书签的书页,合上书时的记忆和空气便都一起鲜活了起来。幼时萌发的友情也会如这记忆和空气一般吧,无论年龄几何,还是能够重拾起那份最真挚的情谊。可以不断重新品读。可以不断重新来过。可以不断不期而遇。这是在这世上最适合再会和出发的地方,所以戴安娜才这么喜欢书店。一定要开一家可以给许许多多的客人带来希望与祝福的书店,一定!

彩子并没有看着戴安娜,她装出一副对《小岛上的安妮》颇为着迷的样子,用一种饱含温情的声音问道:

"哎,戴安娜,今天,你几点下班呢?"

她们似乎都听到了彼此心中的悸动。崭新洁白的书页哗啦哗啦地在彩子樱花色的指尖中一页页翻过,彩子和戴安娜永无止境的真挚情感就像花瓣一般在书页上缤纷飞舞。